新潮文庫

巡礼者たち

家族狩り

第四部

天童荒太著

新潮社版

7355

巡礼者たち

家族狩り　第四部

「もしもし、もしもし、聞こえてらっしゃる？　どうされました」

「家族がなぜ必要か、述べよ」

「ああ、つまり、家族が必要かどうかで悩んでらっしゃるのね」

「必要かどうかの前に、すでに周りにあること、そして、誰もその存在に疑いを持たないことが、納得できない」

「子どもが親を選べないのは本当ね。いまおいくつ、何年生くらいかしら？」

「意味のない質問は、避けよ」

「機械の真似《まね》をして、しゃべってるの？　もっと普通に話さない？」

「繰り返す。家族がなぜ必要か、述べよ」

「そうね……家族がいなかったら、子どもは安心して育つことができないでしょう」

「子どもを虐待《ぎゃくたい》する親もいる。子どもを放り出す親もいる」

「それは普通の家族じゃないと思うの」

「何が普通か、述べよ。親がシングルの子もいる。他人に育てられる子もいる」

「ああ、待って、ごめんなさい。言葉が足りなかったわね」

「子どもが生まれるのは、オスとメスの交尾による。家族は関係ない」

「オスとかメスとか、そんな言い方をするものじゃないわ。あなたには、ご家族はいらっしゃるの。言いたくない？」

「家族があるから、人は罪を犯す」

「あら、どういう意味かしら」

「家族を守るため、家族のいる国を守るため、人は人を殺している」

「でも、それは、極端な例よね」

「極端はゼロか、述べよ」

「身を守るためには、仕方がない場合もあると思うの。愛している人の命が奪われそうになったら、誰だって戦うでしょ」

「家族があるために、人は人殺しをする場合があると認めたと、理解する」

「……少し、言葉が厳し過ぎないかしら」

「きれいな言葉で言いつくろうことで、何を隠すつもりか、述べよ」

「あなた自身の悩みについて話さない？」

「家族がいるから、人は汚い真似もする。家族さえよければいいと、他人のことも考えなくなる」

「人はね、家族がいるから、仕事をする気も出るし、心も安らぐのよ」

「家族がなくとも、誠実に仕事をする人はいる。友人同士で、苦しんでいる人をサポートするグループもある。家族でないのに、子どもを立派に育てる人もいる。正しいことをするのに、家族のあるなしは関係ない」

「関係なくもないと、思うのだけれど……」

「自分たちの家族を守るためという理由で殺された人間と、家族のこととは少しも関係ない理由で殺された人間を比べ、どちらが多いか、述べてみよ。民族も、広い意味での家族とする」

「……あなたが言いたいことは、だいたいわかりました。でもね、あなたは間違ってますよ」

「どこが違うか、述べよ」

「家族は、愛の、つまりは生命《いのち》の象徴なんです。すべての人間の善なるものの基本なの。ひどいことを家族のなかでおこなう人もいるけれど、それは、家族の愛が足りなかったからです。正しい愛が家族のなかにあれば、戦争もなくなるし、人殺しもなくなっていくものなの。戦争が起きるのは、世界中の家族の愛が、まだまだ足りないということなのよ」

「家族と関係なく、愛も善も存在する」

「だめです。家族がなければ、愛も、善も、存在しません。正しきものはみんな、家族から学ばれるの。善きものは、すべて家族のなかから生まれるの」

「嘘《うそ》だ」

「嘘じゃありません。これが真実なの。ねえ、いまからこっちへ遊びにいらっしゃい。直接会ったほうが、落ち着いて話ができるし、相談にも乗れると思うの」

「……ない、相談することなんて」

「でも本当は苦しんでるんでしょ？　あなたも本当はよい家族を望んでいるのよ。そんな機械的な感じでなく、ありのままの言葉で話してちょうだい。実際によい家族は存在してるし、家族が互いにもっともっと愛するようになれば、戦争もテロもいやなお金儲《もう》けもなくなって、世界も変わってくるのよ」

「いい加減なことばっかり、言ってんじゃねえよ」

「あら、本当のあなたの声が出てきたわね。もっと自分の声で話して」

「うるさい。世界を変えるんなら、家族をこの世から消したほうが早いんだよ」

「聞いたことのある声だと思ったけど……あなた、以前に、電話くださったでしょ？　無理心中なさったご家族のことを、自分がやったって……そうでしょ？」

「心中じゃない。この手で消してやったんだ」

「そんなことを言うものじゃないのよ」

「信じないのかよ？」

「ええ、信じません。信じてほしかったら、こっちへ来て、わたしと話してちょうだい。会って、ゆっくり聞かせて」

「また別の家族をやるからな。最後に、自分の家族だよ」

「あなた……ご自分の家族に怒ってるのね。だから、ひどいことを言うのよ。かわいそうな子」

「うるさい、黙れっ」

「心の底にある怒りや悲しみを話してちょうだい。しっかり聞きますから。家族はね、本当によいものなの。それを信じさせてあげますから。わたしの話を聞けば、きっと家族の真の姿が見えてきますよ。家族の愛というものがわかってきます。さあ、いらっしゃい。ここへいらっしゃい」

【二〇〇三年　八月三日（日）】

お父さんは、いま、がんばってる。だから、わたしも、がんばるんだ。

前にいたセンターの、ちょっと足を引いて歩く、うるさい女に、まけたくないから。ごはんも食べて、ねむって、いつでもたたかえるように、しておくつもりだった。お父さんを、ケイサツにわたした、あんな女に、まけたくなかった。

でも、このシセツは、そんなにわるいところじゃない。先生たちは、あまりおこらない。シセツの子たちは、やっぱりお母さんがいなかったり、お父さんが遠くにいたりする。

けがや、やけどをしたあとが、からだにのこってる子もいる。頭が半分、へこんでいる子もいた……新しいお父さんにバットでなぐられて、へこんだままなんだって。

からだは、なんともなくても、ないたり、あばれたり、先生にベタベタあまえたりする子もいる。中学生や、もっと大きいお兄さんや、お姉さんもいて、小さい子どもたちの、せわをする。そんなお兄さんや、お姉さんも、お父さんがいないとか、お母さんとなかなか会えないみたい。

そんな子たちと、いっしょだと、前みたいに、さびしくない。ごはんもいつも食べられる。おやつも出て、うれしかった。けど……だんだん、食べるのが、いやになった。お父さんは電話をくれない。足を引いて歩く女も、来るって言って、来ない。たたかえない。

わたしはまた、すてられた、のかな。

だれからも、きらわれるように、できてるのかな……。なんで、お父さんと、すめないの。なんで、お母さんは出てったの。ずっとそばにいてくれなかったのは、なんで……。

そんなとき、あのオバサンが来た。

これまで会ったこともないのに、どうしてオバサンが、わたしに会いにきたのか、わからない。でも、やさしそうだった。うすい、色のついたメガネをかけてた。ふとってた。声が、きもちよく聞こえた。

オバサンは、にこにこして、わたしをつつむように、手を回してきた。いいにおいがした。オバサンは、お父さんを知ってた。お父さんは、オバサンのところで、べんきょうしてるんだって。わたしをむかえに来るために、もっといいお父さんに、なろうとしてるんだって……そう教えてくれた。

お母さんも、もどってくるかなぁって、わたしはきいた。

オバサンは、お父さんが、いいお父さんにかわれば、もどってくるかもしれない、と言った。わたしもいい子にしてないと、だめなんでしょ？　オバサンは、ううん、あなたは、何もしなくていい、お父さんにまかせなさい、まっててあげて、と言った。

だから、わたしは、まつことにした。

お父さんが、わたしのためにがんばってる。だから、まつよ。シセツで、いい子でいるよ。お父さんが来るの、いつかな。お父さんが、おさけを、のまなくなったら、お母さんも、もどってくる。

いつかな。それはいつかなぁ。早く、早く、来るといいんだけどな……。

＊

まだ午前十時だというのに、蟬《せみ》がうるさいほど鳴いている。養護施設の庭に植えられた、あすなろの木に止まっているらしい。

その蟬に負けないくらい大きく、子どもたちの歓声が、施設の庭から聞こえてきた。

「にぎやかですね」

氷崎游子《ひざきゆうこ》は、食堂の外の廊下から、誰もいない食堂をはさんで、窓の外の光景をほほえましく眺めていた。

金属製のフレームを組み、シートを敷いて作られた、長さが三メートルもあるプールが、庭に据えられている。保育園などでもよく使われるもので、一度に何人もが水のなかで遊べる。いまも、幼稚園児だけでなく、小学生の子どもも一緒に、職員たちに見守られ、泳ぐ真似《まね》をしたり、水を掛け合ったりして遊んでいた。

「この時期、プールは人気があるんだけど、外に連れてけない子が多いから」

游子よりひと回り年上の、児童指導員の女性が答えた。

游子は、笑みを抑え、子どもたちの様子を見つめ直した。

児童指導員が言ったのは、経済面や、外部のプールでは監督の目が行き届かないという意味だけでなく、子どもたちのなかに、一般に開かれた場所では自分の裸を見せることを嫌う子がいた。また一方で、子どもたちの姿を目にする、一般の人々の反応も考慮する必要があった。游子がいまいる場所からは、はっきりわからなくても、近くで見れば、からだや顔に、虐待《ぎゃくたい》されていた当時の傷痕《きずあと》が、いまも残っている子どもが何人かいる。

「せっかくの夏休みでも、施設に残らざるを得ない子がかなりいるから、あんなプールじゃ、とても間に合わないんだけどね」

　児童指導員がため息をつく。

　游子の視線の先には、施設で生活している中学生が、年下の子どもらを世話している姿もあった。そして、小さい子どもたちのなかに、駒田《こまだ》玲子《れいこ》もいた。小学校三年にしては成長が遅いほうの彼女は、学年が下の子たちと身長があまり変わらず、大勢に囲まれると、すぐに見失いそうになる。

　中学生の少女が、半ズボンに黄色いTシャツ姿の玲子に、もっとプールへ近づくように誘っていた。玲子が歩み寄ると、中学生の少女は、水を掛ける真似をした。玲子は、笑って飛びのき、逆に水を掛け返した。

　一ヵ月ぶりに見る玲子が、ずいぶん明るい様子なのに、意外な感じを受け、

「玲子ちゃん、元気そうに見えますけど、実際の暮らしではいまどうなんですか」と、游子は訊《たず》ねた。

　彼女の状態については、一週間に一度、施設へ電話をして確認しつづけている。入園当初は食事もとり、スケジュールも守っていた玲子が、次第に元気を失い、一週間ほど前から食欲も落ちたと聞いた。そのため游子は、この日早くに家を出て、様子を

見にきたのだったが、

「それがねえ……しばらく前は、本当に落ち込んでて、気になってたのに」

と、児童指導員も首をかしげた。

「落ち込みの理由は、何だったんですか」

自分の罪ではないのかと、游子は恐れていた。少女が初めて施設で生活する際、最低限必要な意思を持ってほしくて、わざと挑発的な言葉をかけた。その判断が正しかったかどうか、いまも自信を持てずにいる。

「いろんな考え方があると思うし、子どもはそれぞれだから、一概には言えないけど」

と、児童指導員は前置きのように言って、「玲子ちゃんが、当初は食事もよくとり、施設に適応しようと頑張っていた状況には、あなたの言葉の影響もあったと思うの。でも、だんだん元気をなくしてきたのは、いわば息切れしたんじゃないかしら。怒りだけでは、長続きしないってことかもしれない」

「……すみません」

「わたしに謝ることではないし、園長もわたしも、むしろ今後が大事だという考えなの。感情が、次の段階へ移りかけている可能性があるから。今日もせっかく来てくれたのに、彼女に会わずにいてもらう理由は、それなのよ。あなたへの怒りがぶり返して、たとえ一時的に積極性が戻っても、また息切れの段階に到《いた》る気がするから」

「わかります」

游子は、ふたたび食堂をはさんで、玲子へ視線を送った。彼女は、水の掛け合いに参加していて、いまの時間を楽しんでいるように見える。

「あの元気な様子も、つまり、感情が次の段階へ移ったということでしょうか」

「それが、どう考えればいいのかしら……。実は、今週のはじめ、玲子ちゃんを訪ねてきた人がいてね。それからなの、彼女が変わったのは」

「父親じゃなくてですか」

「父親の知り合いだって。その人と会ってから、玲子ちゃんは明るくなった気がする」

「どういった人ですか」

「名刺を、置いていかれたけど」

児童指導員は、游子を職員室へ誘い、デスクの引き出しから名刺を出してきた。游子が受け取った名刺には、『思春期心の悩み電話相談　山賀《やまが》葉子《ようこ》』とあった。

「この方……年配の、やや太った印象の女性ですか。声が柔らかい感じの」

「あら、ご存じ？」

セミナーなどに出席し、相談機関の問題点を指摘する婦人のことを伝えた。

「へえ、そんな人には思えなかった。薄いサングラスはしてたけど、ずっとほほえんでらして」

「彼女、どういう理由で玲子ちゃんに？」

「父親の代理ですって。駒田さんはいま、彼女のところで勉強してるとおっしゃるの。彼が親としての責任をしっかり果たせるようになるまで、もう少し娘さんを預かっていただきたい、自分も協力を惜しまないのでって。そのあと、玲子ちゃんにも会って、父親の伝言を伝えたみたい」

確かセミナーのあった夜、酔いつぶれて動けなくなった駒田を、タクシーで送っていったのが、山賀葉子だった。

「それで、駒田さん自身からは何かこちらのほうへ連絡は？」

「それがないの。だけど玲子ちゃんはああして元気を取り戻したみたいだし、くわしい事情はいずれまた聞くとして、ともかくこのままいい方向へ進んでくれると嬉《うれ》しいんだけど」

「……そうですか」

游子は妙にひっかかるものを感じた。あるいはそれは、自分ではどうにもできなかった駒田の件を、他人が解決に結びつけつつあることへの、わだかまりかもしれない。もやもやする感情を押さえ込み、今後のことについて児童指導員となお少し話し合ってから、施設をあとにした。

空き地に止めてあった軽自動車に乗り、表通りへは出ず、いったん施設の裏側に回る。裏の細い道から、生け垣越しに、施設の庭の様子がうかがえた。

玲子は、自分より小さい子の手を引き、簡易プールへ連れてゆこうとしていた。幼児がプールに入ると、玲子は手を叩《たた》いて、相手をほめた。その笑顔が、游子にはまぶしく感じられる。すると、視線を感じたのか、玲子がこちらを振り向いた。賢そうな目で、車のなかをのぞくような視線を向けてくる。游子は慌《あわ》てて車を出した。

いまから向かう予定の場所は、都心をあいだにはさんで、ちょうど反対側付近にあたる。距離は少しあるが、外環道を走れば、さほど時間はかからないだろう。気持ちを切り換えるため、いったん道沿いのレストランへ入って休むことにした。

玲子のことが頭を離れない。山賀葉子が会いにきたということが、さらに心を落ち着かなくさせる。駒田が彼女のところで勉強しているという意味も、よくわからない。すぐに答えの出る問題ではないとわかっているのに、つい考え過ぎ、知らぬ間に時間が経《た》っていた。もう気は進まなかったが、約束だから仕方がなく、午後一時過ぎ、目標となる駅に着いた。

　場所の確認のため、車内から携帯電話を掛ける。しばらくして相手が出て、

「はいはい、巣藤《すどう》ちゃんは、いまトイレ中」

と、おどけた感じの声が返ってきた。

「あ、もしもし、わたしは……」

　名乗ろうとすると、

「游子さんでしょ。おれっす、巣藤さんの迷える昔の教え子」

「……ケートクさん、でしたっけ？」

「呼び捨てでいいっすよ。いまどこですか」

　游子は駅前にいることを告げた。ケートクという青年は、迎えにゆくと言ったが、

「道順を教えてもらえば、大丈夫ですから」

　先月、祖父の部屋のテレビで巣藤浚介《しゅんすけ》の姿を見て、事情を聞きたいと思った。だが、放映直後は大変な状況だろうと、一週間ほどして電話した。そのおり浚介は、テレビのことにはふれたがらず、話題をそらすように、古い日本家屋に引っ越したことを話した。また彼のかつての教え子と偶然出会い、いま隣にいるのだと、ケートクを紹介

した。

十日後、今度は浚介から電話があった。そのときようやく、テレビでの発言についての事情を聞いた。不穏な発言をした少女は、游子の思ったとおり、芳沢亜衣《よしざわあい》だった。浚介の話によると、亜衣がなぜあのようなことを言ったのか、理由はわからず、その後も彼女は登校していないという。浚介は、亜衣の家を訪問し、電話も掛けたが、彼女とはまだ話せていなかった。ただし学校側へは、母親のほうから、亜衣は少し体調を崩しているが、二学期から問題なく登校させるとの連絡があったそうだ。

その電話の最後に、游子は、彼の引っ越し先へ遊びにこないかと誘われた。ケートクが、その前日、友人と遊びにきて、思った以上に楽しかったらしい。

ふだんなら、断る話だった。だが、浚介がテレビで発言したことの真意を聞きたかったたし、芳沢亜衣のこともくわしく知りたかった。游子自身、仕事への意欲を失いかけ、祖父の問題も精神的に処理しきれず、気持ちに変化を与えたい想《おも》いがあった。気がねのいらない集まりだからという彼の話に、思い切って乗ることにし、言い訳気味に、前から古民家には興味があって……と答えた。

駅前を離れると、ビルはなくなり、周囲は民家と小さなアパートばかりとなって、狭い生産緑地がところどころ目につき、やがて林が増え、大きい墓地も見えてきた。

小さな橋を渡っているとき、電話が鳴った。浚介からだった。いま橋を渡ったところだと伝える。

「川にカワセミがいますよ」と教えられた。

游子は、車を戻し、橋の上から川を眺《なが》めた。カワセミは見られなかったが、岩と草と水が作りだす風景に、子ども時代の遠足やキャンプが懐《なつ》かしく思い出された。

携帯電話からの指示どおりに車を進め、椿《つばき》が門のように並ぶ地所に入った。ドキュメンタリー番組で見るような古い和風建築の民家の前で、浚介が手を振っている。手前の空き地に、ワンボックスカーと、リフト付きの大型ワゴン車が止まっていた。そのワゴン車の後ろに、游子は車を止めた。

日差しのせいか黄色く見える地面に降り立ち、浚介の背後へ目をやる。茅《かや》ぶきと勝手に想像していたが、さすがに屋根は瓦《かわら》でふかれ、土壁でなく、漆喰《しっくい》が塗られていた。それでも、最近は見られない太い柱が使われ、屋根も高いわりに庇《ひさし》が長く、全体に安定感がある。窓も多そうで、自然と向き合った開放的な造りのようだった。

「いらっしゃい」

浚介が笑顔で歩いてくる。綿パンツに半袖《はんそで》シャツという涼しげな恰好《かっこう》だったが、額に汗をびっしょりかいていた。

游子は、招いてもらった礼を言い、途中で買ったケーキのつめ合せを差し出した。

周囲に人の姿はないが、家の反対側の方角で、歓声が起き、笑い声が聞こえてくる。

「にぎやかですね」

游子は声のほうへ顔を向けた。

「いま、試合中なんですよ」

浚介が誘うように歩きだす。家の壁が切れたところで、視界が遠くまでひらけた。青空の下に雑木林が広がり、草が伸び放題の野原がある。その手前に、草をきれいに刈った空き地があって、四台の車椅子《くるまいす》がいままさにぶつかり合っていた。

車椅子は、電動式が二台、手で車輪を回すものが二台、その中央に、ビーチボールのような大型のボールが転がり、どうやらそのボールを取り合っているらしい。

「車椅子サッカーですよ」

浚介が説明した。電動車椅子の乗り手と、手動タイプの車椅子の乗り手が、二人ひと組となり、車椅子の先端でボールを押して運び、互いのチームの背後にあるゴールに入れれば勝ちだという。

游子の見たところ、どちらの電動車椅子にも障害を抱えた少年が乗り、手動式のほうに健常者が乗っていた。ただし、車椅子の扱いがうまいのは障害を抱えた少年たちで、健常者はどちらもパートナーの足を引っ張る形だった。髪を赤く染めてニワトリのとさかのように立てた青年が、とうとう車椅子ごと転げてしまい、ボールは二本の木の枝で作ったゴールのあいだを抜けていった。

「ゴール」と、浚介が声を上げる。

転んでいた青年が、こちらを見て、

「あー、游子さんですかぁ」

彼はすぐに車椅子を起こした。周囲に向かって、

「みんな、ちょっと休憩」

と言い、游子のほうへ駆けてくる。青年は、ジーンズのものところで手の汚れをぬぐい、

「いつだってあなたの味方、ケートクです」

と、握手を求めた。

游子は、吹き出しながら自己紹介を返し、握手をかわした。ケートクは、握った手を離そうとせず、ほかの人々のほうへ彼女を引っ張ってゆく。

「みんなを紹介しますよ」

もう一台の手動式の車椅子に乗っていた青年は、ケートクの友人で、配管工をして

いるという。電動車椅子に乗った、下半身に麻痺《まひ》のある中学生の少年が、その彼の弟。少年がリハビリセンターで知り合った友だちが、もう一台の電動車椅子に乗っている、ほっそりした少年だった。游子が挨拶《あいさつ》をすると、下半身に麻痺のある少年が、明るく挨拶を返して、

「ぼくは車にはねられて、頸椎《けいつい》をやっちゃったんです。こっちの子は、筋肉が動かなくなる難しい病気なんで、言葉では挨拶できないけど、よろしくって」

紹介された少年は、からだは動かさずに、かすかにうなずく仕草を見せた。

游子は、丁寧に挨拶を返し、自分も事故で左膝《ひだりひざ》に金属が入っていることを打ち明けた。

「だから、車椅子にも、一時期ずいぶんとお世話になったんですよ」

「すげえ、強力な助《すけ》っ人《と》じゃん」

少年が、目を見開き、自分の友だちにも笑いかける。

庭の一角には、バーベキュー用のコンロが置かれ、女性が二人いた。若い女性は、配管工をしている青年の妻で、年配の女性は、難病を抱えた少年の母親だった。

すると、どこからか三歳くらいの男の子が走ってきて、ケートクの足に抱きついた。

「これ、うちの坊主《ぼうず》。縁側にいるのが、カミさんと、二番目の坊主っす」

縁側には、髪を金色に染めた若い女性が、赤ん坊を抱えて腰掛けていた。游子が会《え》釈《しゃく》をすると、相手も会釈を返してきた。

「こないだ、巣藤さんに頼んで、ここでバーベキューやったら、けっこう楽しくて、今度はもっと仲間を呼ぼうって軽いノリだったんすよ。あと、工務店に勤めてるダチと、そいつの彼女が、あるモノを取りに行ってて、じきに来ますから」

「にぎやかですね」

游子はやや圧倒されるものを感じた。

「みんなで、今度は、巣藤さんに絵を教えてもらうつもりなんすよ」

「絵のことはいいよ」

浚介が苦笑して、ケートクをさえぎる。

「学校もクビになるんだから、いいっしょ」

「肉が焼けてるか、確かめてこいよ。彼女に家のなかを案内してくるから」

浚介が、あらためて玄関のほうへ誘うのに、游子はついてゆきながら、

「学校、やめられるんですか」と訊《き》いた。

「ええ。九月一日に、全校生徒の前でお別れの挨拶ってのをして、終わりです」

「やはり、テレビでの発言が問題になって？」

「どうかな……自習ばかりの美術の授業なんて、前からなくす計画だったようだし。スリッパはないけど、掃除してますから」

浚介が先に上がり、游子は靴を脱いでつづいた。

外の暑さに比べ、室内はひんやりとして、汗が引いてゆくのがわかる。畳のいぐさの香りと、木の匂《にお》い、室内を抜けてゆく風には、夏草の匂いも混じっていた。居間の太い梁《はり》が気に入り、背伸びをして、ふれてみる。軽く叩くと、厚みのある木の音が響く。

游子は、ふと、縁側に腰掛けた若い母親と赤ん坊を含めて、さらに先の空間へ視線を上げた。

母子《おやこ》の後ろ姿と、その向こうに広がる自然の風景とに、印象派画家の描いた明るい絵の一場面が思い出され、しぜんと心がゆるんでくる。

庭のほうから、ケートクが走ってきて、

「游子さん、おなかすいてないですか」

と訊く。そして自分の妻に向かって、

「ほら、こちらが巣藤さんの彼女だよ」と紹介した。

「ばか、失礼だろ。おまえは、さっきから」

浚介が、彼を追いかけるためか、玄関のほうへ回った。ケートクは、おかしそうに笑って、妻のほうへ顎《あご》を振り、

「こいつ、少し子育てノイローゼ気味なんすよ。子どもを二人も抱えて、やっぱ大変なんで、なんか話してやってください」と言う。

少女と呼んだほうが似合いそうな若い母親は、否定も肯定もせず、赤ん坊を抱き直した。浚介が靴をはいて回ってきたらしく、ケートクは笑いながら逃げていった。

游子は、べつに義務感のようなものも感じず、若い母親の隣に腰を下ろした。

「子どもさん、可愛《かわい》いですね」

思いのままに話しかける。

「……うちらの子だから、どうだか」

相手は薄くほほえんだ。臆病《おくびょう》そうな、しかし意地っ張りでもある印象の目をしている。

バーベキューのコンロの近くで、配管工の夫婦とその弟、また車椅子の少年と彼の母親が食事をしていた。逃げ回るケートクを面白がって、三歳の子どもがあとを追い、浚介はあきらめたのか、草の上に座り込んだ。

「ビール、飲みますかー」

配管工の青年が、こちらに呼びかけてくる。

游子は車を運転する仕草を見せた。

ノンアルコールのビールとジュースを、ケートクが運んできた。肉もあと少しで焼けると話し、おどけた踊りを見せながら、離れてゆく。

「え……」

游子は隣を振り向いた。何か言われた気がする。若い母親が口を開いていた。

「スーパーとかで、子どもが、何かを欲しがって、ぐずるの……見ます?」

彼女が消え入りそうな声で訊く。

「……ええ。たまに見ますけど」

「どう、思います?」

いまはプライベートな時間だから、職業として学んだ事柄でなく、自分の体験を思い出してみようと、游子は思った。昔、自分も人形が欲しくて、店の床に寝そべり、手足をばたつかせたことがある。母はひどく困っていた。母が叱《しか》ると、いやいやと首を振り、母が行ってしまうと、声を張り上げた。

「大変だなぁ、お母さんは……って、いまになってみると、思いますね」

雑木林のほうで、コン、コンと青空に抜けるような響きのよい音がした。アカゲラか、もしくはアオゲラが、餌《えさ》を採ってでもいるのだろうか。

游子は、若い母親のほうを向いて、赤ん坊と彼女を交互に見つめ、

「大変だよね、お母さん」と言ってみた。

若い母親は、目をしばたたき、游子がほほえみかけると、その目を伏せた。

ケートクが、肉をのせた皿を手に持って、

「焼けましたよー、マダーム」

と走ってきた。三歳の子が後ろをついてきて、「マダーム、マダーム」と繰り返す。

ほどなく、玄関のほうからクラクションの音がした。軽トラックが庭へ入ってくる。そのまま庭を横切り、縁側の前で止まった。運転席から、若い男女が降りてくる。ケートクと配管工の青年も手伝い、荷台に積まれていたパイプ棒を下ろしはじめた。

「トイレを改装してるんです」

いつのまにか室内に戻っていた浚介が、游子に説明した。この家のトイレは、土間におりる形になっているという。

「もともと家の外にあったトイレを、水洗にするとき、増築して、家とくっつけたみたいなんです。だからトイレの内側が広くて、それがかえって都合いいんですよ」

裏口の戸を、浚介が開けた。敷居の内と外をまたいで、板でスロープが作られてい

る。トイレは、裏口のすぐ脇《わき》にあった。

「車椅子でも入れるようにしたんです」

浚介がトイレの戸を開いた。話のとおり、かなり広い造りで、中央に便座があるが、清潔なシャワートイレが取り付けてあった。

「これも和式だったのを、ケートクがどこからか便座をもらってきて、配管工の彼が付けてくれたんです。電気もケートクが配線して、シャワートイレは古い処分品だからタダ同然だと言ってるけど」

裏口からケートクが入ってきて、

「改造費用は、絵画教室の授業料でチャラっすから」と笑う。

彼の友人たちが運んできたパイプ棒が、トイレのなかに置かれる。つづいて、電動車椅子に乗った下半身に麻痺のある少年が入ってきた。少年が、トイレに進み、車椅子から便座へからだを移すのに支えとなる、パイプ棒の位置を指示した。

「病院の改装があって、トイレも新しくするってんで、もらってきたんですよ」

ケートクが話すあいだにも、便座の両側にパイプ棒が固定されてゆく。車椅子の少年が、あらためてからだを移せるかどうか確かめた。いつのまにか、全員がトイレの前に集まっていた。少年が、苦労しつつも、自分だけで便座にからだを移し、

「いいんじゃない」と、親指を立てた。

全員が笑った。ケートクの音頭《おんど》による三本じめの拍手に、游子も加わった。

「ここを管理してる不動産屋の奥さんも、車椅子を使っててね、トイレを改造したいんだって。この連中が、それをやる約束で、今回の改造も許されたんだ。でも、ぼくにはこんなことはできない。ちゃんと技術を持ってる彼らは本当にえらいよ」

浚介が少し興奮した様子で言った。

工務店勤めの若者が、噴霧器のようなものを、浚介やケートクたちに見せた。中身は、木材の一時的な消毒用に使う薬で、害虫駆除の業者からこっそり分けてもらったのだという。

若者たちは、縁側のほうへ移動し、ケートクの妻子を遠ざけてから、

「こんな感じで、まくらしいっすよ」

ケートクが、縁の下に薬を吹きつけた。

風の具合で、そばで見ていた浚介のほうへ薬が飛散し、

「すいませーん」

ケートクが笑って謝った。

游子もつい笑いを隠せない。浚介は、顔の前を手で払って、この野郎とケートクを

怒鳴りかけた。が、急に表情を曇らせ、何やら思い出したような目で宙を見つめる。

「どうかしました」

游子は訊《たず》ねた。

浚介が、当惑した様子で首をかしげ、

「いや。似た臭《にお》いを、どこかでかいだことがある気がして……」

思い出せないのか、途中で言葉を濁《にご》した。

ケートクが、消毒薬の容器を軽トラックの荷台に戻し、

「よっしゃ、そろそろゲーム再開といくか。游子さん、いっちょ揉《も》んであげましょう」

と、庭へ出て、こっちへ来いとプロレスラーばりに大きく腕を振った。

游子は久しぶりに車椅子に乗った。ケートクと一対一でサッカーの勝負をし、次には電動車椅子に乗った少年たちとチームを組んで、しばらく仕事のことを忘れて汗を流した。

【八月六日（水）】

馬見原《まみはら》は、早朝のすいた電車に乗り、杉並署に出た。宿直以外、まだほとんど出勤していない雰囲気が、心情に合う。

窮屈な刑事部屋を避け、誰もいない屋上で、ぼんやり数本の煙草《たばこ》をふかすことが、ここ二週間つづいていた。

あの日、妻の佐和子に何があったのか……。彼女の急な感情の高ぶりに困惑したものの、その後は、二人とも何もなかった顔で暮らしてきた。

馬見原は、佐和子の精神状態を心配しながら、あのときの行為については、あらためて問いただすこともできず、いまは通常より早い出勤と、時間通りの退勤とを繰り返している。

屋上に出て、煙草をくわえたところで、先に人がいるのに気づいた。刑事課長の笹《ささ》木《き》らしい。こちらへ背を向け、屋上の隅に立っている。頭《こうべ》を垂れ、自死が危ぶまれるような恰好《かっこう》だったが、柵《さく》を越えそうな様子ではない。ふだんの笹木とは違う厳粛なたたたずまいに、つい声をかけそびれた。

笹木の背中から力が抜けた。祈っていたのか、手を下ろし、ゆっくりこちらへ振り返った。

「……ウマさんか。びっくりさせるなよ」

笹木は、ばつが悪そうに、目をそらした。「なんだい、こんなところで」

馬見原は、煙草に火をつけ、

「最近ずっと屋上で時間をつぶしてる。ここ二週間で、初めて先客がいた」

「そうか……早出《はやで》の理由はなんだい」

「そっちこそ、どうしたんだ」

笹木は、短く迷うようではあったが、姿を見られたことであきらめたのか、

「……生まれが、広島でね」

と言い、自分の腕時計に目を落とした。

笹木とは若い頃からの知り合いだが、同じ署で働いた時間は短い。さらに馬見原自身、職場の人間との私的なつきあいをできるだけ避けてきたため、笹木に限らず、他人《ひと》の出身地など聞いたこともなかった。

吸いはじめたばかりの煙草を捨て、わずかに姿勢をただし、

「どなたかが？」と訊《たず》ねた。

「祖父母と、あと、親父《おやじ》がね。祖父母はこの時間だったが……親父はおれが生まれたあとだ。いろいろ気をつかったんだろう、正式には認定されてない。三十八だったし、死にざまを見てるから、おれは間違いないと思ってる」

「……初めて聞いた」

「初めて人に言うんだ。この時間は、ひとりになるのが難しいな。ウマさん、今日のことは誰にも」

笹木は、首を横に振り、「いや、あんたには言うまでもないことだった。失敬した」

馬見原は煙草を差し出した。

彼は、手で断り、屋上から下りてゆく。扉の内側に入ったところで足を止め、

「ウマさん、例の、内偵の件はどうなってる。副署長から昨日聞かれたんだが」

「まだ何も報告できる状態じゃない」

背中越しに答えた。

「いやな仕事だが、頼むよ」

笹木が去ったあと、馬見原はなお三十分ほど屋上にいてから、刑事部屋へ降りた。

すでにほとんどの署員が出勤してきており、笹木もふだんの顔つきでデスクにいた。

殺人のような大事件でなくとも、日々、事件は起きている。犯罪件数は上昇し、かつ多様化して、とても取締りが追いつかない。

小動物を殺して民家の前に置いてゆく事件も、椎村《しいむら》が追ってはいるが、いまだ進展がなかった。佐和子が目撃した犯人らしき人物は、中年男性で、身なりもきちんとしていたと言い、椎村が追っていた犯人像とは違っていた。事件現場も転々と変わっているため、パトロールを強化する以外、犯人逮捕へつなげることは難しい状況だった。

一方で椎村は、以前のように馬見原へ意見を求めてくることが減っていた。何がなんでも成果を上げ、本庁へ呼ばれようという意志も、いまは感じられない。

馬見原は、午前中に書類仕事を処理して、午後からは椎村を手伝ってやろうかと考えた。だが昼食後、椎村はもう外回りへ出ていた。

書類仕事に戻ってほどなく、携帯電話が鳴った。

「……できたら、いまから或《あ》る場所へ来ていただけませんか」

相手の告げた場所を耳にして、事情を問う前に、椅子《いす》から立っていた。

その場所は杉並署から近く、タクシーで十分ほどだった。

馬見原は、久しぶりに、五月の事件現場の前に立った。あのとき彼が押して入った家の門扉《もんぴ》は、いまは固く閉ざされている。親族の誰かが代表で相続し、時期が来れば売りに出すという話は聞いていた。家の周囲に、約束したはずの相手はいなかった。

ふたたび電話が鳴り、ふた筋ほど住宅街に入ったところの小公園にいると、かすれた声が伝えてきた。

公園へ近づくと、大樹の陰に置かれたベンチに、相手はぐったりした様子で腰を下ろしていた。彼は、馬見原に気づいて、約束した場所にいなかったことを詫《わ》びた。

「あの部屋のことを、つい思い出してしまって、気分が悪くなったものですから……」

馬見原は、巣藤浚介の隣に腰を下ろした。

「電話では、よくわからなかったが、麻生《あそう》家へ何を確かめに行ったと？」

「……臭《にお》いです」

巣藤が頼りない声で答えた。

「臭い？　どういう意味かね」

「消毒の臭いです。羽蟻《はあり》を見たんです」

彼が手のひらの上でハンカチを広げた。そこには、干からびた羽蟻の死骸《しがい》があった。

「ぼくのことを疑ってると言いましたね。無理心中ではない可能性もあると言われた。どういうことか、何度も考えました。べつに疑いをはらそうなんて気はないんです。そんな必要はない……でも、実森《さねもり》君のこともある。もし、刑事さんの言われた言葉の意味が、ぼくの思うようなことであって、しかもそれが事実だとしたら……実森君は汚名を着せられてることになる、ですよね？」

馬見原はあえて答えなかった。

巣藤は、みずからを納得させるかのようにうなずき、

「いまからでもできることがあるなら、やってみようと思ったんです。どんなささいなことでも、普通と違うことがあれば、話すように言われましたね。だから、むだかもしれませんけど、確かめようと思ったんです」

そのあと彼が話したことを聞いても、馬見原はさほど心は動かなかった。たとえ麻生家が、白蟻駆除のための消毒をしていたからと言って、それが何だと言うのか……。むしろ、以前と印象が変わった相手の、一歩前に踏み出す姿勢に心が動いた。

「で、麻生家の前に立って、そのときの臭いを思い出せたかね」

「いえ。どうしてもあの部屋の様子が強烈で……消毒の臭いも、もうしませんし」

巣藤は首を横に振った。

馬見原は、しばらく考え、杉並署へ電話した。署の保全担当者に、署内の消毒をおこなった会社の連絡先を訊ねる。建設時から現在まで消毒に関するメインテナンスを請け負っている会社へ連絡し、一時間後の面会の約束を取りつけた。

「来たまえ」

巣藤に言う。彼が驚いた顔で、なぜですと訊《き》き返す。

「きみはもう一歩前に踏み出した。次の足も前に出さなきゃ、むだに転ぶだけだ」

大通りでタクシーを拾い、消毒の専門会社へ向かった。六階建ての大きい会社で、少し待たされたあと、立派な応接室に通された。

部屋にはすでに、総務課長の肩書を持つ人物が待っていた。四十歳前後の、脂《あぶら》ぎった印象の男性で、口調もなめらかに挨拶《あいさつ》する。

馬見原は、羽蟻と、その消毒方法について聞きたいと申し出た。巣藤が、部屋で見た羽蟻のことを、補足する形で話した。

総務課長は、二人の前にファイルを開いた。羽蟻の写真が数種類収められており、

「おたく様が、五月に見たという羽蟻は、ここにいますか」

巣藤は、少しのあいだ見比べて、

「たぶん、これだと思いますけど……」

と、ひと組の羽蟻の写真を指さした。

総務課長は、意味ありげにほほえみ、

「五月に見た羽蟻は、二匹ですよね」

と念を押すように言い、相手がうなずくのも待たずに、音を立ててファイルを閉じた。

「まさに白蟻です。四月から六月が、白蟻の結婚のピークなんです。なぜ、あなたが二匹の羽蟻を見たか。実は、白蟻となる羽蟻は、必ずオスとメスのカップルで飛ぶんです。カップルというところに怖さアリアリ、白蟻、羽蟻。実は奴《やつ》らは、婚姻飛翔《ひしょう》と言いまして、夫婦で飛ぶんです。いわばハネムーンです。おたく様は結婚は？」

「いえ」と、巣藤が答えた。

「それは別の意味で、家族持ちには羨《うらや》ましい。しかし、羽蟻は羨ましいじゃ終わらない。なにゆえ、奴らは婚姻飛翔をするか、風に流れて渡り鳥、いや渡り羽蟻。やがて家にたどり着く。豪邸だろうが、掘っ立て小屋だろうが、仲良く暮らせるなら文句はない。マイホームが決まれば、次に夫婦のすることは決まってます。もうハネは要りませんから、払い落として、初夜を迎える。このため最初から夫婦で飛ぶのです。やがて子どもが生まれる。女王蟻は一日に百個は卵を生みます。子どもはどうします。エサを欲しがる。エサは何？」

立て板に水というような相手の勢いに、呑《の》まれるやら呆《あき》れるやらで、馬見原は答えずにいた。だが、相手は少しも構わず、

「そう、木材です。でも奴らは雑食性で、プラスチックやゴムも食うんです。煉瓦《れんが》やコンクリート、金属も柔らかいものは食べます。墓を荒らして人骨を漁《あさ》ることもあるんですよ。怖いでしょう。つづきをお聞きになりたいですか？」

相手のたたみかける口調にうんざりしながらも、仕方なくうなずいた。

「普通の蟻の女王は、一度の交わりで、体内に精液を蓄えられます。だから、一度でオヤジを閉め出し、あとは女王中心のメスの王国を作るんです。しかし、白蟻の女王は精液を蓄えておけません。だからオヤジといつも一緒。人間同様、夫婦そろっての家族生活を送るんです。仲良きことは美しきかな、武者小路《むしゃのこうじ》先生、白蟻派。ただし、白蟻は偏食でしてね、うちの娘と同じです。アレ嫌い、コレ嫌い。年輪の柔らかい春材部が好みで、固い秋材部は残しちゃう。だから柱は、外側が残ってても、なかはスカスカ。攻撃的で、一度食いついたら首を切っても離れないし。これはうちの女房と似ています。つまり、気の荒い、偏食の、子だくさんに家を乗っ取られるわけで、ひとたまりもありません。だから、羽蟻が二匹で飛んでるのを見たら、仲のいい夫婦だなんて羨ましがってる場合じゃなく、それこそもう家が危ないと思わなきゃ」

馬見原は、なかなか彼の話が進まないため、しびれを切らし、

「それより、消毒剤のことなんだがね」と訊ねた。

「ええ、わかってます。お待ちください」

すでに用意してあったらしく、彼はテーブルの下から薬剤を出してきた。五つのフラスコ状の容器に、それぞれ液体が入っている。

「油剤と呼ばれているものですが、一応うちで使っているのは五種類です」

馬見原は、薬の色を確かめて、

「どこでも使われてるものかね」

「大きな会社なら、基本的にはこれらを使います。ただ、白蟻用の薬剤は統制されてません。以前、有機塩素系のものを使ってた頃は、環境汚染の面で問題になったのですが、特定化学物質に指定されてからは、安全性の高い薬ができました。一定の安全性さえ認められれば、会社独自のものも使えるんです。むろん、使用責任者は、毒物劇物取扱の資格が必要ですが」

「個々の会社や営業所単位で作ってる場合もあるのかね」

「白蟻の対策協会というものがありまして、一般的には、そこで認定された数種の薬剤から、用途に応じて選びます。臭いのことをおっしゃってましたが、どれも大差ありません。芳香剤を使うなんてことはしてませんから。試してごらんになりますか」

総務課長が容器のふたを外した。

馬見原は、先に自分でかいでから、隣に回した。巣藤の表情に注意し、彼がかぎ終えたところで、

「どうだね」

巣藤は釈然としない様子だった。

「どれも似ているようには思うんですけど……」

「実際に駆除を受けている家をご覧になりますか？」と、総務課長が言う。

馬見原は、巣藤がためらいながらもうなずくのを見て、

「お願いできますか」

と、相手へ目礼した。

総務課長の運転する車は、新宿を出て、下北沢方面へ向かった。そのあいだも総務課長はひとりでしゃべりつづけ、やがて大通りから一方通行の住宅街へ入り、同じような家が並ぶ一画で止まった。少し先の民家の前に、金属製の小さなタンクを積んだ小型トラックが駐車している。トラックの車体に、消毒会社の名前が読めた。だが、いままさに害虫駆除がおこなわれているというような、特別なものものしさは感じられない。

案内に立った総務課長につづき、巣藤を先にやる形で、馬見原は後ろを歩いた。

「ごめんくださーい。失礼しまーす」

総務課長が、大きく声をかけ、家のなかへ上がった。室内にはビニールシートが敷かれ、土足のままでよいという。

すると、巣藤が上がり框《かまち》の手前で足を止めた。後ろにいる馬見原にも、奥から灯油に似た刺激臭が漂い流れてくるのがわかる。

巣藤は、馬見原を振り返り、

「……この感じです」

総務課長が玄関先に戻ってきた。

「お上がりください。いまちょうど床下で作業中ですよ」と、明るい声で招く。

「この臭いが、さっき見せてもらった油剤かね」

馬見原は訊ねた。

「ええ、そうです」

「臭いは、しばらくつづくのかね」

「揮発性ですから、すぐに飛んで、気にならなくなります。一週間もすれば、完全に臭わなくなりますよ。さ、どうぞ」

彼が招くのに応《こた》えて、馬見原たちも上がった。

「我々は、まず、お客様から連絡を受け、床下調査をおこないます。本当に害虫の被害を受けているか、どのあたりの傷《いた》みが激しいか、また家の構造はどうなっているのか……しっかり調べた上で、対応策を検討し、作業員が処理をほどこします」

居間らしい和室の、畳が二枚外されていた。床板が切られ、人ひとりが入れる程度の穴が開いている。

「台所に床下収納庫があれば、ネジ止めされているプラスチックの箱を外し、床下に入っていきます。ない場合は、こうして和室の床を切って、入るわけです」

馬見原は穴をのぞいてみた。消毒剤の刺激臭が鼻につんとくる。

「床下全体を、作業員は動くわけだね」

総務課長に訊いた。

「ええ。細心の注意を払って処理します」

「つまり、業者は、この家の構造を完全に把握することができる。だね？」

「もちろんそうでないと」

「外からこっそり入れる場所は作れるかね」

総務課長が眉《まゆ》をひそめた。

「そんなこと……するわけがありません」

「可能なのか、どうなのか」

「不可能ですよ。家の周囲をよくご覧になってください。最近の家はコンクリートで布基礎を敷き、その上に立ち上げます。昔のような縁の下がないんです。通風孔だって小さいし、外から出入りなんて無理な話ですよ」

馬見原は、家のなかを見回して、

「家の人は、近くで作業を見ていないのかね」

「床下の作業ですから、基本的に人がいらっしゃっても平気です。日常生活を送っていただいても、支障はありません。ただし、やはり臭《にお》いを気にして、外へ出るという方が多いのは確かです。この家の方は、今日と明日はホテルに泊まられる予定です」

そのとき、床下で物音がし、穴から人が顔を出した。スキーで使われるようなゴーグルと、防毒マスクとをつけ、額のところに電灯がつくヘルメットをかぶっている。作業員なのだろう、その人物はゴーグルとマスクを外して、

「油剤は、一応終わりました。玄関と風呂場《ふろば》はまた別工程になりますよ」

と、馬見原を家の者と間違えたのか、彼に対して説明した。

「床下では、何人で作業しているんだね」

作業員に訊《たず》ねた。

「二人です」

「相棒は、まだ下にいるのかね」

「ええ。じきに上がってきます」

「つねに二人で作業するものなのかね」

作業員は、自分の力でからだを引き上げながら、

「まあ、このくらいの広さで二人ですね。七十坪以上だと三人、いたりいなかったり」

「ひとりじゃ無理なのかい」

「無理ってことはないけど……」

作業員は、やや不審がって、総務課長のほうを見た。

「いけないことになってるんですよ、安全衛生上。床下で事故があると危ないでしょ」

と、総務課長が代わって答えた。

「どういう事故があるのかね」

「毒性は低いとはいえ、生き物を殺す薬を大量に使うわけです。下手に吸えば、やはり呼吸困難や、昏倒《こんとう》の危険があります。床下は通気が悪く、身動きも自由にならない。

最近フローリングの部屋が増えてるでしょ？　あれは床下にも仕切りがある場合が多いんです。その仕切りを小さく切って通ってゆくんですが、小さい穴だから、意識が麻痺《まひ》したら、出られなくなるリスクがあります。効率と安全面を考慮して、必ず複数で作業させるんです」

「どんな業者も、複数で作業するものかね」

「そりゃまあ、小さい営業所なんかだと、電話番だけを置いて、資格を持ってる主人が、ポンプを背負って一人でなんて……昔ながらのタイプは意外に残ってますよ」

馬見原は、後ろを振り返り、

「きみが、臭いに気づいたのは事件の……」

巣藤は、戸惑った様子ながら、

「数日前です。一週間か、五日くらい」と答えた。

馬見原は、ふたたび消毒会社の男たちのほうを見て、

「床下に、誰にも気づかれずに、一週間ほど隠れていることは可能かね」と訊《き》いた。

総務課長たちは、新たに上がってきた作業員とともに顔を見合せ、苦笑を浮かべた。

【八月九日（土）】

馬見原佐和子は慌《あわ》ててミシンを止めた。知らぬ間に、糸が縫いしろを外れている。赤ん坊用に合わせた浴衣《ゆかた》を、ミシンから外し、誤った糸を抜いてゆく。じきに午後二時になる。真弓が、孫の碧子《みどりこ》を連れてくるはずだった。

それまでには仕上げようと、作業に集中するが、つい夫のことを考えている。夫は、急の仕事で埼玉まで行く、だから遅くなると言って、朝早くに出ていった。

本来は、一緒に彼の老母を見舞う予定だった。施設の前を流れる多摩川沿いで、大きな花火大会がある。施設に入所しているお年寄りを、家族や職員が連れだし、土手から花火を見せようという行事のある日だった。

佐和子は真弓たちも誘っていた。家族でまた顔を合わせ、父と娘の和解を図る計画だった。なのに、夫は三日前になって急に行けないと言いだし、昨日も別の仕事で千葉へ行ったらしく、夜遅くに帰ってきた。

夫が見知らぬ母子《おやこ》と手をつないで写っている写真が、佐和子の頭から離れない。

直接夫に聞けば、すむ話だった。答えが怖かった。事実も怖いが、嘘《うそ》をつかれて、それが嘘だとわかったとき、自分のなかで何が起きるのか……より恐ろしい気がした。写真に写っているのは、たぶん同僚の妻子だろう。夫は、頼まれて一緒に写っただけだ……勝手にそう理解し、自分へしつこいくらいに言い聞かせている。

何度か掛かってきた、「お父さんじゃないの?」と問う子どもの電話も、写真のなかの子どもと重なる気がした。だがこれも、ただの間違い電話だと考えるように努めている。

佐和子は、ミシンの前から立ち上がり、テレビで覚えたエアロビ体操をはじめた。頭を空にして、気をしずめてから、浴衣の仕上げにかかる。

時間前になんとか縫い上げ、彼女自身も浴衣に着替えた。ほどなく、玄関戸が開かれる音がして、

「お母さん……」と、ささやくような声が聞こえた。

佐和子は、玄関へ出てゆき、戸の隙間《すきま》から顔をのぞかせている真弓を認め、

「どうしたの、入ってきなさい」

真弓は、恐る恐る奥をうかがい、

「今日は、だましてないよね。お母さんひとりだよね」と言う。

佐和子は寂しく苦笑した。

「だましてないわよ」

真弓は、ほっとした表情で、肩を入れ、からだで玄関の戸を開いた。腕に、眠っている赤ん坊を抱えている。

「仕事は本当によかったの？」

「お義父《とう》さん、お義母《かあ》さんがよろしくって。本当はもっとたびたびお返しすべきですのにって、おこづかいまでもらっちゃった」

「申し訳なかったわねえ。お休みの日と合えばよかったんだけど……あら、石倉君は？」

「家の前に、変な男が立ってるのを見たからって、追いかけてった」

「まあ……怖いじゃない」

「そうなの。よしなって言ったんだけど」

すると、足音が聞こえてきて、

「どうも……」

と、若い男が緊張した表情で現れた。

佐和子は見違えた。

「どうしたの、石倉君、その恰好《かっこう》？」

石倉は、ずっと染めていた髪を黒く戻し、背広姿で、ネクタイまでしめていた。

彼は、ちょこんと会釈《えしゃく》してから、

「もし、いらっしゃるなら……この際、ちゃんと挨拶《あいさつ》できればと思って」

「やめてって言ってんのに、きかないのよ」

真弓がうっとうしそうに言う。

「ごめんね、仕事で出てるのよ」

せっかくの行為を、すまなくも、また有難くも思って、相手を見た。

「……いや、いいんですけど」

石倉は、失望より、やはり安堵《あんど》のほうが大きいのか、わずかに表情をゆるませた。

真弓が、家に上がりながら、

「もしも家にいたら、わたしは車で待ってるって言ったの。そしたら、変な男が家の前にいるって、追いかけちゃって……どうした？」

「え。逃げられた」

「ばかね。いちいち追いかけないでよ。逆に刺されでもしたら、どうすんの」

真弓が腹立たしそうに言う。

「本当よ、気をつけないと……。どういう男だったの」

佐和子は訊《き》いた。

石倉は、ネクタイが窮屈らしく、首を伸ばすようにして、

「家の前で、写真を撮ってたようなんです。背の高い男で、眼鏡を掛けて……」

「うそ、ストーカー？」

真弓が目を見開く。「お母さん、狙《ねら》われてんじゃない？」

「よして」

「だって、まだお母さん、いけるよ。その浴衣もよく似合ってる。女盛りじゃん」

「からかわないの。前にタローがひどい目にあったし、気持ち悪いわねえ」

隣の犬は、いまも人を怖がり、ほとんど小屋から出ない。動物でさえ、裏切られたら人間不信に陥るのだと、不憫《ふびん》に思えた。

「さ、石倉君も、上で着替えて」

佐和子は、夫と事があってのち、ずっと浴衣を縫いつづけてきた。集中することで乱れる心を抑え、女物の生地で、自分と真弓と碧子のものを。男物の生地で、夫と石倉のものを縫い上げた。

若い二人は、浴衣の着方がわからないため、佐和子がすべて手伝った。真弓の帯を

しめていると、つい、この子の成人式のとき、自分は病院にいたのだと思い出す。

「振り袖《そで》も着せてあげられなかったね……」と、ため息が洩《も》れた。

「やめてよ。こっちも塀のなかにいたんだから。謝られると、つらくなる」

「そうね」

佐和子は、浴衣を着せ終え、真弓の帯をとんと叩《たた》いてやった。

「わっ、なんかいい感じ」

真弓は、鏡の前で、何度も自分の姿を確かめた。

石倉も意外に浴衣が似合い、若い夫婦は互いを見て、「嘘くせぇ」と笑った。

孫の碧子には、採寸したときより大きめに作ったのに、それでも袖丈が短くなった。

「成長が早いのねぇ」

佐和子は、彼女を抱き上げ、その重みを、生命力への感嘆とともに確かめた。

石倉の車に家族四人が乗り、四時に施設へ着いた。日はまだ高かったが、涼しい風が川のほうから吹いてくる。

義母は、自分の部屋におらず、食堂でテレビを見ていた。二十名近いお年寄りが、椅子《いす》や車椅子に腰掛け、大型テレビの前に並んでいる。テレビに向かって手を合わせているお年寄りもいた。佐和子が視線を上げると、画面には、ちょうどニュースの時間なのか、長崎の地での慰霊祭の様子が映し出されていた。

お年寄りたちは、全員なんらかの形で戦争を体験しているはずだ。しかし、そのときの悲しみやつらさを、現在の姿から感じ取ることは難しい。テレビには、核爆弾を保有している国々の名前と、様々な核実験の映像が流れていた。砂漠の色が変わったり、山の一部が崩れたりする映像に、つい目を奪われているうち、

「おばあちゃん、元気してた？」

真弓がさっさと碧子を抱いて食堂へ入り、自分の祖母に笑顔を見せた。石倉もついてゆき、「……どうも」と頭を下げる。

義母が、ああと声を上げ、彼女らに笑顔を返した。

周囲のお年寄りたちが、一斉にテレビから目を離し、面会を喜ぶ祖母と孫たちの姿へ目を向ける。その視線が、佐和子には怖いものに感じられた。なかには、もう長いあいだ家族が来ていない人もいるだろう。

佐和子の両親は、十四年前に父が、その三年後に母が、それぞれ病気で亡《な》くなった。二人とも、老《ふ》け込む前に、また孫の勲男《いさお》の死を知る前に……そして、佐和子自身が自殺を図る前に、この世を去った。自分を生み育てた人たちには、やはり長く生きてほしかった。だが、両親が長生きをし、施設入所という形になっていたら、自分はどの

ようにそれを受け止めていただろう……。

佐和子は、食堂の外へ出て、真弓たちが義母を連れてきてくれるのを待った。

義母は、ゆっくりとだが自分の足で歩け、耳も目も達者だった。それでも、佐和子のことは、やはり叔母と思っており、

「今度、浴衣を縫ってきますから」

佐和子が、義母の部屋で彼女のからだの寸法を採っていると、

「叔母さん、ありがとうね」

義母は、頭を下げ、採寸のあいだ、ココハ、オクニヲ、ナンビヤクリィと、悲しげな調子の軍歌を歌った。

五時半過ぎ、館内放送があった。お年寄りたちと一緒に夕食をとるための、配膳《はいぜん》や片づけを家族に手伝ってほしいという。

佐和子は、真弓と行こうとした。

だが、真弓は、碧子と部屋に残ると言い、義母のそばを離れようとしない。

「おれが……」と、石倉が立った。

佐和子は調理場へ進み、ほかの家族と一緒に、カレーを配るのを手伝った。食堂はすぐに人でいっぱいになり、玄関ロビーでも食事をとれるように用意した。ひと段落

ついたところで、石倉を手伝いにいった。彼は、調理場の裏手で、空になったズンドウを洗っていた。

「ご苦労様」と声をかける。

石倉は、浴衣の袖をまくった姿で、ちょこんと頭を下げた。

「真弓がやればいいのにねえ。あの子、どうしたのかしら。ずっと碧子を抱きつづけちゃって」

佐和子は、先ほどの娘の態度をいぶかしんだ。

石倉が、少しだけ顔を起こし、

「……外では、碧子を離したくないらしいんです」

「甘やかしてるってこと？」

「ていうか……怖がってんです」

佐和子はびっくりした。

「何を怖がってるの」

石倉は、答えにくそうだったが、

「……人、刺したでしょ」と、小さな声で言った。

「真弓が、ってこと？」

石倉がうなずく。

「相手は一ヵ月ほどの入院で済んだらしいけど……復讐《ふくしゅう》のために、碧子に何かするんじゃないかって」

「まさか。何か、そういうことがあったの」

彼は首を横に振った。

「全然、です。四年も前だし。喧嘩《けんか》で、誰が誰かもわからず、相手も、うちの仲間を刺して、正当防衛に近いものだったんです。相手がどこに住んでるか知らないけど、向こうだって知らないはずですよ」

「だったら、何も心配しなくても」

「そう言ってんです。罰も受けたし、向こうも何も言ってきてないって。真弓も、ずっと気にしてなかったのに、本当に最近です。碧子が、マーとか、パーとか、口にするようになって……自分のしたことが、この子に返ってきそうで怖いって」

「そう……」

「店でも、抱いてるか、店の裏に置いて、五分おきに見てます。碧子がもう少し大きくなったら、落ち着くとは思いますけど」

佐和子は、よい答えが見つからず、石倉がズンドウを洗うのを黙って見ていた。

やがて、ほかの家族たちから交代すると言われ、佐和子たちは、真弓や義母と同じテーブルにつき、カレーを食べた。

赤ん坊を抱いたまま食事をする真弓が、いとおしく感じられ、衝動的に、隣に腰掛けていた娘の髪を撫《な》でた。

真弓は、わけがわからない様子で、「何かついてた」と、何度も髪を気にした。

全員の食事が終わった頃、外へ出るのに適当な時間になり、人々は多摩川沿いの土手へ移動しはじめた。義母には車椅子に乗ってもらい、佐和子が後ろから押した。

土手が川へとなだらかに下り、平たくなっている場所を、施設職員がシートを敷くなどして、早くから用意していたようだ。人が多く出盛ったところからは離れ、お年寄りへの安全面でも都合がよさそうだった。

花火が上がる時刻になると、風が少し冷えてきた。義母のことを考え、からだに掛けるカーディガンか何かを、施設から取ってくることにした。石倉が行ってくると言ったが、じきに花火が上がるため、

「仲良く見ててちょうだい」

佐和子はひとりで戻った。

土手の上の道を、施設のほうへ戻ってゆく。道の途中に、背の高い男が立っていた。

高級そうなスーツを着て、洒落《しゃれ》た眼鏡を掛けている。

佐和子が近づいても、男は道の真ん中からどこうとしない。それどころか、いきなりカメラを構え、佐和子に向けてシャッターを切った。

「浴衣がとてもお似合いですよ、奥さん」

カメラを下ろし、男が言った。

虚をつかれて、抗議することもできない。

「覚えてらっしゃいますか」

笑いを含んだ声で、男が言う。

佐和子は、正面から相手を見た。やせ気味で、全体に知的な雰囲気が感じられなくもない。以前、家の前で、馬見原に家族を奪われたと言った男に間違いない。

「どうして、こんなところへ……もしかして、お昼に、家《うち》へいらした？」

家の前で写真を撮っている男を見たという、石倉の話を思い出した。

「お姑《しゅうとめ》さんですよね？」

男が、義母たちのほうへ視線を送り、「肝心の息子はどうしたんです。嫁のあなたに世話を押しつけ、自分はどこで遊んでるんですか」

「あなた、家の前からつけてきたんですか。なぜです」

男が彼女へ視線を戻した。

「奥さんとわたしは、仲間なんですよ」

「……意味が、わかりません」

「同じ被害者同士ということです。馬見原のせいで、わたしもあなたも、大切な家族が不幸に追いやられている」

男が手を伸ばしてくる。よける間もなく、佐和子は肩に手を置かれた。

「奥さん、わたしは味方ですよ」

佐和子は身動きできなかった。恐怖のためだけでなく、夫のせいで家族が不幸に追いやられているという言葉に、胸のうちでうずくものがあった。

背後で花火が上がったらしい、男の顔が光の照り返しで浮かび上がった。笑っているとばかり思った眼鏡の奥の目が、意外なことに、悲しげな色をたたえている。それが、かえって恐ろしかった。腹にどーんと響く花火の音と、観衆の喝采《かっさい》が聞こえる。

「あなたと娘さんは、いい家族を作ってる。若夫婦と、赤ん坊、それを見守るあなたと、おばあちゃん……羨《うらや》ましい。わたしも、あなた方のような家族を持ちたい。いや、持てるはずだったし、いまも持てるはずなんです。それを、あの男が邪魔してる」

「なんの話ですか……」

「こんないい奥さんがいるのに、あの男は、どういうつもりなのか……。あなたはもっと幸せになるべきですよ」

「人を呼びますよ」

佐和子は、勇気を振りしぼって男の手を払いのけ、脇《わき》を抜けてゆこうとした。

男は、そのまま隣についてきて、

「奥さん、一緒に戦いましょう。今日は、それを話そうと、うかがったんです」

佐和子は無言で足を早めた。

「本当に、ご存じないんですか。あの男がいまどこにいるか。あなたのいないあいだに、ずっと、どこに入りびたっていたかを」

耳を両手でふさいだ。その指の隙間《すきま》から、花火の音もかき分けるようにして、

「本当は知ってらっしゃるんでしょう？　知ってるはずだ。奥さん、わたしの家族を救ってください。そして、あなたの家族も救いましょうよ、ねえ」

と、まるで彼女自身の内面のささやきのように、低い声が鮮明に聞こえた。

佐和子は、首を振って走りだし、施設へと下る道を、一気に駆け降りた。

ちょうど下にいた施設の職員とぶつかりそうになり、

「どうしました。何か事故でも」

職員が驚いた顔で訊《たず》ねてきた。

佐和子は後ろを振り返った。

誰もいない。土手のあたりにも、それらしい人影はない。大型の花火が上がったらしく、土手が邪魔をして見えなかったが、地鳴りに似た音が響いた。彼女の足もとまで、ひどく揺れた気がした。

＊

馬見原は、品のよい印象の、こぢんまりとした一軒家の前に立ち、インターホンを押した。

「どちらさまでしょう」

中年女性の、おだやかだが、怪訝《けげん》そうな声が返ってくる。

インターホンにカメラがついていたため、馬見原は正面に立ち、

「夜分申し訳ありません。田中と申します。ご主人は、ご在宅でしょうか」と告げた。

いくらも待たずに玄関ドアが開き、東京地方検察庁刑事部の藤崎が、スウェットの上下という、くつろいだ姿で現れた。

彼が迷惑そうにこちらを見る。すでに夜の十時を回っていた。言い訳などせず、

「貸しがあったな」

馬見原は、鉄扉《てっぴ》越しにそれだけ言った。

藤崎が眉《まゆ》をひそめる。

「この先に、中学校のグラウンドがあります」と、かすれがちの声で答えた。

住宅街に建つ中学校の隣に、校庭とはまた別の、野球ができる程度のグラウンドが設けられている。出入口の扉に、鍵《かぎ》は掛かっていなかった。

馬見原は、なかへ入り、無人のグラウンドを眺めた。道路の街灯が届くだけだが、月も高く、目が慣れれば、それなりに明るい。

子ども時代、広場でよく野球をした。当時の仲間とはもう会うこともないが、何人かの名前はまだ覚えている。あの頃、世界は、家と学校と仲間のことだった。それさえ平和で楽しければ、問題はなかった。だが、実はそれさえ難しかった。小さな喧嘩はつねにあり、大人の言動は嘘《うそ》が多く、貧しさから家族ごといなくなった同級生もいた。

「こんな時間でなきゃ、だめでしたか」

藤崎が、スラックスとポロシャツに着替えた姿で、グラウンドへ入ってきた。

「もう少し早ければ、喫茶店や飲み屋があったんです。家は狭いから、上がってもらうわけにもいきませんしね、すみませんが」

言葉とは逆に、彼は責める口調で言って、一塁側に置かれたベンチに腰を下ろした。

「こっちの都合で来たんだ、構わんよ」

馬見原は、彼に歩み寄り、煙草《たばこ》を勧めた。

「やめてます」と、藤崎は断った。

煙草をくわえ、火をつける。すぐには話さず、タイミングを待った。

藤崎のほうが、先に沈黙を嫌ってだろう、

「あの家も、買った当時は広く感じたものです。物は増えるし、子どもたちも大きくなると、自分の部屋を欲しがって、もう……」

「床下を調べたい。裁判所の許可を頼む」

馬見原は、自分の影を見つめて、切り出した。

「床下？」

「麻生家と、実森家の両方だ」

これまでの事情を簡単に話した。巣藤浚介のこと、害虫駆除のこと、そして馬見原が通常の勤務外で聞き込みに回った結果の報告だった。

実森靴店の従業員は、家を今度消毒するつもりだという、店主の話を覚えていた。

「ほかに、千葉と埼玉へも回ってきた」

昨年暮れに千葉で、二月に埼玉で起きた心中事件も、彼は調べた。管轄《かんかつ》の県警本部に知られないよう、聞き込みの範囲を限り、質問も、被害者宅で害虫駆除がおこなわれていなかったか、という点だけにしぼった。

埼玉では、覚えている人間はいなかった。だが千葉では、隣室の者が、マンションなのに害虫駆除をするという話を、ふだん会話を交わさない被害者から聞かされ、よく覚えていた。流しの下や、畳の下などに害虫が巣くうらしく、消毒の際には少し臭《にお》うかもしれないので、許してほしいという話だった。隣室の者は、自分の部屋も調べてほしいと思ったが、業者が本当に隣の部屋を消毒したかどうか確認する前に、事件が起きたらしい。

「どういうつもりです。あなたの行動は、公務員法に抵触する可能性がありますよ」

藤崎が苛立《いらだ》たしげに言った。

「新たな共通点が見えてきたんだ」

「たとえ全部の家が害虫駆除をしていたとして、それがなんです」

馬見原は、消毒の方法を説明した。

「つまり業者には、暗闇《くらやみ》でも迷わないほどに、家の構造がわかる。寝室の場所や、生活のサイクルも、その気になれば知ることができる。あとは合鍵を作ればいい。鍵を作るだけの時間は十分にある」

「あんなむごいことをしでかす動機は、どうなんですか。納得できる答えを言ってみてください」

「それを見つけるためだ。頼む、これで貸し借りはなしだ」

「難し過ぎます。実森家はまだしも、麻生家のほうは終わってるんです」

「検察がその気になれば、やれるはずだ」

藤崎がやや迷ったらしい隙をついて、

「きみは、もしかしたら、いまの職にいなかったかもしれない。この世にすらだ」

と、抑揚のない声でつづけた。

藤崎が苦り切った表情で吐息をつく。

「ひどい手で来ますね」

馬見原は、気づかれないよう奥歯を嚙《か》みしめ、あえて口を閉ざした。

「そんなにまでして、何を求めてるんです。本当に外部の犯行だと信じてるんですか」

藤崎の問いへ答える代りに、煙草を捨てた。ここが中学校のグラウンドなのを思い出し、消えた煙草を拾い上げる。その瞬間、息子の勲男のことを思い出した。

勲男は、友人たちと酒を飲み、卒業した中学校へ忍び込んだ。そして、教師のスクーターに勝手に乗り、事故を起こした。どうしてそんなことをしたのかと思う。本当に、真弓が言っていたように、馬見原がわが子を精神的に追い込んでいたのだろうか。だとしたら、どうつぐなえばいい。どうすれば許される。

「おれは……もうこれで終わっていい」

ふと口にした。

「退職ってことですか」

藤崎の驚いた声を耳にして、馬見原自身も少なからず驚いた。

ああ、そうかと思う。自分は最近ずっと、このことを考えていたのかもしれない。もう潮時だという自分の内面から発する知らせを、薄々感じていたからこそ、この事件にむきになっていたのだろうか。

「何か、あったんですか？」

藤崎が心配そうに訊《たず》ねる。直接は答えず、

「どうだ、やってくれないか」

馬見原はおだやかに求めた。

「しかし……麻生家の検証許可をあらためて取るとなると、何か証拠がないと」

「まず実森家を調べればいい。何か出れば、麻生家も参考のために調べるという形でどうだい」

藤崎は、足もとの土を靴底で繰り返しこするようにしてから、やがて馬見原を見上げた。たぶん彼の右の眉に残った切り傷を見たのだろう、

「ずっと重荷だったんですよ……」

と、自分の右の脇腹を撫《な》でた。

もう十三年も前になる話だった。

馬見原は、四十を越したばかりで、精力的に仕事に打ち込んでいた時期だった。

その夏、二十七歳の主婦と一歳の赤ん坊が扼殺《やくさつ》される事件があった。本庁捜査一課にいた馬見原は、すぐに現場へ向かった。そのとき、検察官として臨場したのが、藤崎だった。刑事部検事になって間もない彼は、早く仕事に慣れて、捜査員たちにばかにされまいと、何かと現場に首を突っ込みたがっていた。

現場に残された指紋から、容疑者は、行方のわからない被害者の夫にしぼられた。元暴力団員で、事件のあった部屋からは、覚醒剤《かくせいざい》が発見された。茨城県の水戸で、容

疑者の実母が一人で暮していると判明した。実母は、幼い頃の容疑者を虐待《ぎゃくたい》し、そのことが原因で離縁となり、二十年以上、容疑者とはつながりがなかった。

捜査本部も、担当検事の藤崎も、容疑者が実母の前に現れる可能性は低いと見た。だが馬見原は、覚醒剤の影響とはいえ、容疑者が妻子を殺したことを重く見た。

「父親もとうに亡《な》くなって、あいつにはもう家族は、実母しかいない。きっと、母親の前に現れる。あいつの帰るところはもうそこしかない」

馬見原の主張は通り、若い刑事と組んで、確認に向かうことが許された。一方、藤崎は、検察内部の話で、「一課の暴れ馬」として、馬見原のことを聞き及んでいたらしい。あくまで反対意見を貫いた馬見原に、興味を抱いたということもあったのだろう。捜査のひとつのあり方を把握したいという理由で、同行した。

容疑者の実母の家を、地元の巡査と若い刑事が、まだ近所も寝静まっている早朝、玄関から訪ねた。馬見原は、万が一を考え、裏口に回っていた。容疑者が覚醒剤を使っていることが考慮され、彼らには銃の所持が命じられていた。

藤崎に対して、馬見原は離れた場所での待機を言い渡していた。だが好奇心を抑えきれなかった藤崎は、容疑者の実母の家に近づいていた。そして、脇道《わきみち》から実母の家へ向かう、容疑者を発見した。本来なら、馬見原たちへ知らせに走るべきだった。若かった藤崎には功を焦《あせ》る気持ちも働いてだろう、逃げられる前に、一人で容疑者を制圧しようとした。容疑者が酔っているように見え、簡単に思えたと、のちに彼は馬見原に語った。実際、容疑者の背後から右腕を取ると、まったく抵抗されなかったという。

歩けと、藤崎が命じた直後だった。容疑者は利《き》き腕だった左手を懐《ふところ》に入れ、呑《の》んでいた包丁で、藤崎の脇腹を刺した。

馬見原は、玄関先の様子から、容疑者がまだ現れていないと察し、藤崎にもこの家を見せてやろうかと、たまたま車を止めてある場所へ戻ろうとしていた。すると途中の路地で、仰向けに倒れ込んだ藤崎に、容疑者が馬乗りになって、包丁を振り上げていた。

「やめろ」

馬見原は叫んだ。腰のホルスターから拳銃《けんじゅう》を抜き、容疑者に向けて構えた。ためらうことなく安全装置も外した。

「手を下に、ゆっくり置け」と、低く、厳しい声で命じた。

だが相手は、酒ではなく薬に酔っていたらしい。へらへらと笑って、包丁を藤崎に振り下ろした。馬見原は引き金を引いた。肩を撃ちたかったが、外せば藤崎が危ないと思い、狙《ねら》いをやや中心に置いた。下にいた藤崎が暴れ、容疑者のからだが浮いたことも重なって、銃弾は男の胸を貫いた。

銃声につづいて容疑者がおおいかぶさってきたため、藤崎はさらにパニックに陥ったようだった。ヒステリックに暴れ、いつの間にか手にした包丁を振り回していた。彼自身を傷つけるおそれもあり、馬見原はそばへ駆け寄り、落ち着くように声をかけた。そのとき、止まりかけた包丁が急にまた振られ、馬見原は眉の上を切った。

流れ込んできた血で右の目が見えなくなりながらも、なんとか相手の腕を押さえた。

容疑者の死亡を確認したあと、

「いいか。おれの顔は、奴《やつ》に切られたんだ」

馬見原は、藤崎の傷口にハンカチを押し当てて言った。いまにも意識を失いそうな彼の目をのぞき込み、強く言い含める口調で、

「おまえがおれを救った。ホシに襲われたおれを助けようとして、おまえは刺された。いいな、おまえが助けてくれたんだ」

藤崎は、答える前に、気を失った。ほどなく地元の巡査たちがこちらへ走ってきた。

搬送先で緊急手術を受け、藤崎は命をとりとめた。

馬見原の背後から、容疑者が襲いかかったところを、様子を確かめにきた藤崎が気

づいて声をかけ、馬見原は浅い傷ですんだ。逆上した容疑者が今度は藤崎に襲いかかり、馬見原が数回にわたる警告ののち、容疑者を撃った……。この話を、上司や監察官たち全員が信用したとは思えない。ことに藤崎の嘘など、ベテランの捜査員たちに通用するはずがなかった。馬見原は、それを承知で、藤崎に嘘を通すことを求めた。スキャンダルになりかねない問題を、検察を含めて捜査関係者が、追及することはないという計算だった。事実、馬見原の申告どおりに事件は受け止められ、それに沿った処理がなされた。

藤崎は、その後キャリアを重ね、捜査員に恐れられる本部事件専門の検事として、いまに至っている。

「馬見原さん……わたしは、この十三年、ずっと訊《き》きたかったことがあるんです」

藤崎が言った。彼は、脇腹に手を置いたまま、馬見原のほうを見上げ、

「あの事件……ホシは、自分を虐待して、離婚した、いわば自分を捨てた母親のところへ、二十年ぶりに現れたわけです。捜査本部もわたしも、愛情もない母親の元へなど、ホシは来ないと思った。だが馬見原さんは、きっと来ると主張した。あのあと、騒ぎになって、馬見原さんには結局、訊かずじまいになったことがあるんです。くだらないことですが、頭を離れない」

「なぜ、奴が来ると思ったかってことか？　あれは、ただの勘みたいなもんだ」

馬見原は答えた。

藤崎は小さく首を横に振った。

「それはいいんです。あなた一流の勘だろうと思ってました。そうじゃなく……ホシは、何のために、母親に会いにきたんでしょう。奴は、包丁を用意してました。あの包丁は……本当は、誰に向ける気だったのか。自分がヤクザに落ち、妻子まであやめる結果になったのは、母親のせいだと、恨む気持ちがあったんでしょうか。母親を、殺す気だったんですかね。馬見原さん、どう思います」

馬見原は、無意識に、右の眉《まゆ》の傷口にふれた。そのまま顔を、手で荒くこすり、

「抱きしめて、もらいにきたのさ」

彼は、手を下ろして藤崎を見つめた。「母親に抱きしめてもらって……すまなかったと、頭を撫でてもらいにきたんだ。そして、きっと待っているからと、母親に自首を勧められにきたんだ。包丁は、万が一の逃走用で、いわば、はじめからあんたに向けられていたものだ」

「……本当ですか。どうしてそれが」

「藤崎さん……あんた、あいつが母親を殺しにきたと、そう思いたいのか。そこまで

つらく、人間を考えなきゃいけないかね」

藤崎が無言で顔を伏せた。

「他人のことはわからない。過去のことなら、なおさらだ。だったら、人間が少しはましに思えるほうに考えたほうがいい。人を信じたくなるほうに……ときどきは、考えてやらないと、自分の心がつぶれちまうよ」

馬見原は、煙草をくわえ、藤崎を残して、道路に出た。月の明るさに勘違いしたのか、どこかで蟬《せみ》が鳴いていた。

【八月十日（日）】


氷崎游子は、暑さのあまりアスファルトが溶け、靴の底につくように感じた。

鉄塔の影に入って、チラシをバッグから出す。書かれている住所は、この近くだが、目の前は金網に囲まれた建築資材置場で、人が集まりそうな場所は見当たらない。

ちょうど資材置場の奥の小屋から、人が現れ、こちらへ歩いてきた。

六十歳前後の、姿勢のよい男性で、白いシャツにネクタイをしめ、濃い色のスラックスをはいている。金網の扉を開け、道に出てきた彼に、すみませんと声をかけた。

「あの、このお宅をご存じないでしょうか」

振り返った男性は、厳しい印象の顔だちで、顎《あご》に古い切り傷《きず》の痕《あと》があった。彼は、游子の差し出したチラシに目を走らせて、

「家族の集まりにいらっしゃったんですね」

と、顔だちからは意外なほど、柔らかな笑みを浮かべて言った。

「ええ」

游子はうなずいた。相手の態度から見て、よく訊《たず》ねられるらしい。

「じゃあ、一緒にいらっしゃい」

男性は、金網の扉に鍵《かぎ》を掛け、先に立って歩きはじめた。

チラシに書かれているのは、児童相談センターで游子たちを批判した女性、山賀葉子の開く、家族の集まりの案内だった。どんなことをするのか、游子は以前から興味があったが、忙しさを言い訳に、足を向けるには至らなかった。

今日、ようやく出てこられたのは、山賀葉子に、駒田父娘《おやこ》の事情を聞きたいという動機が生じたことが一番だが……先週、巣藤浚介の家で、ふだん会うことのない人々と交流し、エネルギーをもらえたことも大きいように思う。

「ここですよ」

男性は、すぐ隣の家の門前で止まった。

游子は呆気《あっけ》にとられた。目には入っていたが、平凡な民家だったため、まさかと思っていた。男性は、門のなかへ入ってゆき、敷地内の、山小屋風の建物を指して、

「あそこで開いてます」と、教えてくれた。

建物の入口には、墨による美しい字で、『家族の教室』と書いた看板が掲げられていた。建物の窓は開け放され、なかから人の声がする。午後一時から始まるとチラシ

にはあったが、いま十五分前だった。

「どうもありがとうございました」

游子は男性に礼を言った。

男性は、気をきかせたつもりか、小屋の引き戸を開け、なかへ何やら話しかけた。

ほどなく見覚えのある婦人、山賀葉子が現れた。彼女は、黒の礼服に似たワンピースを着て、いつもの薄い色のサングラスを掛けていた。

「あら、あなた……児童相談センターの?」

「こんにちは」

游子は頭を下げた。

「知り合いかね?」

男性が彼女のほうへ訊《き》く。

葉子は、男性に小声で説明したようで、

「そう……駒田君の……」

彼は、怪訝《けげん》そうにつぶやき、游子に会釈をして、建物の裏手へ回っていった。

葉子は、いったん外へ降りて、後ろ手で出入口の引き戸を閉めた。

「どういうご用件でしょう。確か……氷崎、先生でしたかしら」

「ただの氷崎です。山賀さんが開かれている集まりを、見学させていただけませんでしょうか」

游子は丁寧な口調をこころがけた。

「何か問題点を探そうということですか」

相手の警戒した態度に、游子はあらためて頭を下げた。

「先日は、センターで失礼なことを申し上げたと思います。山賀さんとは、すべての意見が同じというわけではありませんが、困っているご家族を助けたいという姿勢には、敬服しています。実際、多くの方が山賀さんのお話に共鳴されていました。そして駒田さんも、よい父親になろうと、山賀さんのもとで勉強なさっていると聞きました。先日、娘の玲子ちゃんが入所している施設を訪ねられたそうですね」

「ええ。玲子ちゃんは、とてもいい子ですね。お父さんは、ここで勉強していますよ。むろんお酒も断って、しっかり働きはじめています」

「わたしどもが力不足で叶《かな》わなかった、駒田さんとの信頼関係を、山賀さんは作っていらっしゃいます。公的機関は、今後ＮＰＯやボランティア団体と協力してゆく時代だと、山賀さんはおっしゃいました。そのとおりだと思います。ですから、ご家族の方々とどんな勉強をなさっているのか、拝見したいと思ったんです」

葉子は、薄いサングラス越しに游子のことを見つめていたが、やがて、

「嘘《うそ》ではないようですね」と言った。

「嘘じゃありません。多くのご家族とよい関係を作れる方法があるなら、できるだけ職場でも取り入れたいと考えています」

「わかりました。でも、見学という形はとってませんの。皆さん、似た悩みを経験しているという共通の想《おも》いがあるからこそ、警戒を解いて心を開くことができてるんです。会に参加する初心者として、席に着いてくださいます?」

「はい。でも、どうすれば……」

葉子が優しげな笑みを浮かべた。

「皆さんと同じようにしてください。自分の悩みや、つらかった経験を話す機会がありますけど、話す話さないは自由です。黙ってらして構いません。もちろん、話したければ話してもいいんですよ。何か悩みがおあり?」

冗談ぽい口調で言われ、游子は苦笑とも言えない固い笑みを返した。

葉子の案内で、建物のなかへ入った。バッハだろうか、バロック音楽が流れている。空調設備はないが、扇風機がところどころで回り、窓からも風が気持ちよく抜けてゆく。内部は、小学校の教室程度の広さで、前方に小さな壇があり、その壇に向かって

半円を描く形で椅子《いす》が配置され、二十人近くの男女が腰掛けていた。

游子は、出入口に近い席に掛けた。見回すと、四十代から六十代くらいの女性が多く、彼女たちの夫らしい男性も数人参加している。同じ悩みを抱えた人同士のためか、融和的な雰囲気が漂い、参加者の表情も沈鬱《ちんうつ》なところはなく、むしろくつろいで見えた。部屋の前方と後方には花瓶が置かれ、色とりどりの花も飾られて、ヨーロッパ映画などで見る、田舎町の小さな集会場を思い出した。

少し変わっているのは、部屋の中央に、いわゆるシンボルなのだろう、電話台に似た台が置かれ、その上に、ドールハウスのような家の模型が据えられていた。模型の高さは四、五十センチくらいで、土台の上に柱が立ち、梁《はり》が渡され、屋根も組まれて、骨組だけだが、精巧に造られている。家とはこうした単純な構造でできているんだと、じっと見つめてしまう魅力があった。

「何か飲まれませんか」

背後で、親しげな声がした。振り返ると、後ろのテーブルのところで、初対面の白髪まじりの男性が、紙コップを手にほほえんでいた。テーブルには、ジュースやウーロン茶のペットボトル、またクッキーなども用意されている。

「あ、大丈夫です」

と、游子は遠慮したが、

「外は暑かったでしょう。汗をかかれてる」

男性は、紙コップにウーロン茶をつぎ、彼女に差し出した。

「飲まれなくても、近くに置いておかれるといい」

「ありがとうございます」

游子は素直に受け取った。

「初めてですか」

男性が隣に腰を下ろす。

「はい、初めて参加します」

「緊張しなくていいですよ。ここでは、職業も年齢も、世間の常識も関係ない。家族のことで悩む、ひとりの人間として、いればいいんです。勝手に愚痴を言えば、それを黙って聞いてもらえる……存在を丸ごと受け入れてもらえるんです」

游子は、うなずき、受け取ったウーロン茶に口をつけた。自分の斜め前にいる女性に、目が止まった。上品なたたずまいで、顔だちは整っているが、神経質そうにまばたきを繰り返している。表情の暗さが、この場では目立つ彼女に、游子はどこかで会っている気がした。

流れていた音楽が突然やんだ。部屋の前方で、或《あ》る人物がCDカセットを止めたところだった。それが誰か、游子ははじめわからなかった。こちらを睨《にら》みつけてきた顔を見て、驚いた。駒田だった。彼は、半袖《はんそで》シャツにネクタイを締め、折り目のついたスラックスをはき、髪もきちんと撫《な》でつけている。

「駒田さん、ありがとう」

葉子が礼を言う。駒田は、彼女に会釈《えしやく》をして、最も壇上に近い席に腰を下ろした。

「では、始めたいと思います」

周囲の人々は話をやめ、葉子を見た。

「みなさん、こんにちは」

彼女がよく通る声で言い、人々が挨拶《あいさつ》を返した。

「よくいらっしゃいました。日曜の午後、しかもこの暑い日に、皆さんがいかにご家族を大切に思っているかということが、理解できます。ご家族の問題に悩む方は、自分が悪いんじゃないか、自分のせいではないかと、苦しまれます。でも、考え方を変えてください。家族の問題に悩むのは、それだけあなたが、家族を大切に想っている証拠です。家族と幸せになりたいと願うからこそ、苦しむんです」

彼女が、駒田に何やらうながした。駒田が立って、一人一人に紙を配りはじめる。

「では最初に、家族への想いを口にしましょう。心のなかで思っているだけでは、迷いや不安へ転じやすいものです。戦争はいやだと心のなかで思うより、『わたしは戦争に反対だ』と口にしたほうが、きっと力が湧《わ》いてくるものです。口に出す、表現する、それ自体がもう運動だからです」

話のあいだに、駒田が游子の前へ来て、紙を差し出した。彼は、一瞬だけ彼女を睨んだものの、黙ってすぐ次の人の前へ移った。

「もちろん無理をしなくて結構です。ご自分の判断で、口にするしないは決めてください。でも、少しだけ勇気を出してくださると、嬉《うれ》しく思います。では、立ちましょうか」

参加者が立つのにならい、游子も駒田から受け取った紙を持って、椅子から立った。

「では、プリントの一番から」

葉子が合図を出し、紙に書かれていた言葉を、参加者が読み上げてゆく。

一つ　わたしは家族を永遠に愛します

二つ　家族は人間の根っこです

三つ　家族は世界の基本です

四つ　すべては家族に発し、戻ります

五つ　自分中心をやめ、家族中心に行動します
六つ　すべての問題は、よりよい家族に成長するための試練です
七つ　試練を乗り越え、本物の家族に近づきます
八つ　家族の愛が、苦しみを解放します
九つ　家族の思いやりが、人々を喜びへ導きます
十　家族とともに真の幸福をめざします
半数以上の参加者が、慣れた様子で大きく声を出して読み上げ、游子の隣の男性など、もう記憶しているのか、暗唱していた。

葉子が拍手をした。参加者もそれに応じて拍手をする。

「ご苦労様です。こういうことをすると、妙な宗教かしらと、色眼鏡で見る人もいますが、全然、うちは宗教的なものとは関係ありません。壺《つぼ》なんて売りませんよ」

参加者たちが笑った。

葉子も、楽しそうにほほえみ、

「ふだん大きな声を出すなんて、ないでしょう。カラオケと同じで、ストレス発散のつもりで口にしてもらえばいいんです。どうせ口にするなら、家族のことで、前向きのものがいいでしょ？　今度みなさんとカラオケもしましょうね」

参加者たちは笑いながら、それぞれの椅子に腰を戻した。

「では、下の名前と、参加回数で、自己紹介をしてください。皆さんは拍手で迎えてあげてね。初めての方もいらっしゃるけど、恥ずかしがらずに。年齢を言うときには、二十歳までは引いても結構ですよ」

参加者たちがまた笑った。最初に、駒田が椅子に腰掛けたままで名乗り、

「五回目です、よろしくお願いします」と、神妙に頭を下げた。

周囲から拍手が送られた。

順番に従い、参加者たちは下の名前を告げ、参加回数を告げた。十回を超す参加者も少なくなかった。

游子にも、その番が来て、

「ユウコです、初めてです」

と、頭を下げた。すぐに拍手で迎えられた。気恥ずかしさはあったものの、拍手を受けたことは、いやな気分ではなかった。

見覚えのある女性の番になった。

「キクコです、二度目です、よろしくお願いします」と、細い声で早口に言った。

全員が紹介を終え、葉子はあらためて参加者たちに拍手を送って、

「本当にご苦労さまでした。次に、それぞれの経験や悩みをわかちあってゆければと思います。その前に、大野さんから、今日も大事なお話をうかがいましょう」

出入口の戸が開き、游子を案内してくれた男性が、妙な上着を身につけて入ってきた。白い厚手の服は、前が開いておらず、彼の手も見えない。男性は、慎重な足取りで前へ進み、壇上に立って、深々と頭を下げた。

「大野です。よろしくお願いします」

参加者たちは拍手で迎えた。

大野と名乗った男は、厳しい顔だちに柔和な笑みを浮かべて、

「不思議な恰好《かっこう》でしょ？　これは、袖の長過ぎる柔道着を、前後を反対に着たようなものと、お考えください。今回、象徴的なお話をしたくて、着てみました。では、この手よりも先に伸びている両袖を、後ろへ回して、ほんの軽く縛ってもらいます」

葉子が、言われたとおりに両袖の先端を取り、彼の背後で互いの袖先を縛った。大野は、身動きのとれない囚人のような姿になった。

「いまこの世界を生きている人々は、おおむねこうした状態に陥っているように、わたしには思えるのです」

大野は、奇妙な恰好のまま、あくまで柔らかい表情でつづけた。

「自由を奪われながら、それと気づかずに生きている……何かのきっかけで、身動きがとれないと気づいて、初めてあくせくしはじめるんです。さて、皆さん、今日の天気はどうです。あなた、どう思われますか」

大野は、すぐ近くの席にいた女性を見た。その女性は、どぎまぎした様子で、

「とても暑い、です」と答えた。

大野は、うなずいて、全員のほうへ、

「今日は本当に暑い。でも、あくせく焦《あせ》って、天気を変えることができますか」

彼は、わざと暴れてみせてから、駒田のほうを見た。駒田は、困った表情で、

「……天気は変わりません」と答えた。

「そのとおりですね」

大野の返答に、駒田は嬉しそうに笑った。

「彼の言うとおり、晴れた日も雨の日も、変えることはできません。空模様だけでなく、大きな状況を一個の人間にどうこうできるものではない。子どもの問題も似ています。子どもは自然発生的に問題を抱えるわけではない。様々な周囲の環境が影響しているのです。むやみに焦っても、子どもを苛立《いらだ》たせるだけでしょう。まずは冷静に、自分がこうした不自由な状態にあると自覚することが大切ではないでしょうか。では、

自分がどうにも身動きがとれないと、見きわめがついて次には、どうすればいいでしょう。どうです、あなた？」

大野の視線が、游子へ向けられた。参加者たちにも一斉に見つめられ、とても黙ったままでいられる雰囲気ではなく、

「誰かの、助けを借りてはいかがでしょう」

游子は恐る恐る答えた。

「そうです、素晴らしい」

大野が強くうなずいた。「自分でどうにもできないとき、他人に助けを求めるのは最もよい方法です」

すると、葉子が彼に向かって、

「あなたは縛られてますよ。解いてさしあげましょうか」と、言葉をかけた。

「お願いします」と、大野が頭を下げる。

葉子が、先ほど縛った彼の袖を解《ほど》くと、大野は自由になり、窮屈そうな上着も取って、シャツとネクタイの姿に戻った。

「他人に助けを求めることは、恥ずかしいことではありません。自分たちのなかに引きこもっていては、かえって問題を大きくすることのほうが多いんです。家族問題は、

社会問題であり、世界の問題です。子どもに問題が生じたとき、その家族だけに解決を求めるのは、実は社会の無責任です。これまで社会はずっと、罪を犯した者の、親や家族を責めてきました。それで、罪は減りましたか？　むしろ人々を孤立させ、開き直らせ、犯罪を連鎖させてきたのではないでしょうか。どうして、みんなで助けないのです？　問題を抱えている家庭を見て見ぬふりをしていては、きっとそのことがツケとして、別の家庭へ、社会へ、そして世界へと、様々な形で返ってくると思います」

大野は、ひとりひとり参加者を見回して、

「お互いが縛られているような場合でも、口を使って解いてあげられるでしょう。一緒に並んで助けを呼ぶこともできます。ささいなことだと遠慮する必要はありません。ささいなことにこそ、重要な問題が隠されているのです。あなたの悩みを、わたしたちに共有させてください。一緒に考えましょう。支え合うことは、ほかの人にとっても、大切な糧《かて》となるものです。さあ、どなたからですか？」

すると、五十歳前後の女性が立ち上がり、

「娘が、手首を何度も切るんです」と訴えた。

「どうぞ座って。楽な姿勢でお話しください。無理をしては疲れますよ」

大野が勧め、女性は椅子に腰を戻した。

「ダイエットに熱中していたかと思うと、急に無気力になり、或《あ》る日突然、手首を切るようになりました。理由はわかりません。叱《しか》ったり、なだめたり、いろいろ説得して、そのときはわかったもうしないと約束するのに、また切るんです……」

その女性の発言が呼び水となったのか、何人かの参加者が悩みを訴えはじめた。

息子がトルエンを吸って暴れるが、精神科の病院からは入院を拒否された。

理由がわからないまま人を怖がるようになった娘は、一日中入浴と洗髪を繰り返す。

いじめられて家に引きこもった息子は、母親に対し、産んだことを責めるらしい。

姑《しゅうとめ》が教育に口出しをするため、家のなかがうまくいっていなかったが、最近子どもが姑をあからさまに憎むようになった、自分のせいだろうか……配偶者の暴力が子どもに悪影響を与えているが、経済的にも精神的にも離婚は考えられない……そうした複雑な問題も話された。

游子にとって、多くの話が、児童相談センターや心理学のセミナーで、見聞きした事例ではあった。だが大勢の当事者から一度に、しかも、いわゆる愚痴ともとれる形で、話を聞く機会は初めてだった。相談機関において、人はもっと構えた話し方をする。ここでは、とても率直で、感情がこもり、心の痛みがまっすぐ伝わってくる。

游子は、問題を抱えた人々の生の声、生の感情を、これまで確かにすくいとってこれたかどうか、問い直されているような気がした。

「うちは……違います」

室内に沈黙が訪れたとき、ふと洩《も》れた低いつぶやきが、やけに大きく響いた。

游子が見覚えがあると思った女性だった。彼女は、一斉に向けられた視線におののきながらも、首を横に振って、

「うちの子は……そんなに、ひどくないんです。むしろ、何ともないくらいです。そうです、何もないんです」と、細い声で言う。

游子はようやく彼女が誰か思い出した。今年の四月末、練馬警察署で会った、芳沢亜衣の母親に間違いない。

「娘はおとなしくて、暴力とか、自分を傷つけるなんて、一度も……」

彼女は、涙で声をつまらせ、すみませんと口を手でおおって立ち上がり、バッグなど身の回りのものを持って、出入口のほうへ進んだ。

「キクコさん、お待ちください」

葉子が呼び止めた。柔らかい声だったが、亜衣の母親は足を止めた。

「いま、帰ってしまわれて、本当にいいの。おつらくなるばかりじゃない?」

亜衣の母親は、ちょうど游子の背後で立ちつくし、涙をすすり上げ、

「皆さんに、ご迷惑をおかけして……」

「誰も迷惑だなんて思ってませんよ。大丈夫、席にお戻りください」

葉子が勧める。

亜衣の母親は、なお迷っているようだったが、急に気持ちが激してきたのか、

「一緒にされたくないんですっ」と、やりきれない口調で叫んだ。

何人かの参加者が、その言葉に反発するような吐息を洩らした。

「皆さん、キクコさんを責めないで」

葉子が言った。「どなたも、そういう時期があるものでしょう？」

亜衣の母親は、からだをふるわせ、

「娘は……そんなにひどくないし、家も不幸じゃありません。違うんです」と言う。

部屋の前方で、手を叩《たた》いたような大きな音が響いた。亜衣の母親も、游子たち参加者も、一斉にそちらを見た。

「違っていいんです」

壇上の大野が重々しい声で言った。「家族それぞれ違います。違うのが当たり前です。けれども、違うところだけに目をやり、孤独に戻るのですか？　いま帰られても、

孤立した苦しみに戻るだけではないですか」

大野が壇から下りる。ゆっくり部屋の中央へ進み出て、

「この家をご覧なさい」

集まりの中心となる場所に据えられた、家の模型を両手で示した。

「単純な造りでしょ。なかで暮らす家族も、いろいろ違いはあるにせよ、虚飾をはぎ取れば、単純です。人というものは、優しくされれば嬉《うれ》しい、つらくされたら悲しい。不当に扱われれば腹が立ち、ほめられれば力が湧《わ》く。そういうものです。家族とは、ぬくもりや理解、許す心を共有し合う場です。一時的でもいい、その家族の輪をここで広げてみませんか」

「でも、わたしは皆さんの足を引っ張るだけです。無力な空っぽの人間です。夫にも、娘にも、何もできなくて。誰かと何かを共有するなんて、とてもそんな……」

亜衣の母親は、ついに声を上げて泣きはじめた。本来、そのまま泣かせてあげて、しばらくしてから席で休ませるのがよいのだろう。

游子もそれはわかっていた。なのにわずかな反発心が、彼女を立たせていた。

「もういいんじゃないでしょうか」

游子は、大野たちに言って、亜衣の母親を背後から支えるようにした。

葉子が、困ったようにこちらを見た。

「ユウコさん……」と、悲しげな声で注意される。

出過ぎた真似《まね》だと、そのとき理解した。多くの人の心をとらえている大野たちに、游子自身も家族問題の専門家として、無意識のうちに嫉妬《しっと》していたのかもしれない。相手が知らない女性ではないため、感情的に流された部分もあるだろう。ともかく、自分本位の行動だった。実際、亜衣の母親は、本当に出ていこうとはしておらず、游子にもからだを預けてこなかった。

「駒田さん、だめよ」

葉子のたしなめる声がした。

游子が振り返ると、すぐそばに駒田が迫ってきており、

「何やってんだよ、てめえ」

と、游子の肩をつかんだ。

「駒田君、やめなさい」

大野が止めた。

駒田は、大野たちのほうを振り返り、

「すみません。この女は、おれを憎んでて、それで来たんです。べつに悩みなんてな

いんですよ。この会をつぶしにきたんです」

游子は言い返そうとしたが、その間もなければ、正当な言葉も思いつかぬうちに、

「皆さんもすみません。おれのせいで、ご迷惑かけました。すぐ外へ出しますから」

駒田が、参加者たちへ頭を下げ、引き戸を開いて、游子を追い出すようにした。せめて亜衣の母親が一緒に帰ってくれるなら、游子の行動にも救いがあったが、

「さあ、キクコさん、戻りましょう」

葉子にうながされると、亜衣の母親は素直に席へ戻っていった。

駒田が、外へ出てきて、後ろ手に戸を閉めた。なかの人々を守るような姿勢で、戸の前に立ちはだかり、

「真剣な悩みを抱えている人が集まってんだ。冷やかしに来て、かき回すんじゃねえよ」

彼は険しい顔で、しかし、以前に比べてずっと確かな口調で言った。

「駒田さん……玲子ちゃんのために、話し合いにいらしてください」

游子はそれを言うのが精一杯だった。

「言われなくても、じきに玲子には会いにゆくよ。おれは、いま、うまくいってんだ。もう少しで堂々と迎えにいける」

確かに駒田は変わってきている。彼に肩を押されて、游子は力なく後退した。

「二度と来るな。玲子のこともだ。今度しゃしゃり出てきたら、ぶっ殺すからな」

彼が素早くなかへ入り、目の前で引き戸が閉められた。

このまま帰るべきか迷っていると、もう一度引き戸が開き、游子のバッグだけが放り出され、またすぐ閉まった。游子は、軽率な行動を恥じながら、なおしばらく待ってみたが、亜衣の母親が出てくる気配はなかった。

【八月十五日（金）】

光の存在をほとんど感じられない、暗い日だった。

巣藤浚介は、いつ降りはじめてもおかしくない空模様を気にしつつ、バス通りから、やや上り坂になっている商店街へ入った。

商店街を抜けた先の閑静な住宅地に、芳沢亜衣の家はある。事前の電話はしていない。すれば、断られるのはわかっていた。いきなり訪ねる非礼をわびるため、花か洋菓子でも買うつもりだった。

地域住民のための小さな商店街は、古い店が多く、昼食時なのにシャッターが閉まったままの店も目立つ。商店街が終わる手前に、昔ながらのパン屋を見つけた。菓子パンが並ぶ陳列棚の端に、簡素な造りのケーキが置かれている。ショートとチョコレートとチーズの三種類で、華美な飾りもなく、菓子パンと変わり映えしない。陳列棚の向こうでは、年配の男が、店の奥に置いた小型テレビで、高校野球を見ていた。

これで済ますかと、注文しかけたときだった。いきなりサイレンの音が響いた。外の通りで、また奥のテレビからも響いてくる。

いずれ、おまえは死ぬんだ、浚介。

子どもの頃、父から言われた。

儲《もう》けようが、競争に勝とうが、或《あ》る日突然、終わりのサイレンが鳴る。火事か、地震か、放射能漏れか、おまえが運ばれるときのサイレンかもしれない。隣の国からミサイルが発射された可能性もある……絵空事じゃない、現実にいまも毎日のように空襲警報が鳴り、死と隣り合わせで生活している人がいる。おまえにもその日が来るんだ、浚介。最期《さいご》の日だ。金も名誉も意味がない。だから終わりのサイレンを聞く日まで、慎ましく生きるんだ。

もしかしたら、その最期を知らせる音かと錯覚しかけた。だが、パン屋の男は動揺した様子もなく、テレビを見つづけている。テレビでは、高校球児が瞑目《めいもく》していた。

ああと吐息をつき、浚介は肩の力を抜いた。一分ほどで、町内の街頭スピーカーから聞こえていたらしいサイレンも消えた。

「この三つのケーキを、二つずつ」と、注文した。

今週の月曜、氷崎游子から電話をもらった。彼も会ったことのある、山賀葉子という婦人の、自宅で開かれた家族の集まりに、芳沢亜衣の母親が参加していたという。

亜衣がいまもなお問題を抱えている可能性があり、浚介はまだ教師である今月中に、彼女と直接会って、話すことができればと思った。

これまで二度訪ねて、道は覚えていた。芳沢家の庭には、高い木がある。その木の枝越しに、二階の窓のカーテンが動くのが見えた。

浚介はインターホンを押した。返事はなかったが、少し待ってから押し、また少し経《た》ってから押した。

「……なんだよ」と、低い声が返ってきた。

亜衣だとわかったが、

「巣藤浚介と申します」

あえて丁寧に名乗った。「少しお話がしたいんですが」

インターホンが切れた。辛抱強く待った。遠い空で、雷が鳴っている。

ドアが小さく開かれた。隙間《すきま》に、人影が見える。それ以上は開かなかったため、浚介のほうから門の内側へ入り、ドアを開いた。

上がり框《かまち》に、亜衣がいた。白いTシャツを着て、髪は下ろし、ゆったりしたスウェットパンツをはいて、裸足《はだし》のままでいる。

「こんにちは。久しぶりだね」

笑顔で声をかけた。

亜衣は、返事もせず、家の奥へ入ってしまった。

「おい、芳沢……」

呼びかけたが、戻ってくる気配はない。

「ちょっと話があるから、上がらせてもらうぞ。いいな、上がるぞ」

浚介は、ドアを閉め、鍵《かぎ》は掛けずに、家に上がった。亜衣が去った方向へ進むと、リビングへ通じるらしいドアが半分開いている。

「失礼するぞ」

なかへ入った。やはりリビングルームだった。左側にキッチンとダイニングがある。洒落《しやれ》た造りだが、電灯がついておらず、暗く感じた。リビングにはソファ・セットやAV機器などが置かれ、すさんだ印象もなく、整頓《せいとん》されている。キッチンとひとつづきのダイニングに、大きなテーブルが置かれ、亜衣が椅子《いす》に腰掛けていた。

「先日もうかがったんだが、熱があるからと会えなかった……お母さん、留守かな？」

浚介は、明るい口調になるよう心がけた。

亜衣は、椅子にもたれかかり、目をあらぬ方向へ向けている。

テーブルのほうへ歩み寄り、

「からだは、もういいのかい？」

ケーキの箱をテーブルの上に置いた。亜衣の視線が動いたので、

「ケーキだよ。口に合うか、わからないが……冷蔵庫へ入れたほうがいいと思うよ」

亜衣は動こうとしない。パン屋のケーキだから、しばらくは大丈夫だろう。

「ここに座ってもいいかな」

彼女の向かい側の椅子を引き、腰を掛けた。亜衣が立ち上がり、リビングへ去って、ソファに倒れ込むように腰を下ろす。浚介は、腰掛けたままで、彼女のほうへからだを向け、

「ずっと七月から休んでたから、心配してたんだ。どうなんだい、調子は」

具体的に話す内容を決めて、訪問したわけではない。ともかく、彼女と直接会うことが、必要に思えてならなかった。

「暗いね。電気をつけようか」

椅子から立って、電灯のスイッチを探した。

「……やめろよ」

亜衣がぼそりと言った。

「ずっと家のなかにいるのかい」

浚介は訊《たず》ねた。返事がないため、わざとスイッチを入れてみた。リビングの電灯がつく。亜衣の顔がはっきり見えた。怪我《けが》などはないが、ずいぶんやせた気がする。

「やめろって言ってんだろ」

亜衣が、ソファのクッションをこちらへ投げた。電灯を消し、クッションを拾って、近くのソファへ戻す。そのまま彼は、リビングの窓際《まどぎわ》へ進み、外の庭を眺めた。道路から見えた木の近くに、淡い紫色の花が咲いている。

「あの花は、お母さんが植えたのかな？　それとも、きみかい。アサガオに似てるね。この時間だと、ヒルガオか」

「……何しにきたんだよ」

亜衣が小さく吐き捨てるように言う。

浚介は、彼女のほうを振り返り、

「困ってることがないかと思ってね……手伝えることがあるなら、言ってくれ」

亜衣は答えない。

「しかし、あのテレビにはまいったな。放送されるなんて思いもしなかった。きみは、誰かわからないようになってたけど、こっちはそのままでさ、ひどい目にあったよ。

きみは、テレビのことで、何かつらい想《おも》いはしてないのか？」

「帰れよ……うるせえよ」

亜衣が苛立《いらだ》たしげに言う。

「帰ったほうがいいなら、そうするよ」

言葉とは逆に、浚介はさっきの椅子に腰を戻した。彼は、亜衣のほうを見ながら、

「きみは、亡《な》くなった実森勇治君の家を訪ねた。そこで同じように彼の家の前に立っている、ぼくを見た。だよね？　きみは、あの家を見て、どう思ったかと訊いた。あのとき答えられなかったことを、考えたんだ……それだけ話していっていいかい」

亜衣は返事をしなかった。動こうともしないため、浚介はつづけることにした。

「事件が起きる前にも、ぼくは実森君の家を訪ねていた。でも彼には会えなかった。三週間後、彼は亡くなった。信じられなかった……で、家を見にいったんだ。人が亡くなった実感は湧《わ》かなかった。無理に実感しようとする自分を感じて、気持ちが冷たくなった。相手はもう亡くなっているのに、いまさら自分を責めるのは、いやらしい行為の気がしてね。罪悪感を感じることで、逆に自分を許そうとしているようにも思えた。そんなとき、きみに質問されたんだ。驚いたし、すぐには答えられなかった」

亜衣はまだ何も言わない。

浚介は、ケーキの箱を指で少し押し、

「何もしないあいだに、つらい出来事が起きるのは、今回だけじゃない。いつだって起きてる。少し前、或る地域で大量虐殺《ぎゃくさつ》が起きたってニュースがあった。国連が調査しようとしたけど、いろんな圧力がかかって、できなかった。結局、真相はわからないまま、いまではもう遺族以外、ほとんどの人間が事件の存在自体を忘れてる。国連がどうにもできないことを、ぼくみたいな小さな国の一教師が、どうこうできるはずもないけど……ずっと無関心でいたあいだも、その地域では、人が大勢死んでいたし、ニュースを見て関心を寄せるようになったいまでも、死んでいる。世界の情勢に、ちっぽけな男の言動なんて少しも関係しないだろう。でも、何もできないという事実を、何もしないことへの言い訳にするのは、会ったこともない人々への裏切りのような気もしたんだ。少なくともぼくは、きみと会って話すことはできる、そう思った」

浚介は、知らぬ間にテーブルの端までケーキの箱を押しており、慌《あわ》てて元へ戻した。

窓に雨が当たる音が聞こえてくる。

「ここに来て、遠い国で死んだ人が、どうかなるのかよ」

亜衣がつぶやくように言った。

「いや。どうにもならないだろう」

正直に答えた。

「じゃあ、つまんないこと、ぐちゃぐちゃ、うるせえよ」

亜衣がソファから立った。テーブルのところへ来て、

「そっちの偽善で、来るんじゃねえよっ」

と、ケーキの箱を手で払った。箱は簡単に開いて、パン屋の固いケーキがテーブル上に転がり出た。

「偽善で来たわけじゃない」

「じゃあ何だよ。どうせ、母親に言われて来たんだろ」

「違う」

「うるさい。聞きたくない」

亜衣は、テーブルの上のケーキをつかみ、口のなかへ入れた。

浚介は、不意のことに戸惑い、すぐは動きだせなかった。そのあいだに、亜衣は二つ目のケーキをつかんで、口のなかへ入れる。

「芳沢……何をしてる」

彼女を押さえようとした。

亜衣は、彼の手を振り切り、ダイニングとリビングの境に置かれた電話機の前へ進

んだ。受話器を取って、暗記しているらしい番号を押し、待つあいだにケーキを飲み込む。相手が出たのだろう、

「出るのが、おせえよっ」

と、受話器の向こうへ荒い声を発した。

相手が何を言ったかは、わからないが、

「次は、うちの家族だからな」

と、亜衣は言う。受話器を耳に当てたまま、コードがいっぱいになるまでテーブルに歩み寄り、新しいケーキをつかんで口に運ぶ。半分近くが口の端からこぼれているのも、気にする様子はなく、

「ばーか、こっちが誰かわかるのは、家族の死んだニュースを見たときだよ」

どうやらいたずら電話を掛けているらしい。浚介は、彼女の精神状態をつかみかね、止めるのをためらった。亜衣は、電話に向かって笑い声を響かせ、

「あんたも、子どもがいるなら、きっと憎まれてるよ。あんたが、知らないだけさ」

と言って、四個目のケーキを口に運ぼうとした。浚介はさすがにその手を押さえた。

「芳沢、もうよせ」

亜衣がびっくりしたように振り向いた。無意識の行動だったのかもしれない。彼女

は、受話器を放り出し、口を押さえて駆けだした。

浚介は、受話器を拾って、耳に当てた。

「わたしのことを悪く言うのは構わないけれど、子どものことは許しませんよ。もしもし、もしもし」

年配の女性の声だった。聞き覚えのある気もしたが、仕方なくそのまま切った。

リビングを出て、廊下を奥へと進む。トイレらしい小さなドアの向こうで、えずいている声がした。

「芳沢、大丈夫か……」

しばらくして水を流す音がした。ドアが開き、亜衣が這《は》い出してくる。

「どうした。からだが悪いのか」

支えようと、手を伸ばした。彼女は払おうとしたが、力が入っていない。

「どこか痛いか?」

亜衣はいきなり咳《せ》き込みはじめた。背中を壁に預け、横座りの恰好《かっこう》で、苦しそうに咳をする。

浚介は、周囲を見回し、トイレの隣のドアを開けた。思ったとおり、洗面所だった。タオルを取って、亜衣の前に戻り、

「苦しいか、病院へ行くか」

相手の顔をのぞきこみ、タオルを差し出した。

亜衣は、タオルを口に当て、なおしばらく咳をつづけたが、やがておさまったらしく、その恰好のまま、浚介を見上げた。

髪が乱れ、汗で頬にはりついている。Tシャツが着崩れ、胸の白いふくらみがのぞいていた。彼女は、浚介を見上げたまま、たたんでいた脚を自分のほうへ引き寄せ、膝《ひざ》を立て、その膝を少し開いた。意識してそうしたのか、たまたまか……。どちらにしろ、彼を誘い込む姿勢のように見え、浚介は動悸《どうき》をおぼえた。膝のあいだに入って、彼女にふれたい衝動にかられた。

とっさに、あとずさった。

倫理的な後ろめたさや良心のうずきもあったが、保身も小さくはなかった。少なくとも、亜衣のことを純粋に考えたとは言えない。

亜衣の目が見開かれ、傷を受けたようにふるえた。

そのとき、玄関のドアが開く音がした。

「亜衣ちゃん……」と、いぶかしそうな声が聞こえる。

亜衣が、スイッチが入ったかのように首を起こし、悲鳴を上げた。

玄関から慌てた様子で、人が上がってくる。亜衣の母親だった。立ちすくんだ状態の浚介と目が合い、彼女のほうも足を止めた。

「誰……」

相手を落ち着かせなければと考え、冷静な声となるよう努めて、

「教師です、亜衣さんの学校の教師です」と答えた。

「どうして、いまここに……」

「亜衣さんが、どんな様子か、うかがいに上がったんです」

言い訳しているあいだに、亜衣はずるりと横に崩れる恰好で、床に身を横たえた。

「亜衣っ」

母親が駆け寄った。

「どうしたの、亜衣、亜衣っ」

意識を失っているのか、ただ疲れて目を閉じたのか、はっきりしなかったが、呼吸は整っているようだ。

母親は、浚介を睨《にら》み上げ、

「亜衣に何をしたんですっ」

行動として何もしていなくても、精神的な罪は犯した気がして、言葉が出ない。

「亜衣、亜衣、何をされたの」

母親が揺すり上げると、亜衣は目を開いた。彼女は、うんざりした感じの動きで、そのまま這ってトイレへ入っていった。

「亜衣、亜衣ちゃん……」

母親が、トイレのドアを数回ノックし、思い出したように浚介のほうを振り向いた。

「帰ってください」と、厳しい声で言う。

仕方なく玄関のほうへ戻った。

「……のちほど、お電話で説明いたします」

「早く帰って。警察を呼びますよ」

浚介は、会釈《えしやく》だけして、外へ出た。

雨はまだ小降りだった。今回の訪問が、かえって少女を追いつめたのではないかと暗い気持ちに襲われる。そればかりか、自分が一瞬でもしでかしそうになったことに、恥ずかしさのあまりからだが熱くなった。

【八月二十三日（土）】

冬島綾女《ふゆしまあやめ》は、会社の創業記念のパーティーに、息子の研司と参加した。

紙を加工して、本やCD用の箱から、衣類箱、広告パネルや食器なども作る工場は、三十年前に創業し、毎年この時期に小さなパーティーを開いている。工場の隣に建つ、事務所兼社長一家が暮らすビルの、一階事務所と、二階の住居用リビングが開放され、社員の家族も呼ぶことが恒例になっていた。

昼の一時に始まる会は、酒も入るため、三時頃には、リビングでカラオケを始める大人たちと、それに飽きて、外の道路や近くの公園で遊ぶ子どもたちとに分かれる。

研司は、工場でトムと呼ばれている青年が、優しく接してくれるため、ずっと一緒に遊んでいるようだった。

そのトムが、キッチンの出入口できょろきょろと何かを探している。流しで食器を洗っていた綾女は、彼に気づいて、

「トム君、どうしたの。おなかへった？」

トムは、話しづらいのか、しばらくもじもじと頭をかいて、

「研ちゃんがいない」と言った。

綾女は、手早く片づけをして、

「研司がいないってどういう意味、どこで遊んでたの？」

と、焦《あせ》る心を抑えて訊《き》いた。

トムは、困った様子で、なかなか答えようとしない。リビングから、工場の現場主任である若田部《わかたべ》が現れ、少し酒が入っているせいか、陽気に声をかけてきた。片づけをやめて一緒に飲まないかと、誘いにきたらしい彼へ、

「研司がいないって、トム君が……」

と、綾女は告げた。

若田部が、表情を固くし、トムを問いただした。

トムは、さらに強く頭をかいて、

「綾ねえさんの電話を持って……ヒミツだぞって、どこかへ行った」と言う。

綾女は、研司のことが心配で、最近携帯電話を買った。研司には勝手に使うことを禁じていたが、それを持ち出したのだろう。

「ちょっと捜してみましょう」

若田部が近所を回ってくれるという。

綾女は工場内を捜した。研司には、工場へ入ってはいけないと申し渡してある。だからこそ怪しい気がした。工場は三階建てで、一階に人が隠れられる場所はない。二階と三階は、紙工用の大型機械が置かれていて死角も多かった。機械のあいだやトイレを捜し、さらに屋上への狭い階段をのぼった。屋上に出る扉は、ふだんカンヌキが掛かっている。それが外れていた。綾女は扉を押し開けた。視界いっぱいに光が広がり、その光の向こうで、

「もしもし、お父さん、そうだよ……どうして、こないの」

と、愛らしい声が聞こえた。

目が慣れるのを待つのももどかしく、屋上へ出た。鉄柵《てっさく》沿いの隅のほうに、背中を向けてしゃがんでいる小さな影がある。

「だって、なつやすみだよ……なんのおしごと？　シロアリ、それ、なに？」

「研ちゃん」と声をかけた。

研司が、飛び上がるようにして振り返る。

「電話、使っちゃだめって言ったでしょ」

「お父さんに、かけたの」

研司は、言い訳にもならないことを言い、

「お母さん、くるように、いってよ」

と、携帯電話を綾女のほうに差し出した。

電話の向こうに馬見原がいるかと思うと、飛びつきたいような、一方で自分を抑えねばならない葛藤《かっとう》をおぼえ、

「工場に入っちゃ、だめでしょう……みんなも、心配してたのよ」

と、ややうわの空でわが子に注意をつづけた。

研司が構わず電話を押しつけてくる。仕方なく受け取り、

「もしもし……」

綾女はこわごわと呼びかけた。

「ああ」と、しわがれた声が返ってくる。

聞きたいと願ってきた声にふれ、心の強張《こわば》りのようなものがゆるんだ。

「すみません。研司が、お仕事中に……」

「いや、いまは休憩中だった」

馬見原と話すのは、ほぼ一ヵ月ぶりだった。油井が団地の部屋を訪れ、研司がパニックに陥ったのを、彼が救ってくれたときだ。

「研司は元気そうだね」と、馬見原が言う。

「ええ、やんちゃばかりして」

綾女はわが子を見た。研司は、身振りで、馬見原に家に来てもらうよう求めている。

「油井は、あれから、来てないかね」

「いまのところ大丈夫です」

「これは、きみの携帯電話かい？」

「はい。研司には勝手に使わないよう言ってあったのに、今日はこっそり持ち出してしまって……」

「研司は、夏休み、どこかへ？」

「いえ……余裕がなくて」

お父さんに来るように言ってよと、研司がひそめた声で言う。

「いま、工場の創業記念のパーティーです。研司も楽しく遊んでますから、ご心配いりません。お忙しいのでしょう？」

「……なかなか、うまく行かなくてね」

「くれぐれもおからだに気をつけてください。研司にはよく言っておきますから、大丈夫です。……ええ、さようなら」

馬見原が切るのを待って、綾女も切った。

研司が、彼女の腰のあたりを押し、

「なんで、お父さんに、きてって、いってくれないの？」と、もどかしげに言う。

「研ちゃん。電話を使うのも、お仕事の邪魔をするのも、いけないって言ったでしょ」

「だって」

「だってじゃないの。トム君にも、秘密だなんて言って、どういうこと？」

「あいつ、しゃべったの？」

「あいつなんて言わないの。年上のお兄さんでしょ。いつからそんな悪い子になったの」

研司が泣きそうに顔をゆがめる。

すると、階段のほうから声が聞こえ、

「あー、やっぱりいたぁ」

と、トムが笑いながら現れた。

「ごめんなさいね。トム君にも心配かけちゃったわね。研司、謝りなさい」

研司は、下を向いて、唇をとがらせる。それでも、綾女が厳しく睨《にら》むと、

「ごめんなさい」

と、トムに対して頭を下げた。

工場から出ると、若田部が公園のほうから戻ってきたところだった。十歳と七歳の、彼の娘も一緒だ。行儀のよい物静かな子どもたちで、去年も綾女は会っている。

若田部は妻と五年前に死別していた。以前、綾女は彼から交際を申し込まれ、断った経緯がある。だが若田部は、その後もおだやかな好意を持って、彼女に接してくれていた。彼は、研司が見つかったことを喜び、工場に入ったことも責めなかった。

全員で事務所へ戻り、五時には帰ることにしたが、子どもたちは、やはり大人たちの席には我慢できないのか、

「お母さん、トムさんと、こうえん、いっていい？　たけうま、おしえてくれるって」

研司が言い、トムは隣でほほえんでいた。若田部の娘たちも、バドミントンのセットを持って、一緒に行きたいと言う。公園は、会社から三百メートルほど離れており、車に気をつけるよう言って、綾女たちは送り出した。

リビングにいる大人たちは、さらに酒が回った様子で、カラオケの一曲ごとに大勢が声を合わせて盛り上がっていた。綾女は、何度も歌うように勧められたが、断り、

酌だけをして回った。若い職人の一人が、酔って抱きついてきたが、すぐに若田部が分けてくれた。彼女は、汚れたコップや皿を集め、キッチンで洗いはじめた。

若田部が、空のビール瓶を手に、リビングから出てきて、

「あいつ、ひどく酔ってたんで、許してやってください」と言う。

綾女は笑顔でうなずいた。まだ何か言い足りないのか、彼がなおそばにいたとき、一階で人の声がした。誰か訪ねてきたらしい。若田部が下りようとするのを、

「わたしが。飲んでらしてください」

綾女は事務所へ下りた。

玄関を見て、息をつめた。外国製の形のよいスーツを着こなした、長身の男が立っている。男は、彼女を見て、眼鏡の奥の目を輝かせた。

「やっぱり夫婦は、テレパシーでつながってるのかな」

「こんなところで何してるのよっ」

綾女は低く叫ぶように言った。

油井は、うっすらと笑みを浮かべ、

「ご挨拶《あいさつ》だよ。創業記念のパーティーだろ。電話で聞いたよ。なぜ、おれを呼ばないんだ？」

「早く帰って」

「手ぶらなのを怒ってるのか？　おい」

油井は、背後に声をかけた。頭と眉《まゆ》を剃《そ》った、いかにもチンピラ風の若者が、ビールをケースごと運び、玄関の内側に置いた。若者はすぐに戻り、今度は日本酒のケースを運び、さらに大きな寿司《すし》桶《おけ》を二つ置く。桶では、活《い》きた伊勢《いせ》海老《えび》が跳ねていた。

綾女が呆《あき》れて言葉も出せずにいると、

「どうかしましたか」

若田部が心配してか下りてきた。彼に戻っているように言おうとしたが間に合わず、

「どうも、家内がお世話になってます」

油井が、わざとらしい笑みを浮かべ、「これはつまらないものですが、家内や子どもがよくしていただいてる御礼です」

油井とともに、チンピラ風の若者まで頭を下げたため、若田部はひるんだ様子で、会釈を返すだけだった。

「ばかなことやめて。出てちょうだい」

綾女は、近くにあったサンダルをはき、油井に体当たりするようにして、外へ押し出した。若者の腕もつかんで引っ張り、自分も外へ出てドアを閉める。油井の上着の

袖《そで》を取り、会社から引き離すため路地を歩いてゆく。彼は、笑いながらされるがままについてきて、

「おい。車で待ってろ」

と、後ろで命令を待っていた若者に言った。

若者は、綾女にまで丁寧に頭を下げ、大通りのほうへ走り去った。

「手紙は読んでくれたろうな。それとも馬見原が渡さなかったか。卑怯《ひきよう》な奴《やつ》だからな」

油井が、路地を出たところの、駐車場の前で足を止めた。

「読まずに燃やしたのよ」

綾女は答えて、彼の袖を払うように離した。

「どうしてだ。家族が幸せになる処方箋《しよほうせん》が入ってたんだぞ。まあいい、そんなこともあろうかと思って、あれはコピーだ」

油井は、上着の内ポケットから封筒を出し、綾女の前に差し出した。

「研司の担任に渡したほうがいいのかな」

この男ならやりかねないと思い、仕方なく受け取った。とたんに手首を握られ、

「いまの男と、できてるんじゃないだろうな。あんな野暮ったいのは趣味じゃなかっ

ただろ?」

油井は陰湿な笑みを浮かべた。

「いい加減にして。そっちはそっちで、別の誰かを捜せばいいでしょ」

「ああ。幾らだって若い女が手に入るさ。いまだって、車に二十歳《はたち》の小娘を待たせてる。なのに、わざわざ年増《としま》のきみのところへ帰ってこようと言ってるんだ」

「ばかじゃない」

綾女は相手を睨みつけた。

「やきもちか」

油井が笑う。「小娘なんぞ、便所代わりだ。きみが戻るなら、必要ない」

「離婚したのよ」

「きみのほうがおかしい、そう思ったことはないのか。家庭なんか背負いたくないと逃げる男は少なくない。なのに、こっちは責任を果たそうとしてる。まさか、馬見原が研司の父親になってくれると、本気で考えてるんじゃないだろうな」

「そんなこと……」

「奴には女房がいる。自殺しかけたのは、知ってるだろ。きみのせいでもあるんだ」

綾女は、否定しようとしたが、言葉が出ない。

油井が、上着のポケットから写真を出し、綾女に差し出した。

「奴の女房だ」

つい視線をやった。五十代とは思えない、浴衣《ゆかた》姿の美しい婦人が写っている。

油井は、もう一枚、写真を重ねた。同じ婦人が、車椅子《くるまいす》を押している。車椅子には老婆《ろうば》が腰掛け、その後方に、若い男女が写っていた。若い女性は、赤ん坊を抱いている。

「馬見原の母親と、その娘。それに、馬見原の孫だ……ちゃんと手にとって見ろ」

油井に押しつけられ、写真を手にした。写真からは、馬見原の孫だという赤ん坊の、笑い声が聞こえてきそうだった。

「馬見原の母親は、施設に入ってる。花火を見るために、家族が集まったんだ。きみや、おれに、こんな家族が持てるか？　無理だね。生い立ちが違う。わかってるだろ。きみにはまた別の似つかわしい家族があるんだ」

綾女は、無力感にさいなまれながら、写真を返そうとした。油井は一枚だけ取り、馬見原の家族全員が写っているものは、彼女の手に残された。

「きみとのことが知れたら、女房は自殺するだろう。そうなったら、奴の母親の介護は、誰がする。きみか？　孫に七五三の着物を買ってやるのは、きみなのか？」

「やめて、もう……」

「奴の家族を救ってやれ。おれは、研司を救う。あの子には、父親として、おれが罪をつぐなう必要がある。だが馬見原が近くにいると、カッとして、それができないんだ。馬見原のいないところで、三人で暮らそう」

綾女は、写真から目をそらすだけでも精一杯で、言い返すことすらできなかった。

「研司にも会っていきたかったが、まあ今度にしようか。貧乏くさいパーティーも、これで最後になるんだ、せいぜい楽しめ」

油井は、綾女の頰に軽くふれ、表通りのほうへ去った。

このまま事務所に戻るのも気が引け、油井が現れたことで研司のことも心配になり、封筒と写真をスカートのポケットに入れ、その足で公園へ向かった。

しばらくして、背後から名前を呼ばれた。若田部が小走りに追ってくる。

「下の子の、薬の時間なんですよ」

少し喘息《ぜんそく》気味なのだと聞いていた。

「いまの人……本当に旦那《だんな》さんですか」

若田部が隣を歩きながら訊《き》く。前方を向いたままで、綾女のことは見ない。

「離婚した相手です」

固い声で答えた。

「そうですか……」

若田部の声は、これまでと違い、少し距離を置いたものに聞こえた。油井とその連れの姿を見れば当然だろうし、若田部にはどんな感情も抱いていなかったから、綾女は気にする必要もない。なのに、失望にも似た苦い想《おも》いが胸に湧《わ》く。

公園の前に来たとき、帰る途中の若田部の娘たちと出会った。二人とも不機嫌そうで、何かに怒っているようだった。

「研司君とトムは？」と、若田部が訊く。

「知らない。研司君、変よ」

姉のほうが意外なことを言った。

「何が、変なんだ」

「トムさんを子分みたいに扱って、えらそうなことばかり命令するの。いやんなっちゃった」

妹もつらそうな顔をしているため、若田部は、二人に先に帰り、下の娘には薬を飲むように言った。二人を見送ってから、

「トムが言うことをきくので、面白がってるのかもしれませんね」

と、若田部がとりなすような笑みを浮かべた。

綾女は少なからずショックを受けていた。ともかく若田部と一緒に研司たちを捜し、公園の端の公衆トイレのそばで、研司を見つけた。

研司は、地面に落ちていた竹馬を拾い、トイレへ戻ってゆくところだった。興奮しているのか、一点に目を凝《こ》らした尋常ではない様子に、綾女は足を早めた。

「うるさい」と、研司の声がする。

綾女は、若田部につづいて走り、トイレの内側が見えるあたりまで来た。

トムが個室から出ようとしているのを、

「はいってろ」

と、研司が竹馬で押している。

「やめてよ、やめてよ」

トムが涙ながらに訴えるのを、研司は竹馬の先で無理やり押し込み、

「でてきたら、ぶつぞ。ヒミツだっていったのに、なんで、しゃべったんだよ」

と、ドアのところを竹馬で激しく叩《たた》いた。

その口ぶりに、油井の面影があり、綾女は足がすくんだ。

「何をしてるんだ」

若田部がとがめた。

研司は、びっくりした表情で振り向き、竹馬を放り出して逃げようとした。若田部の手をかわしたところで、彼は足をすべらせて転んだ。若田部は、まずトイレのほうへ進み、トムを助けた。

トムは、声を上げて泣いていたが、

「大丈夫だ、もう泣かなくていい」

若田部が慰めると、ほどなく泣きやんだ。

綾女は、転んだままの姿勢で泣いている研司のそばに歩み寄り、

「起きなさい」と命じた。

「トムが、じぶんで、はいるって、いったの、ほんとだよ……」

研司が、泣きながら、彼女を見上げる。

「立って」

綾女は厳しく命じた。

研司は、恐る恐る母親の表情をうかがいながら、立ち上がった。

これまでわが子を叩いたことは一度もない。だが、彼女は思いあまって手を振り上げた。その手を、若田部がつかんだ。彼が首を横に振る。

若田部は、研司の前に顔を近づけ、

「トムは暗い場所を怖がる。二度とこんなことをしちゃだめだ。いいね」

と、強さを感じさせる太い声で言い聞かせた。

研司は、おどおどした表情で綾女を見たあと、若田部のほうへうなずいた。

「ぼくがトイレに入りたいって言ったんだよ。研ちゃんは悪くないよ、悪くないよ」

トムが涙声で繰り返す。

「ごめんね。ごめんなさいね……」

綾女は、トムの涙を指ですくい取るように拭《ふ》き、彼の乱れた髪を撫《な》で上げた。

そして、同じ言葉を、かつて父親の虐待《ぎゃくたい》から守ってやれなかったわが子にも、かけてやる責任があるのだと、あらためて思い知らされた。

綾女は、地面に膝《ひざ》をつき、言葉の代わりに、研司を抱きしめた。

【八月三十一日（日）】


台風が近づいているらしく、晴れているのに、ときおり突風が吹く。そのたび、窓がふるえ、家のどこかが軋《きし》んだ。

馬見原は、自宅の居間で朝刊を広げ、やはり改築の時期かもしれないと考えた。この家も建ててから、すでに四半世紀が経《た》つ。

父親たちの家を壊し、自分たちの家を建てるとき、馬見原はそこに暮らす家族の〈かたち〉まで、深く考えたわけではない。

子どもが亡《な》くなるなど思いもしなかった。娘ができれば、いつかは嫁に出ると理解していても、こんなに早く、自分に反抗する形でとは想像もしなかった。母親の施設入所も同じだ。母がこの家に戻ってこられるかどうか、痴呆《ちほう》のある状態では難しいかもしれない。では、母はどこで死を迎えるのか……その問題については、想像することさえ気が引ける。

佐和子とふたりだけで、あと二十年、三十年、この家で暮らしてゆくのだろうか。

綾女と研司のことは、もうこれきりと突き放す覚悟が、自分には本当にあるのか。老いて、枯れることへの恐れは、強くある。性的なことを含めた健康面など、自分の願いはますます叶《かな》わなくなるだろう。定年後の暮らしにも不安はつきない。ひとりならまだしも、佐和子がいて、母もいる。下げたくない頭を下げ、それでも食うのがやっとかもしれない。

広げた新聞の、死亡記事をめぐって、先ほどから心が揺れていた。六〇年代後半から七〇年代にかけ、反体制運動を指導していた男の、顔写真すらない、小さな記事だった。当時の公安や警察関係者には知られた名前だが、馬見原は会ったことがない。

社会の安定や秩序が最も大切だと、馬見原は考えてきた。平等な社会や平和な世界を、人なみに望む心はある。だが、どうすればそんな世界に近づけるのか、具体的な方法を考えることは、なぜか反社会的なことのように感じてためらい、課せられた仕事へ全力を尽くすことを選んできた。生活のことを考えても、家に給料を持ち帰ることのほうが、彼には優先された。

一方で、彼の目から見て、当時の社会運動に力を尽くしていた若者たちには、政府や社会に対する、政策とか経済構造とか思想とか、いわゆる高尚な反感ばかりが目立ち、庶民の暮らしや日々の不安に根ざした、生活の手ざわりが感じられる変革の手順は、少なくとも彼の周囲へは伝わってきていなかった。

甘くみていたところがあるんじゃないか……と、死んだ男に話しかけたくなる。あんたも、おれも、家という器と、そこで暮らす者の姿を甘く見てきた気がする。金や、思想信条や、主義だけでは、どうにも解決できない複雑な問題を、人間ってものは、そして家族ってものは抱えている。そんなことは薄々わかっていたくせに、過信か、恐れか、自分の考えをあくまで通し、結果的に誰かを押さえ込み、ついには自分自身も不自由な型に押し込む形で、生きてきてしまったのじゃないか……。

馬見原より三歳年上のその人物は、自宅で首を吊《つ》って死んでいた。

また突風が来たのか、玄関の戸ががたがた鳴った。不意に新聞の上に影が落ち、顔を上げると、妻の佐和子が立っていた。

「誰か来たんじゃない？」

朝食の用意をしていた彼女が、怖いような顔で、玄関のほうを見つめている。

「誰か、家をのぞいてるんじゃないの……火でも、つけてるんじゃないかしら」

馬見原は驚いた。

「ばかを言うな、ただの風だろ」

彼女の様子が、最近おかしく感じられる。馬見原の行動をいちいち詮索《せんさく》し、家の戸締りなどは必要以上に注意する。何か隠し事がありそうな気はしたが、忙しさにかまけて、何も聞かないままに過ごしてきた。

「おまえ、何かあったのか」

この機会に訊《たず》ねた。「しばらく前から、落ち着かない様子だが、またおかしな奴《やつ》が来たんじゃないのか？」

以前、馬見原の留守中に、油井が家へ来たことがあった。隣家の犬に怪我《けが》を負わせた疑いもある。

「いえ、誰も来てませんけど……」

佐和子が答えた。語尾があいまいだが、嘘《うそ》をついているのか、別のことを気にしているのか、判断がつかない。

「本当のことを言え。このところ、戸締りや家の周りを妙に気にしてるだろ」

「それは……怖いから」

「だから、何が怖い」

すると彼女は、まっすぐ馬見原を見つめ、

「ひとりで、この家に置いていかれること」と答えた。

馬見原は胸をつかれた。

「誰も置いてきゃしない」と語気を強めて言う。

「じゃあ、連れていって」

「なんだって」

いまから出かけるんでしょ。どうして、休みの日なのに、家を出るの」

検事の藤崎は、約束どおり、実森家の床下調査をおこなってくれた。鑑識課員のほか、大手消毒会社の技術者も立ち会ったという。

実森家では、玄関脇《わき》の和室の床が切られ、止め直されているのが、見つかった。床下の柱には、小さな穴が幾つも開けられ、薬剤の注入後、コルクで栓がされていた。地下足袋らしい足跡も発見された。駆除の仕事は丹念だと、床下を見た技術者が証言した。少人数でコツコツやった仕事だろうという。

麻生家の床下の検証がおこなわれたのは、その一週間後だった。検察主導の、あくまで確認のためという名目をとったようだ。

麻生家も、やはり消毒がなされていた。地下足袋の足跡もあり、二十六センチで、実森家に残された地下足袋の型と一致した。

だが、地下足袋を使う業者は少なくなく、両家で採取されたコルクも、こうした業者が一般的に使うものだった。薬剤も、時間が経過しているため、すべての成分は明らかにならず、両家の消毒をおこなった者が、同一かどうかは判断がつかなかった。

状況を踏まえ、練馬署による実森家周辺の聞き込みもおこなわれた。だが、害虫駆除の場面を目撃した者はいなかった。各消毒会社に問い合わせる作業も進められたものの、同家を訪れたと答えた業者はいなかった。麻生家についても、参考として問い合わせがされたが、答えは同じだった。

実際に駆除がおこなわれていたのに、業者が見つからないのはおかしいと、藤崎の報告を受けて、馬見原は主張した。

しかし、両家が害虫駆除をおこなっていたからといって、事件と何の関係があるのか。それが主張の弱点だった。悪意ある業者が、合鍵《あいかぎ》を作り、忍び込んだとしても、何も盗まれていない。殺人が目的なら、動機がつかめない。あのむごい犯行方法の説明もつかない。合理的に見て無関係だとする意見で、捜査関係者全員が一致し、実森家の事件も、麻生家と同様、無理心中として処理されることが決定した。

馬見原はしかしあきらめきれなかった。関東各県の消毒会社に電話をかけ、時間の余裕があれば、両家の消毒をおこなった業者がいないかどうか探している。

「聞き込みと言っただろ。遊びじゃない」

自分を抑えて、佐和子に言った。

「近くにいるくらい、いいでしょう？」

いつになく彼女も頑《かたく》なだった。理由もなく拒絶したときの反応も危ぶまれ、馬見原は返答に迷ううち、ふと思い出した。

「おまえ……今日は病院の日だったろ」

壁のカレンダーに目をやった。今日の日付に印がついている。通院している病院のコミュニティ・ルームに、患者と、元患者、その家族が集まって、社会復帰へ向けた勉強会を開いている日だった。

「病院は今度で構わないの。とにかく、休みの日まで、ひとりはいやだから」

馬見原が出向く予定でいたのは、日曜でも開いている可能性がある個人経営の小さな業者だった。急を要するものでもなく、むしろいまは佐和子の精神状態のほうが気になる。

「だったら、今日は一緒に病院へ行こう」と言った。

とたんに、佐和子の表情が明るくなって、本当かどうか何度も確かめてきた。

「久しぶりにデートね」と、彼女が笑った。

病院のコミュニティ・ルームには、二十人近い人が集まっていた。ほとんどが女性で、男は、馬見原のほかは二名しかいない。部屋が狭く、それぞれ肩をつけ合うようにして座った。全員が私服で、誰が患者で、家族なのか、見分けはつかない。

リーダーらしい女性の挨拶《あいさつ》で、会は始まった。雑然とした会話のやりとりがつづき、やがて、病気からの回復も、社会参加も、まず家族間の会話が大切だという話になった。ことに夫婦や、恋人などのパートナー間の会話が問題となって、

「うるさいとか、黙ってろ、いい加減にしろなんて、すぐに言われるのよね」

女性の一人が言った。ほかの多くの女性たちが、そうそうと賛同する。

「黙ってても通じると思ってるの。いま何が欲しいか、家族なら口で言わなくてもわかるはずだって。そのくせ、わたしが話さないと、黙ってちゃわからんでしょ。女は感情的だって言ってる自分が、ちょっとしたことで手を挙げるし。矛盾もいいところ」

別の女性の発言に、また賛同の声が上がる。馬見原は、隣に座った女性から、

「奥様のことを、名前で呼ばれてますか」と訊《たず》ねられた。

全員から視線を向けられて、さすがにたじろぎ、答えられずにいた。

「どうなの、奥さん？」

同じ女性が、佐和子に訊《き》く。

「さあ、どうかしら」

佐和子が、いたずらっぽい笑みではぐらかし、周囲の女性たちも笑ったため、馬見原は答えを許される雰囲気となった。

だが、隣の女性はいきなり興奮してきた様子で、

「妻たちはよく、おい、と呼ばれます。この前、強制収容所の映画を見ました。そこでは人は、名前で呼ばれません。おい、こっちへ来い、あれをしろ、反抗したら銃殺です。おい、と妻を呼ぶ男は、妻を囚人扱いにしてるんです。人間は、相手を名前で呼ぶ義務があり、親しい人からでも名前で呼んでもらう権利があるんです。日本は人権意識が低いと言われますけど、家族間の人権意識の低さが反映してるんです」

隣の女性は、立ち上がって手まで振りかざしたところで、我に返ったのか、口をつぐんで顔を伏せた。だが、周囲からは拍手が起き、「いい意見でした」「本当におっしゃるとおり」と声がかかった。隣の女性も、少し安心したように笑みを浮かべた。

その後、一時間ほど話し合いがつづき、十分間の休憩となった。馬見原は、佐和子が近くの女性と話していたため、席を外して、喫煙所で煙草《たばこ》を吸った。

これが彼の悪い癖なのだろう、仕事をしていない時間がむだに思え、本来出向くはずだった場所へ、電話で問い合わせることを考えた。だが、業者の場所は知っていて

も、連絡先までは知らない。部下が知っていると思い、まずそちらへ掛けてみた。

「もしもし、椎村ですが」

ふだんと違う、慌《あわ》ただしさを感じさせる声だった。馬見原が名乗ると、相手は言葉につまった。椎村とは、このところ距離を感じている。彼は、馬見原とは別の先輩刑事の下につき、忙しそうに動き回っていた。

「休み中に、悪いな」

「いえ、あの、急用でしょうか」

声の背後で、アナウンスの音声が聞こえた。内科の誰々と、呼んでいるようだ。

「いま、病院なのか」

「はい……父が」

「もしかして、危険な状態か」

「そうじゃないんですけど、取り込んでいて……もし明日でもいいなら」

「わかった。急ぎじゃない。お大事にな」

馬見原は電話を切った。

「どこへ電話？」

佐和子がすぐ後ろに立っていた。

「おどかすんじゃないよ。椎村だ」

腹立ちから、荒い口調で答えた。

「いまから仕事に出るつもり？」

「奴《やつ》はいま病院だ。ちょっと聞きたいことがあっただけだ」

「椎村さん、どこかお悪いの？」

佐和子は、猫を殺したと思われる男を目撃した一件で、椎村とは顔を合わせていた。

「彼の父親だ。よくないらしい」

「そう……病院は遠いの？」

課長の笹木に病院のことは聞いていた。ここからなら車で二十分程度のはずだ。

「じゃあ、お見舞いに行かないと。こうしたものは、行けるときに行っておかないと、後悔しても取り返しがつかないから」

佐和子がしきりに勧めるため、勉強会が終わったあと、タクシーで椎村の父親が入院している病院へ向かった。

受付で調べてもらい、病室はすぐにわかった。エレベーターに乗り、入院フロアのある階で降りる。ちょうどトイレから出てきた椎村と、顔を合わせた。

「どうだ、お父さんは」

椎村はびっくりして声も出せない様子だった。

「こんにちは、大変ですわね」

佐和子が、会釈をして、ねぎらいの言葉をかける。

彼は、ようやく落ち着いた様子で、

「わざわざすみません。先ほど電話をいただいたときは、兄夫婦たちが、見舞いにきていて……さっき帰ったところなんです」

「じゃあ、お父さんも疲れてるだろう。このまま帰ったほうがいいなら、そうするが」

「でも、せっかく来てくださったんですから……。父も、喜ぶと思います」

椎村は先に病室へ進み、父親へ報告したのだろう、ほどなく戻ってきて、馬見原たちを案内した。

「あなたがいつも看病をなさってるの」

佐和子の質問に、椎村は首を横に振った。

「ふだんは母がつきっきりです。休みの日くらい、母に休んでもらおうと思って」

「そう。偉いのねぇ」

佐和子の声は、羨《うらや》ましそうにも聞こえた。

四人部屋の窓際《まどぎわ》のベッドに、やせてはいるが、顔色はさほど悪くない男性が、居住まいを正して座っていた。彼は、馬見原たちを見て、丁寧に頭を下げた。

「お忙しいところを、ありがとうございます。英作がいつもお世話になっております」

「どうぞ頭をお上げください。気をつかっていただいては、お見舞いになりません」

互いに紹介し合ったあと、佐和子が、病院前で買った花を差し出し、すでに花のある花瓶にさし足すため、洗面所へ向かった。

椎村の父親は、馬見原とは現場で何度か顔を合わせたことがあると語った。馬見原には記憶がなかった。相手の様子が変わっていることもあるのだろう。体調を考え、早めに帰ることにした。

「どうぞ、英作のことを今後ともよろしくお願いいたします。ご迷惑ではあるでしょうが、わたしに代わって、父親同然に厳しくしつけてやってください」

椎村の父親は、想《おも》いのこもった目で馬見原を見つめ、頭を下げた。馬見原はなぜか、罪悪感にも似た、胸の痛みをおぼえた。

椎村が、馬見原たちを送りにロビーまで出てきた。父親の状態は、危惧《きぐ》していたものより良く思われ、馬見原がそのことを告げると、

「精神状態が落ち着いてて、体調にも影響しているようです」と、椎村が答えた。

佐和子がトイレへ行っているあいだ、ロビーに人けがないこともあってだろう、

「ところで、さっきの電話の用件ですけど……よかったら」

椎村が緊張した面持ちで切り出した。わざわざ訪ねてきたため、よほどの大事と思ったらしい。馬見原は、大したことではないと苦笑し、

「電話番号を知りたかっただけだ。六月の聞き込みのとき、電話相談を受けている家の隣で、害虫駆除をしている業者と会ったろ。確かおまえは名刺をもらったはずだ」

椎村の表情が、一瞬強張《こわば》ったように見えた。

「それが、何ですか」と言う。

「あの業者にも、麻生家の消毒の件を訊きたいと思ってな。麻生家の住所録には、業者の隣で開設している電話相談の番号も載っていたことだし、参考までにだ」

「そんなこと、事件とどんな関係があるんです。何を疑ってるんです。第一、犯罪目的で害虫駆除や消毒なんてできませんよ。あれは、大変な仕事なんです」

椎村の険しい口調が、不審に思え、

「大変だと、どうしてわかる」と訊ねた。

「うちも……やってもらいましたから」

「あのときの人物にか」

「そうです」

「じゃあ、おまえから訊いてみるのでもいい」

「あの人はとても素晴らしい人です。そんなこと、訊くのも失礼ですよ」

彼の反抗的な態度に、馬見原は苛立《いらだ》ちをおぼえた。

「ペット殺しひとつ捕まえられんくせに、生意気を言うな。名前はなんと言った」

「何がですか」

「業者の名前だ。電話番号。あと免許とか、前科とか、いろいろ調べてみろ」

「ばかなことを言わないでください」

「何がばかだ。おまえ、誰に言ってる」

部下から反発を食って、妙に依怙地《いこじ》になっているのが自分でもわかった。あるいは、狼狽《ろうばい》していたのかもしれない。

「どうしたんですか、大きな声で」

佐和子が戻ってきた。二人の様子に、困惑の表情を浮かべている。

馬見原は、気まずさを感じ、

「いい。勝手に行く」

と、捨てぜりふのように言って、玄関へ向かった。

椎村が、すぐに追ってきて、

「あの人は、何かを調べなきゃいけないような人じゃないんです」

「誰だろうと同じだ」

「じゃあ、自分も一緒に行きます」

「必要ない」

「いえ、行きます」

佐和子が、あいだに入って、

「どうしたの、二人とも」と止める。

「いいですよ、あの人のことは自分が調べておきます。それで気がすむんでしょ」

椎村がなお挑戦的な態度で言った。

馬見原は、むきになって言い返そうとする自分にも腹が立ち、とりなそうとする佐和子を置いて、病院を出た。

【九月一日（月）】


薄いガラスがふるえている。

亜衣は、ベッドから出て、窓のそばへ歩み寄った。空は一面暗い灰色におおわれ、庭の木が激しく揺れている。その木や、風になぎ倒された庭の花を、自分に関わりのない、画面の向こうの映像として目に映す。

「亜衣、亜衣ちゃん……起きた？」

廊下で母の声がした。

人形、人形……。自分にそう言い聞かせながら、ドアを開けた。

母が、緊張した面持ちで立っており、

「おはよう」

と、強張《こわば》った笑みを浮かべた。

「おはよう」

と、亜衣は返した。

母が、安堵《あんど》の表情を浮かべ、

「台風が、だいぶ近づいてるみたいよ。雨はまだだけど、傘、持ってく?」

「うん。そうだね」

亜衣は、洗面所へ下りて顔を洗い、部屋に戻って登校の準備をした。二学期の始業式だが、私立の進学校のため、式のあとも午前中いっぱい授業がある。

「朝ごはん、食べてくでしょう!」

階下から、母の声が聞こえた。せき立てられている気がして、髪をすいていたブラシを、ドアのほうへ投げつけたくなる。

人形、人形……。亜衣は、呪文《じゅもん》のように繰り返し、ブラシを鏡台の前に戻した。

携帯電話を新しく買ってもらって、着信のメロディはいま一番ヒットしている曲にする。クラスメートたちが好きだと話すアイドルを好きになり、みんなが話題にするテレビを見て、女の子たちがカッコイイと騒ぐ男子を好きになる。つきあってほしいと告白されたら、誰でもいいからつきあい、セックスしたいと言われたら、痛い目にあわされるのでなければ、させてやればいい……だって人形なんだから。言われるままにして、周囲に合わせてゆくしか、いまの自分が生きる方法はない。

亜衣は、登校用のバッグを持って、階段を下りた。ダイニングテーブルのところに、

パジャマ姿の父親がいて、

「おはよう」

と、亜衣を見る。

「おはよう」

と、亜衣は返した。

「どうだ、調子は。学校には行けそうか？」

「行けるよ。なんで？」

「だったらいい。とにかく考え過ぎないことだ。車で送ってゆこうか？」

「いい。平気」

亜衣はテーブルについた。すでにトーストやサラダが用意されている。

「いただきます」

亜衣は、キッチンの母のほうへ言って、朝食を口に運んだ。両親が、さりげなくこちらを見ているのに気づく。不安そうな二人の視線が、神経を刺激する。いったん目を閉じ、二人の視線を忘れてから、

「おいしいよ」

母に言った。実際には何を口に運んでいるかもわかっていない。テーブルの向かい

側で、父がほっと息をついて、テレビのほうへ視線を移した。亜衣もしぜんと目を向ける。画面には、砂地に転がった小さな赤い靴が映っていた。

どんな悲惨な出来事も、人形である亜衣には関わりがない。わたしはわたしのことで精一杯。世界なんか知らない。わたしと直接関わる人のことだけ考える。嘘《うそ》。人のことも考えない。自分の反応だけ。人形の目で感情もなくテレビを眺める。以前の自分のように、無理に心を閉ざして感じないように努力する必要もない。目はただのガラス玉。転がった靴は、ただの廃棄物、持主の死を意味してるわけじゃない。でも大勢の子どもが死んだら、みんなもっと大騒ぎしたんじゃなかったろうか。いまはもうあっさり次のニュースに移る。

べつにそれならそれでいい。だって、自分は人形だから。どうぞご勝手に。けど、もし世界が亜衣と同じように、子どもが死ぬことにも何も感じなくなっているのなら……世界もやはり人形と同じということだろうか。

不意に、いつもの吐き気をおぼえ、慌《あわ》てて口を手で押さえた。

やめろ、心を動かすな。感じるな。

自分の神経を、部屋にあるカッターで切る場面をイメージする。心を動かすのは、つらい。他人の決めたスケジュールに従うだけなら、窒息しそうな日々もどうにか過ごせる。巣藤浚介が訪ねてきて以来、自分にそう言い聞かせて、なんとかしのいできた。

吐き気がゆっくり収まってゆく。だって人形なんだから。ミルク飲み人形は、ミルクは飲んでも、吐いたりしない、でしょ？

亜衣は、食事を切り上げて、

「行ってくる」

まだ心配そうな顔をしている両親に、あえて明るい声で告げ、家を出た。

自分の手足が糸でつながれ、天から操られている姿を想像する。誰かが糸を操っている、だから動ける、自分の意志じゃない、そう思い込んで電車に乗り、学校へ向かう。

七月以来の登校に、校舎が見えたところで、ひるみそうになった。首を振って何も考えないようにし、前をゆく生徒についてゆく形で校内へ入った。クラスの表示を見ながら廊下を進み、自分のクラスにたどり着く。

教室内は、休み明けの再会のため、生徒たちが騒がしくしていた。亜衣は、周囲の楽しさに合わせるような笑顔を浮かべ、休み前まで彼女の席だった場所へ歩いた。そこには別の者の鞄が置かれ、彼女の机は一番後ろに回されていた。亜衣は、黙って移動し、椅子《いす》に腰を下ろした。周囲から不思議そうに見られている気はしたが、誰からも話しかけられないまま、何も感じないようにして待った。

体育館に集合するようにと校内放送があった。生徒たちの動きに、亜衣は合わせた。

体育館では、見覚えのあるクラスメートたちの列に入り、周囲が長椅子に腰掛ければ、彼女も腰掛け、立てば、立ち、校歌を歌えば、それに合わせて口を開いた。

壇上で、校長や教頭が話をし、何人かの教師が壇上にのぼった。なかに、浚介の姿もあった。亜衣は、一瞬心が動きそうになったが、ただの風景と思い直した。

浚介の隣には、校内の掃除や花壇の世話をする、白井という六十歳くらいの女性がいた。パクさん、と周りは呼び、亜衣もその名で覚えていた。前にクラスメートが彼女のことを話題にして、「さっさと国へ帰ればいいのに」と吐き捨てるように言うのを聞いたことがある。保全課の部屋のドアに、『帰れ』という落書きがされていた話も耳にした。

「一身上の都合で、やめることになられ、非常に残念に思っています」

教頭の話が耳に入ってくる。

ああ、パクさんはやめるんだ……。亜衣は思った。すると、浚介が壇の前に進み出た。少し日に焼けて、精悍《せいかん》な印象に見える。

亜衣は、神経をカッターで切り離すイメージを、頭のなかで繰り返した。

浚介は、生徒たちに向かって一礼し、何か話したそうに口を開いた。だが、あきらめたような表情で、もう一度黙礼して、後方へ下がった。

「次に、保全課の白井さんも、一身上の都合でやめられます。ご苦労さまでした」

教頭が紹介するように話した。

パクさんが前に進み出る。彼女は、頭を下げたあと、生徒たちをゆっくり見回して、

「皆さん、おおきに。いろいろありがとうございました」と挨拶《あいさつ》した。

彼女の声を聞くのは、亜衣は初めてだった。思っていたより、細く透き通っている。

「いたらないことだらけで、皆さんにも迷惑をかけたと思います。かんにんしてください。でも、皆さんにわかってほしいことが、ひとつあります。わたしに帰るところはありません。わたしのお父さんは、無理やりこの国に連れてこられました」

校長たちが不快そうに身じろいだ。だがパクさんはつづけて、

「わたしはこの国で生まれました。皆さんと同じです。大きくなって、いきなり帰れと周りから言われたら、どんな想《おも》いがするか、わが事として考えてもらえますか」

「白井さんっ」

教頭が止めた。

パクさんは、教頭に頭を下げてから、また生徒たちのほうへ向き直り、

「皆さん、ようく勉強してください。とくに歴史をお願いします。皆さんが教わるのは、主に加害者の歴史やと思います。被害者側の歴史は、皆さんが自分の力で学ぶしかありません。たとえば、この国の或《あ》る武将は、ドラマにもなるような英雄と見られてます。けど被害者側から見れば、侵略者、悪人でもあるんです」

「白井さん、もういいでしょ」

「この国のテレビやマスコミも、ほかの国と同じように、つねに公正というわけやありません。自分で勉強せんかぎり、悪人としか思われへん別の地域の指導者が、地元では英雄と見られてる意味も、本当にはわからんように思いま……」

「白井さん、どうもご苦労さまでした」

教頭が、パクさんとマイクのあいだに入るようにして、話をやめさせた。

パクさんは、もう一度生徒たちへ頭を下げ、後方へ下がった。静まっていた体育館内に、小さな拍手が起きた。浚介だった。彼ひとりが拍手をし、教頭たちから睨《にら》まれても、しばらくつづけた。

何人かの教師が、連絡事項を伝えて、始業式は終わった。生徒たちはクラス別に戻ることになり、亜衣も周囲に合わせて立った。そのとき彼女の耳もとで、

「巣藤がやめるのに、てめえだけ、ばっくれてんじゃねえよ」と聞こえた。

自分に言われたのかどうか、確かめるために振り返った。誰とも目が合わない。彼女のクラスの番になり、クラスメートに従い、亜衣も歩きはじめた。後ろから強く押され、教師たちの前に飛び出した。どう動けばよいのか、わからなくなった。

「芳沢さん、何してるの」

目の前にいた教師から、冷たい声をかけられた。清岡美歩《きよおかみほ》という、浚介とつき合っていると噂《うわさ》のあった国語教師だ。

「ぼんやりしてないで、早く戻りなさい」

亜衣は、命令に従う形で、列に戻ろうとした。だが、膝《ひざ》から力が抜けたような歩き方になり、しぜんと遅れてしまう。

「何をしてるの。授業が始まるでしょ」

清岡美歩に列のほうへ押しやられた。いったん調子が狂った足は、なぜかぎこちなくなり、亜衣はどんどん遅れ、体育館を出たときには、周りにクラスメートの姿はなかった。

懸命に操られている感覚を取り戻そうと、人形めいた足取りで教室へ向かう。途中でチャイムが鳴ったが、走ることはできず、ようやくクラスへ着いたときには、授業が始まっていた。教室の戸を開くと、クラスメートが一斉に亜衣を見た。厳しい視線に、足がすくんだ。

「何をやってる。早く席に着かんか」

英語教師が苛立《いらだ》たしげに言う。

亜衣は、その声で動くことを思い出し、はい右足、はい左足と、宙から糸を引っ張られている感覚で足を上げ、席へと戻る。

机の上には、数枚の紙が置いてあった。『ヤリマン』『サセ子』と書かれている。ほかにも『死ね』『学校やめろ』『てめえがいらねえんだよ』とあり、墓の絵に『芳沢亜衣之墓』と書かれているものもあった。

これは何だろう……。

亜衣は理解できなかった。どうして、こんなことを書かれるのか。わたしはいないのに、人間として存在していないのに、なぜ責められるんだろう。

周囲を見回した。クラスメート全員がうつむき、机に向かっている。顔がなく、白い背中ばかりが並んだように見えた。

何よ、これ。なんだ、こいつら……。

前の席の女生徒の背中を、指先でつついた。チサという、親友になったはずの子だった。彼女に頼まれ、カラオケデートにつき合ったこともある。なのに、相手は邪険に背中を振り、椅子を前に引き寄せる。

「ねえ……」

手を伸ばし、彼女の背中にふれようとした。届かず、指は空《くう》を切った。

なのに、相手は肩をふるわせて、「やめてよっ」と、吐き捨てるように言った。

亜衣は驚いた。もしかしたら、相手も宙からの糸で吊《つ》られていて、自分はその糸にふれてしまったのだろうか……。

あらためてクラスメートたちの姿を見直した。全員が同じ姿勢で机に向かっている。この連中もみんな、宙から垂れ下がった糸で操られているんだろうか。

それを思うと、自分と同じという安心感よりも、自分がこの連中と同じということでの、うすら寒さをおぼえた。

「芳沢、何やってんだっ」

英語教師が怒鳴った。

机に向かっていた白い背中の上に、一斉に顔が現れる。こちらを振り向いた全員が、そろって冷やかな表情を浮かべていた。

「次はおまえが読んでみろ。ほら、立って」

教師の言葉にうながされ、亜衣は椅子から立った。

「本を持たずに読めるほど、おまえは偉いのか。二十四ページ、気を抜いてんじゃないぞ」


亜衣は、言われたとおりに教科書を出し、単純に反応する形で二十四ページを開く。

「みんなもこっちを向け。集中しろ」

クラスメートたちが顔を戻した。亜衣に対し、白い背中が拒否の姿勢で向けられる。

教科書を見たが何が書いてあるか、読めなかった。文字だということもわからない。ただの染《し》み。ともかく口を開いた。とたんに、嘔吐《おうと》しそうになった。口を手で押さえる。指のあいだから水がこぼれた。その水が、机の上にしたたる。

隣の女生徒が気づき、「やだっ」と机ごとからだを引いた。全員が振り向く。仮面の顔が一斉に亜衣を見つめる。

口を押さえたまま、教室を飛び出した。トイレとは逆の、雨が降っている中庭へ駆け出し、植え込みの陰で戻した。

強い風に乗り、雨が頰に打ちつける。むしろからだの内側に寒けを感じる。人形でいられない。人形でいることが許されない。

校舎の向こうに、傘をさした女性の姿が見えた。パクさんだった。彼女は、校舎の隅にしゃがんで、傘の下で手を合わせる。何かに祈っているらしい。

誰に祈ってるの。何に祈ってるの。それより、わたしを助けて。わたしのほうへ来て。

亜衣は叫ぼうとした。口を開いても、あえぐばかりで、息もつけない。懸命に視線を回した。近くに、美術教室が見える。教室のドアが開き、浚介が段ボール箱を持って出てきた。

彼のほうへ駆け寄ろうとした。しかし動けない。もう糸は切れている、そう思おうとした。自分の意志で動けるはずだ。

でも……人形でないなら、感情もあることになる。深く自分のことを考えなきゃいけない。社会のことも、他人のことも、世界のことも、傷ついている子どもたちのことも、死んでゆく多くの人たちのことも、ちゃんと考え、自分のことのように感じていかなきゃいけない。

……そんなの無理、そんなのできない。こんな世界のことを、どう考えられるんだろう。毎日毎日、誰かが傷つき、どこかで誰かが死んでいる。この国で殺された一人の子どものことを考えているうちに、次の日には、別の国で十人の子どもが死んでいる。それを感じてゆくことなんて、わたしにはできない。こんな、つらいことばかり起きる世界で、自分がどんな風にまともに生きてゆけるのか、とても考えられないよ。呼吸がどんどん苦しくなる。浚介は、亜衣に気づかないまま遠ざかってゆく。待って、待って。わたしは、ここよ、ここなのに。ここにいるはずなのに。違うの？　わたしはここにいないの？

だったら、ここにいるのは誰。ここで助けを求めている存在は？　お願い、わたしに気づいて。呼びかけて。話しかけて。ここにいるんだから、ここにいるはずなんだから。

【九月三日（水）】


「もしもし、思春期心の悩み電話相談です」

「あの、芳沢です。お久しぶりです」

「あら、芳沢さん、どうなさってたの。ここ三回ほど『家族の教室』を休まれていたから、心配してたんですよ」

「……申し訳ありません」

「謝ることなんてないんですよ。本来うちへなんて相談なさらずにすめば、そのほうがいいんですから。娘さんとは、うまくいってます？」

「はい。あの、でも……」

「何かあったのね。話してみてちょうだい」

「娘が、亜衣が……」

「ええ、亜衣さんが」

「ずっと閉じこもっていたのに、八月の半ばから、部屋を出て、食事をするようになったんです。返事もするし、素直に言うことも聞いて、昔の亜衣に戻ったようでした。二学期から学校へ行くと約束してくれて、当日の朝も、ちゃんと登校したんです」

「そう。よかったじゃありませんか。でも、どういったきっかけで？」

「よくわからないんです。教師が一人、その時期に訪ねてはきましたけど、彼が何かの助けになったとは思えないんです。亜衣も、何も言いませんし」

「でも、よい方向へ変わられたように見えたのね」

「はい。多少、なんて言いますか、動きがぎこちないところがあるのと、素直過ぎるというか……ロボットみたいに、わたしや主人の言葉に反応して、そのとおり動くことがあり、大丈夫かしらと不安がよぎることはありました。でも、しばらく引きこもっていたあとだし、そういうこともあるのかなと思って、今後はこのままよくなってくれるだろうと信じてました。なのに、学校で倒れて、気を失って……」

「まあ、ご病気か何か？」

「病院で、検査を受けました。ストレス性の過呼吸症候群だろうと言われました。その日のうちに退院して、家に戻ったんですけど……亜衣の目は、もう前と変わっていました。ここしばらく、ぼうっと夢を見ているような印象だったのに、いまは怖いくらいに目を見開いて、わたしを睨《にら》むんです」

「亜衣さんは、倒れることになった理由について、何かおっしゃった？」

「いいえ。口を開くときは、うるさいって怒鳴るか、意味のない叫び声を上げるくらいで……トイレと、冷蔵庫を開けて何かを口に入れる以外、部屋にこもって、姿を見せません。わけがわからなくて、主人になんとかしてほしいと頼みました」

「旦那《だんな》さんは、どうされました」

「おまえがなんとかしろって……苦り切った顔で言われました。わかりませんけど、中東のエネルギー問題が難しい局面にあって、大事な会議の準備があるんだそうです」

「じゃあ、何もしてくれなかったの」

「娘の部屋までは行ってくれました。何度か呼びかけても、返事がなく、ドアには掛け金がかかっていたため……主人は、無理やりドアの隙間《すきま》に手を入れたんです。そうしたら、なんてことでしょう。主人が悲鳴を上げて、手から血が流れてきました。娘に、カッターで切られたんでしょう。信じられますか？　子どもが親に刃物を向けるだなんて……。もうどうしたらいいのかわかりません。助けてください。お願いします。どうか助けてください」

【九月四日（木）】


台風は二日の午後には太平洋側へ抜け、三日からは東京にも夏の日差しが戻り、この日も朝から真夏日の陽気となった。

馬見原は、杉並署の署長室で、署長、副署長、刑事課長の笹木に囲まれ、暴力団と内通している者についての調査を報告した。

怪しい者は署内にはいないという彼の報告に対し、どんな調査をしたのかと、副署長が形式的に問いただす。

「本人との会話と、簡単な内偵です」

馬見原は淡々と答えた。「本格的調査は、現段階では望まれていないようでしたし、その場合は単独では不可能です」

実際このところ、内通があったと思われる事例は起きていない。

「一応は、ほっとする結果ですね」

署長が明るい声で言った。キャリアの彼には、杉並署署長の椅子《いす》は腰掛けに過ぎない。それでも在任中、暴力団とただならぬ関係を持った部下がいたという話は聞こえが悪く、今回の報告に安堵《あんど》した様子がうかがえた。

「引きつづき調査をしますか」

馬見原はあえて訊《たず》ねた。

「ひとまずいいでしょう」

署長がうなずいた。「それより、ペットを殺して民家の前に置いてゆく事件はどうなりました。練馬署管内で似た事件が起きて、ひと月以上経《た》つんじゃないですか」

「担当の者が、目下懸命に捜査しているところです」

馬見原はそう答えるにとどまった。

「あなたも手伝ってるはずでしょ。刑事課長の話では、月に一度のペースで事件は起きてると聞きましたよ」

「おおむねです」

と、笹木が言葉をはさむ。

「また大きな事件が起きれば手を取られますし、早急に解決してください」

「わかりました」

馬見原は、敬礼をして、署長室を出た。外の騒音と蟬《せみ》の声がうるさいほどに響いてくる。煙草《たばこ》をくわえ、吐息とともに煙を吐いた。ほどなく笹木も出てきた。

「ウマさん、本当にいないんだな」

彼が内通者について念押しをする。

馬見原は、刑事課の部屋へと歩きだし、

「調べてないのは、あと自分と課長だけです。なんなら課長のことも調べますか」

「よせよ」

笹木は、うんざりした声で、「ところで、椎村のこと……あんた、どう思う」

「どうとは？」

「あいつを先々、本庁一課へ推薦したものかどうかさ。見込みはありそうかね」

「課長はどう見てます」

「はじめは期待してたんだが。親父《おやじ》さんが病気になってから、ぱっとせんな」

「……もう少し、見てやってください」

二人が刑事課の部屋へ入ってゆくと、馬見原のデスクのそばに、椎村が固い表情で立っていた。笹木が、先に彼の姿を見とがめ、

「椎村、なに油を売ってんだ。おまえのとこで止まってる仕事が幾つあるよ」

「すみません、いま聞き込みに回ります」

椎村は、恐縮した口調で答え、馬見原へ視線を投げてきた。

馬見原は天井を見上げた。椎村が察して出てゆく。三分後、電話中の笹木に気づかれないよう部屋を抜け、馬見原は屋上へ出た。まばゆい日差しのもと、椎村が立ったままで何やら一心に読んでいる。

「どうした」

声をかける。椎村が顔を上げた。信じられないといった表情で、

「……これを見てください」

馬見原は、彼から二枚の紙を受け取った。ある人物の本名、本籍、以前の職業などを含め、経歴を記した資料が一枚。その人物の、犯した罪を記した資料が一枚だった。

思いもしなかった事実を目に、しばし言葉も出なかった。この人物が犯したとされる罪は、馬見原も当時ニュースで見て、強い関心を持った。家族間のつらい状況が背景にあった上、馬見原の息子と、事件の被害者とが、同じ年の生まれだった。

「どう思われますか？」

椎村が不安そうに訊《き》く。彼自身が調べて出てきた答えなのに、どう受け止めればよいのか、混乱しているようだった。

「どこから、この資料をたどったんだ」

馬見原は訊ねた。

「……あの人が暮らす管轄《かんかつ》の署に、自分と同期の外勤巡査がいるんです。そいつに頼んで、営業所を訪ねて、毒物劇物取扱者としての合格証書を確認してもらいました」

「で、名刺とは名前が違ってたんだな」

「はい。本名のほうで、検索した結果です」

馬見原は、資料を椎村に戻した。

「この事件、地元警察へ問い合わせたか」

「いえ。まず警部補に相談してからと……」

「家族の名前はわかるか」

「資料に書いてますが」

「被害者の名前じゃない。女房のだ。当時の新聞に載ってないか」

署内の資料室で、二人は事件当時の新聞の縮刷版をあたった。記事はすぐに見つかった。馬見原は、手帳を繰り、以前聞き取っていた女性の名前と照らし合わせた。姓は違うが、下の名は合致している。

「二人は、夫婦だったんだ……」

馬見原は記事を見つめた。

「絶対とは言えないんじゃ……」と、椎村がつぶやく。

「直接確認すればすむ」

「でも……だから、何なんです。刑期も終えて、普通に生活されてるんですよ」

「どうして名前を隠した」

「詮索《せんさく》されたくないからでしょ。六年前です。覚えている人がいるかもしれない」

「とにかく話してみればいい。おまえは資料を戻して、ペット殺しを追ってろ」

馬見原は、刑事課の部屋に戻り、調書の裏を取ってくると笹木に告げて、外へ出た。署の前に、タクシーが止まっていた。椎村が乗っている。馬見原は、隣に乗り込み、

「長距離になるぞ。おまえの甲斐性《かいしょう》で、落とせるのか」

「自腹を切ります。自分には、仕事とは言えませんから」

椎村は運転手に行き先を告げた。

メーターが四千円を超えたところで、目標となる送電線の鉄塔下に近づいた。馬見原は、椎村を抑えて料金を払った。経費で落とすための領収書を受け取り、

「恩人だろうが身内だろうが、引っ張る覚悟がないなら、警官なんぞやめちまえ」

椎村に言って、建設資材を置いた敷地の前へ進んだ。

金網で隔てられた敷地内には、鉄パイプの積み替えをおこなっている男の姿があっ

た。ランニングシャツに綿パンツ、首にタオルを巻き、小柄で、髪の毛がやや薄い。思っていた人物とは、年格好が違っている。

「すみません、ちょっとよろしいですか」

馬見原は相手に呼びかけた。

男が、タオルで汗を拭《ふ》き、面倒くさそうにこちらへ歩いてくる。顔を確認できる近さまで来たところで、男の足取りが鈍くなった。

「あんたら、あんときの……？」

男が不安そうに言う。彼は足を止め、

「あの女か……。氷崎ってアマが、また旦那方に、でたらめな告げ口したんですか」

それを聞き、馬見原も思い出した。児童相談センターで、氷崎游子に殴りかかっていたところを、拘束《こうそく》した相手だ。椎村に視線を走らせると、彼もうなずき、

「確か駒田と言って、前科は傷害が二つか三つあったと……」と、ひそめた声で言う。

馬見原は、駒田という男に視線を戻し、

「久しぶりだな。ここで働いてるのか」

と、わざと親しげな調子で話しかけた。

「おれは、べつに何もしてないですよ」

駒田がおどおどした態度で言う。

馬見原は、金網製の扉に鍵《かぎ》が掛かっていないのを確かめて、それを押し開け、

「入れてもらうぞ。聞きたいことがあるんでな」

「あのアマが、また嘘《うそ》八百並べて、娘を取り上げるつもりか……そうはさせるかよ」

臆病《おくびょう》なくせに空威張りする、こうしたタイプの男を見ると、まず職務質問をすることが、馬見原たちのいわば習慣になっている。

「どうして、おまえがここで働いてるんだ」

相手の正面に立った。駒田は馬見原の肩ほどしか身長がない。

「働いてるだけで罪になるんですか。あのアマ、今度邪魔をしたら、ぶっ殺すって言ったのに」

「おまえ、そんなこと言ったのか？　そいつは強要罪って、立派な犯罪だぞ」

駒田の目の奥に、おびえの色が浮かぶ。

「二度とムショになんぞ入るもんかっ」

「言えよ、どんな悪さをしたんだ」

「ふざけんな、早く出てけよっ」

駒田が、馬見原を突こうとして、手を伸ばした。逆に、その手をねじり上げ、

「おいおい、公務執行妨害もついちまうぞ」

「ちくしょう、やめろーっ」

駒田は、痛みのあまりか、大声を上げた。

すると、奥のプレハブ小屋の戸が開き、

「どうしました」

作業着姿の男性が姿を現した。

馬見原は、力をゆるめ、彼が近づいてくるのを待った。大野という男だった。眉間《みけん》に皺《しわ》を寄せて、小走りに来て、

「いったい、何の騒ぎです」と言う。

椎村が、一歩前に出て、彼に会釈《えしゃく》をした。

大野は、戸惑った様子で、

「あなたですか。そちらの方も……確か前に、椎村さんとお見えになりましたね」

「杉並署の馬見原です」

会釈をせずに言った。

「駒田君が、どうかしたんですか」

「おれは何もしてねえですよ」

駒田が言う。「あのアマが、また嘘を並べて、サツを呼んだんです」

「どういう意味です？」

大野が馬見原に訊いた。

「さあ。今日はあなたにお話をうかがいにきたんです。この男の雇い主ですか」

「仕事を手伝ってもらってます。問題がないなら、離してあげてください」

「いいでしょう。あなたに免じて」

馬見原は、駒田の手を離し、背中を軽く突くようにした。大野が彼を抱きとめる。

だが駒田は、大野からも逃げるように離れ、

「ちくしょう、おぼえてろっ」

と、馬見原を荒れた目つきで睨《にら》んだ。

「駒田君。よしなさい」

大野がいさめるように言う。

駒田は、顔をしかめてうつむき、そのまま扉を開いて、敷地の外へ駆け出していった。

「駒田君、まだ仕事は終わってないですよ」

大野が声をかけても、駒田は聞こえないのか、そのまま道の先に見えなくなった。

「奴《やつ》の素性は、ご存じなんですか」

大野に訊ねた。

彼は、顔をこちらへ戻し、

「前科のことでしたら、知ってます。彼が話してくれました。しかしいまは、別れて暮らす娘さんのために、懸命に頑張ってます」

「以前からの、知り合いですか？」

「最近です。子どものために、生活を正して、一緒に暮らせるようになりたいというので、お手伝いできればと思いました」

馬見原は、大野の視線の揺れ、口の動き、皺のふるえまで見逃すまいと思った。

「何か、わたしの顔に？」と、大野が訊く。

いったん目の力をゆるめ、

「部下が、あなたが素晴らしい仕事をなさると言うんですよ。ですから、わたしの家も見ていただけないものかと思ったんです」

「ほう。わざわざそのためにですか？」

大野が、真意をはかるように目を細め、椎村のほうを見た。

椎村は何も言えずにいる。馬見原は、笑みを浮かべて、

「或《あ》る事件について、意見も少しうかがえたらと思ってますが、いま、お時間は」

「大丈夫ですよ。では、こちらへ」

大野が、奥の小屋へ誘うようにからだを引き、先に立って歩きはじめた。

「お父さんの御加減はいかがですか」

彼が前を向いたままで言う。椎村に向けての言葉だとわかり、

「あ……おかげさまで、いま精神的には落ち着いてます。ありがとうございます」

椎村が慌《あわ》てて答えた。

プレハブ小屋のなかには、スチール製の机が二脚と電話、大型の物置と、消毒関係の専門書が並ぶ書架が置かれていた。エアコンはなく、窓が開け放されていても、ひどく暑い。椅子《いす》は二脚しかなく、馬見原は勧められて腰を下ろしたが、

「自分は結構です」

と、椎村は出入口付近に立った。

馬見原は、机の上の、高さ三十センチほどの、木で作られた家の模型に目をとめた。

「あなたの手作りですか？」

大野が、もうひとつの椅子に腰掛け、

「ええ。時間のあるときに」と答えた。

「こうした模型で、どこをどう消毒するかなどと、勉強するわけですかね」

「ただの趣味です。自分で家を建てるだけの財力がないので、せめてもの慰めですよ。ある高名な詩人が、家とはすでに一個の宇宙だと言ってます。宇宙の模型を作っていると考えれば、なかなか壮大でしょ？」

大野が柔らかな笑みを浮かべた。馬見原も笑みを返して、

「ところで、害虫駆除ですが、あなたがお一人でやられてるんですか」

「ええ。一人でやれる程度の場所を」

「消毒液などは、ふだんどこに？」

「あの隅の、物置で管理してます」

「拝見できますか」

大野が、立って、隅に置かれたスチール製の物置の鍵を開けた。

馬見原は、そばに歩み寄り、彼の隣からのぞいた。なかには、薬液が入っているらしい一斗缶が積まれ、ドリルや噴霧器、工具箱などが整理されて置かれている。

「この灯油くさいのは、油剤のものですか」

「ええ。よくご存じですね」

「どういったものを使われてます」

「市販のものです。取り締まりを受けるようなことはしてませんよ。先日、地域の巡査さんにも話しましたが」

「いや、取締りなんてことは思ってません。担当も違いますしね。ただ……使われている薬剤を、少々持ち帰ってもよろしいですか」

「何のためにです」

馬見原は、言い訳に困って、

「家で、少し試してみたいと……」

「一般の人が勝手に使うことは許されていません。むろん令状があるなら別ですが」

「いえ、ちょっと思いついただけのことですから」

馬見原は、缶に書かれた薬剤の名前を、暗記するにとどめた。大野が物置に鍵を掛けるあいだ、窓の外を確認した。小屋の裏手に、灰色のミニバンが置かれている。

「あの車で、仕事に回られるんですか」

「そうです」と、答えが返ってきた。

馬見原は、ナンバーを頭に入れ、相手から見えない位置で手の甲にメモした。

「仕事で消毒をなさった場合、記録につけてらっしゃいますか。あれば、拝見したいんですが」

「なぜです」

「どのくらいの実績がおありなのかと」

言い訳としては、下手なものだったが、

「いいですよ」

大野は承諾した。彼が、記録簿だというノートを持ってきて、馬見原の前で開く。

日時に照らして確認したが、願っていた記録はない。

「杉並区の下井草に住んでる麻生さんというお宅を、訪ねてらっしゃいませんか」

大野は、首をかしげてしばらく考え、

「いや、覚えがないですね」

「練馬区富士見台のあたりに住む、実森さんというお宅はどうです。消毒なさってませんか」

「……記憶にありません。わたしが仕事をしたという、お話でもあるんですか」

馬見原は、それには答えず、

「大野さんは、ずっと昔から害虫駆除の仕事をされていたんですか」

「いいえ。ここでは一年半ほど前からです」

「ほう。比較的最近ですね。脱サラですか」

「失業して、そのあと資格を取りました」

「何年くらい勉強されると、開業できるものなんです。まあ参考までにですが」

「わたしの場合は、理論を二年ほど学び、そのあと半年、先輩の方について研修しました。毒物劇物取扱責任者の資格と、しろあり対策協会の防除施工士の資格を持っています」

「どうして、この仕事を選ばれたんです？」

「家を食う害虫が、許せなかったのが一番ですかね。多くの家を守りたい、不幸になる前に家庭を救いたい。そんな想《おも》いです」

「お隣と似てますね」

「隣？」

「子どもの悩みの電話相談をされてるでしょ。その方も、多くの家族を守りたい、不幸な家庭を救いたいとおっしゃってました。お隣のこと、ご存じでしょ？」

馬見原は、大野の目の奥で動くものがないかどうか、さりげなく注視した。だが、彼に動揺は感じられず、

「そうですか。お隣の山賀さん、そんなことをおっしゃってましたか」

と、落ち着いた声で言った。

いっそこのまま、大野が隠している事実を明らかにし、さらに踏み込んだ質問を試みるべきかどうか迷った。短い静寂の間に、椎村がそれを悟ったのか、

「警部補、お宅の状態をお伝えしたらいかがです？」

と、とりなす口調で切り出した。

馬見原は、はやる気持ちを少し抑えて、

「廊下の一部が、踏むと軋《きし》むんですよ」

「そりゃあ危ないですね。畳の一部が沈むというようなことはありますか」

「ええ、あります」

「白蟻《しろあり》にやられてる可能性が高いですよ。脅すわけではありませんが、早いうちに調査したほうがよいでしょう。もし白蟻だと、隣近所にまで被害が拡《ひろ》がりますから」

そのとき、小屋の外から、小走りに近づいてくる足音が聞こえた。

「いますー？」と、声がする。

開け放していた戸の外に、女性が現れ、

「駒田さんが……」

と言いかけ、口を閉ざした。

隣で電話相談を受けている、山賀葉子という婦人だった。

馬見原は、椅子から立って、会釈をした。

「お久しぶりです」

椎村も丁寧にお辞儀をする。

葉子は、馬見原と椎村を交互に見て、

「確か、前に一度見えた刑事さん……?」

「わたしが、或る二軒のお宅を消毒したかどうか、訊《たず》ねに来られたんですよ」

大野が説明して、「それより、駒田君がどうかしたんですか」

彼女は、落ち着きを取り戻した様子で、

「そうですか。いえ、駒田さんがね、離れに置いてあった荷物を持って、突然出ていかれたんです。自分は、無実なのに逮捕されて、娘と暮らせなくなるから逃げるんだと、おかしなことを言い残して……。いったい何があったんです」

「刑事さんを見て、勘違いしたらしい。せっかくよい方向へ向かっていたのに、残念だね」

「どうやら、わたしどもが、お二人の善意をむだにしてしまったようですね」

馬見原はさすがに心苦しさを感じた。

大野が、小さく吐息をつき、

「駒田君は、お子さんのことで悩んでいたとき、児童相談センターで山賀さんと会われたんです。気持ちを入れ替え、よい父親になろうと懸命に努めてました。しかし、好きな酒を長く断っていただけに、禁断症状とでもいうんでしょうか、ちょうどひとつの山場に来ていたところでした。ここを我慢できればと、見てはいたんですが」

「事情もよく知らないまま、申し訳ないことをしました」

馬見原は素直に謝った。

「いや、刑事さんのせいではありませんよ。彼の日頃の行いが招いた誤解ですし、わたし自身、まだよく彼を導くことができていなかったということでしょう」

「戻ってきてくれたらいいんですけどね」

葉子が残念そうにつぶやく。

「お二人は、どういったお知り合いですか」

あえて葉子のほうへ訊《き》いた。

「え。ただの、お隣同士というか……」

彼女が答えかけたところで、

「刑事さんは知っておいでのようですね」

大野が言った。「確かにわたしどもは、かつて夫婦でした。しかし、それだけですよ」

　馬見原は、大野と葉子を交互に見て、

「お二人は、ご一緒にこの場所へ移ってこられたんですか」

「ええ。いまなお良き友人ではありますから。山賀さんの古くからのお知り合いが、この地所と、隣の家の持ち主なんです。それで、ここの管理の仕事と合わせて、隣の家も貸していただけているという事情です」

　大野がおだやかな口調で答えた。

　いろいろとまだ聞きたいことはあったが、この段階では引く頃合いのように思い、

「わかりました。時間をとっていただき、ありがとうございました。また何かありましたら、ひとつよろしくお願いします」

　彼らと簡単に挨拶《あいさつ》を交わし、椎村と小屋を出た。金網のフェンスに向かって歩きはじめたところで、

「馬見原さん」

　後ろから呼ばれた。振り返ると、大野が厳しい顔でこちらを見つめており、

「先ほど話されたお宅の状態が本当なら、早急な調査が必要ですよ。お宅だけの問題ではなく、被害が拡がる可能性もあることですから」

「ええ。検討して、またご連絡いたします」

資材置場の地所を出るとき、もう一度プレハブ小屋を振り返った。大野たちの姿は見えなかった。

「あの人が、本当に自分の子を……」

と、椎村がつぶやく。

「記録じゃそうなってる」

馬見原は答えた。

「でも、そんな様子は見えませんでした」

「簡単に心のうちを見せるもんか」

「六年の歳月も関係してるんでしょうか」

あえて答えなかった。時間がいくら経《た》とうが、わが子を失った悲しみが癒《い》えるわけはない。むしろ自分が年をとるごとに、あるいは他人が子どもの自慢をするたびに、喪失の重みは新たな意味を持って、増してくる。しかも大野たちの場合、その重みは、はかり難いものがあった。

「でも、やはりあんな事件を起こした人たちには思えません」

と、椎村が繰り返した。

だが馬見原は、大野の頭の回転の早い受け答えには、教育相談所の相談課長だったという過去が、感じられなくもないと思った。

名刺では、彼の名前は大野一郎となっている。本名は大野甲太郎《こうたろう》。かつて結婚していたとき、その妻の名前は葉子だった。

大野たちが結婚したのは、いまから二十六年前。馬見原が佐和子と結婚する前の年だった。そして、馬見原たちに長男が生まれた年に、大野たちにも息子が生まれている。

馬見原の息子は、十六歳になる直前の春、事故で亡《な》くなった。二年後、十八歳になる息子を、大野はみずからの手で殺していた。

「今後、どうする気です」

椎村が言う。馬見原はまだ何も考えていなかった。自分の追いかけている事件と、大野たちを結びつけることは容易でない。

「ひとまず……おれは休暇をとる」

「こんな時期にですか。自分はどうすればいいんです」

「ペット殺しの件を解決しとけ」

「無茶ですよ、そんな急に」

「本庁へ呼ばれたくないのか」

「……べつに無理してまでとは思ってません」

「親父《おやじ》さんは、おまえが本庁の捜査員になるのを待ってるんだろ」

椎村が気弱に顔を伏せた。

「父は……あきらめてます。どの程度の息子か、よく知ってますよ。小さな仕事を、市民のためにこつこつやっていきます」

馬見原は足を止めた。

「おい。なめたこと言ってんじゃねえぞ」

椎村につめ寄り、相手の胸ぐらをつかんだ。

「病気で気弱になった親父が何を言ったか知らんが、小さな仕事をこつこつだ？ おまえの言う市民ってのは、殺しのホシを挙げてほしくて、税金を払ってんだ。強盗や泥棒を捕まえて、奪われたものを返してほしいんだよ。小さな動物を殺して喜んでる奴《やつ》を、懲《こ》らしめてほしいから、おまえみたいな奴にも税金を給料として渡してんだ」

黙り込む椎村を、馬見原は突き放した。

「おれの留守中に、ペット殺しを捕まえろ。署長や課長の前にホシを突き出せ」

「そんな……これまで何もつかめてないのに。警部補だって、目星さえつけることができてないじゃありませんか」

「むだにする時間がありゃ、捕まえてる」

「嘘《うそ》を言わんでください」

「誰が嘘なんぞつくか。運がよきゃ三日で逮捕だ。でなきゃ半年か一年か……一日二時間しか寝られない日がつづいて、それでも逮捕できん場合もあるが、可能性は十分ある。ただ、おれにはそれを試す時間がなかった。おまえも親父さんのことで参っていたから、無理には勧めなかっただけだ」

「……どうやれば、そんな」

「なんでも人に頼るな。最初のヤマから洗い直してみろ。あとは運の有る無しだ。この仕事に向いてるかどうかも、はっきりする。向いてないなら、さっさとやめちまえ」

馬見原は、椎村を残して歩きだし、頭はもう休暇中の行き先のことに切り換えて、大通りでタクシーを止めた。

【九月六日（土）】

まず土地を区切ることから始めた。

浚介は、八月の下旬、家の前に広がる古い畑の、端のほうの一画を選んだ。四隅に園芸用の支柱を立て、先端をロープでつなぐ。小学校のプールくらいの広さになった。近所で畑作をしている老人に見てもらうと、「欲張るな」と注意された。

周囲から苦情が出れば中止するという条件で、不動産屋は家庭菜園を許してくれた。商品になるような野菜を作れるはずはないが、鉢植えのハーブ程度で終わらせたくもなかった。結局、当初の予定の半分ほどに縮小し、幅を八メートル、長さを十五メートルにした。

つづいて、地所の草を刈る作業にかかった。柄の長い鎌《かま》を買い、立ったまま左右に振ってゆく。ざく、ざくっと切れてゆく音と、手に伝わる草の重み、そのたび視界がひらけてゆくことが心地よかった。草のあいだから、蛇が数匹すべるように現れた。野生の蛇など、子ども時代に二、三度しか見たことがない。トカゲ、蜘蛛《くも》、ヤスデ、ムカデ、また名も知らない虫たちが、浚介の足もとから逃げていった。草の汁や露で、手も顔も濡《ぬ》れ、青くさい匂《にお》いが皮膚の内側までしみ入ってくる気がした。からだをひねって鎌を振るため、脇腹《わきばら》の筋肉もつった。長袖《ながそで》のシャツを着て、ズボンの裾《すそ》を靴下のなかに入れていたが、首の後ろを虫に刺された。じんじんと熱をもって腫《は》れてきたところ、様子を見にきた近所の老人が、野草を嚙《か》みつぶして、その汁を虫刺されの箇所にすり込んでくれた。

長い草を刈り終えると、鎌を短いものに替え、少し丁寧に刈った。草を残した土地との境界線は、シャベルを使って溝を掘り、水はけと、草の浸食を防ぐ工夫をした。耕せる状態に整えるのに、都合四日かかった。鼻をかむと紙が黒くなり、髪を洗った水は褐色となって流れた。たった四日でも日に焼けて、湯を浴びると首すじがひりひりした。

翌日からもう土を耕した。長く使われていなかった土地だから、表面が固い。浚介の未熟なクワの使い方では楽でなく、シャベルでもはかどらない。老人が、先のとがった鉄の棒を貸してくれた。それを地面に突き立て、土のなかに空気を送り込んでから、掘り返す。

軍手では鉄棒がすべるため、素手で握るしかなかった。地表から五センチくらいは簡単に突き立つが、それ以上はねじ込むようにしないと、入ってゆかない。指のつけ根や、親指と人差し指のあいだに、水ぶくれができた。無理につぶすなと老人に言われ、彼の奥さんが消毒した針で水を抜き、絆創膏《ばんそうこう》を貼《は》ってくれた。

ミミズが現れ、また地中に戻ってゆく。土地が生きている証拠らしい。カメムシ、ダンゴムシ、ハサミムシと、どんどん地表に現れた。その虫を狙《ねら》い、スズメだけでなく、都会では見かけない、羽のきれいな鳥たちも降りてきた。

休憩中、浚介はそうした鳥や、虫の生態をスケッチした。

九月一日、退職の挨拶《あいさつ》をするため、作業を中断して、学校へ出た。日焼けをした様子と、草や土の匂いを周囲からは驚かれた。その日、台風が関東に上陸し、掘り返した地面に水が溜《た》まって、せっかく作った溝が崩れた。

翌日、溝に溜まった泥をかき出し、あらためて水はけの工夫をした。次の日は、よく晴れたこともあり、朝早くから深さ三十センチくらいまで土を掘っては、ひっくり返す仕事をした。また雨が降るなどしたため、この作業に三日かかった。

「酸度調整をしなきゃだめだ」

いつもアドバイスをくれる老人に言われた。土の状態を野菜作りに適したものにするのだという。老人は、掘り返した土を手に取り、舌でなめて、

「あんたも、なめればわかる」

浚介は土をひと握りつかんだ。ここには蛇もトカゲもミミズもいた。ムカデやゲジゲジや気味の悪い虫も這っていた。以前なら適当な言い訳をして、逃げただろう。いまは抵抗もなく、なめることができた。だが、土の味などわからない。

すると、老人がにやりとして、

「素人《しろうと》にわかるものか」

と言った。試されたのだろう。

指示に従い、苦土《くど》石灰《せっかい》というものを買い、小石ほどの石灰の粒をまき、シャベルで土と混ぜ合わせた。

この日の朝、浚介は起きると、真先に縁側へ出た。周囲の雑木林から朝もやが流れてくる。雑草に囲われた隅の一画に、土作りの終わった焦《こ》げ茶色の地面が、巨大なチョコレートのように存在している。ごく限られた、狭い空間なのに、なぜかしら〈自由〉と呼ばれているものが、かたちとなって現れたように見えた。

今日は、借りてきた特別なクワで畝《うね》を作る予定だった。園芸用の支柱を、地所の両端に一本ずつ立て、ロープを張る。畝のあいだの溝を、直線に掘るためだ。ロープに沿ってクワを入れ、土を十センチほど掘り、脇に盛ってゆく。盛ったところが、畝になる。向こう端まで十五メートル。歩けばすぐだが、掘って、盛ってを繰り返しながら進むのは、力も要るし、神経も使う。端に到達すると、幅を三十センチとり、支柱を立て直す。またロープに沿って土を掘り、脇に盛る。

畝には、苗を植えたり、種をまいたりするが、計算では、十四、五本の畝ができるはずだった。三本の畝で一種類、五種類の野菜作りに挑戦するつもりでいる。

初心者は、ジャガイモがよいらしいが、種芋の植えつけは時期外れだと言われた。根もの野菜は時期を逸しており、葉もの野菜しかなかったが、「半分以上は失敗する」と老人に言われた。それでもいい、いっそ失敗してみたい気持ちもある。

三本の畝を作ったところで、腰が痛くなり、いったん家に戻って、休憩した。縁側で水分を取り、いつものスケッチブックを開く。

ミレーの『晩鐘』や『落ち穂拾い』といった名画を、浚介はあまり好きではなかった。もっと劇的なものや、新鮮なもの、ときには奇抜なものを好んだ。だが、ほんのわずかにしろ実際の土にふれてみると、ミレーの絵が、単純だとか、素朴だとかは、もう言えなくなってくる。

これまで彼は、人間の醜さや愚かさ、弱さを、抽象的なカタチにして描いてきた。だが、麻生家の事件現場を目撃してからは、以前のように筆が動かない。自分が襲われたときのことや、病院で同室だった患者の悔しい想《おも》いまでがよみがえり、描くのがつらくなる。

美しいものを求めたい。そう、渇きのように感じていた。世界には、どうにもならない悲劇がある。だが、それを踏まえた上で、なお美しいものを描きたかった。だが、願うほどに、美しいとはどういうことか、よくわかっていない自分を感じた。ひとまずからだを動かすことにした。自分が持っている労力と時間を、或《あ》る場所に注ぎ込むことで、何かしらの対価を得る……その実践は、自分が無力だという現実を、わずかにしろ救ってくれた。

スケッチブックを置いて、縁側に横になった。板がひんやりして、ほてった背中に気持ちいい。ついうとうとする。眠りに落ちる手前で、芳沢亜衣のことを考えた。

九月一日、亜衣が校内で倒れているところを、パクさんが見つけ、たまたま近くにいた浚介が呼ばれた。彼女を抱き起こし、屋根のある場所まで運んだ。亜衣は、意識こそ失っていたが、呼吸や脈拍は正常で、病院へは養護教諭が付き添った。のちに、養護教諭へ電話をして確認したところ、ストレスからくる過呼吸症候群だろうと、診察されたらしい。意識もすぐに戻り、母親が来て、その日のうちに退院したということだった。

亜衣を見舞いにゆくべきかどうか、以前に訪問した際の気まずい雰囲気が、浚介をためらわせていた。

「巣藤さん」

肩を二、三度揺すられた。髪を真っ赤に染めた青年が、上から彼をのぞき込んでいる。かつての教え子で、ケートクと呼んでいる年下の友人だった。

「もう昼過ぎっすよ」

庭では、ケートクの子どもが走っており、工務店に勤めている彼の友人が、車椅子《くるまいす》サッカーの準備をしている。今日は二週間に一度、友人たちが集まる日だった。

「けど、畑、すごいっすね。こないだまで何もなかったのに、びっくりしたなあ」

ケートクが感心したように言う。

浚介は、ほかの友人たちとも挨拶を交わしたが、全員が畑のことをほめてくれた。

「何を作るの」

と、電動車椅子の少年に訊《き》かれ、

「まずアサツキかな」

浚介は答えた。「素人でも失敗せずに、収穫の楽しみを味わえるって話だから」

「ぼく、アスパラガスが好きだけど」

「三年はかかるらしいよ」

「ほかにはないんすか」と、ケートクが訊く。

「秋の種まきに向けて、キャベツとタマネギ、ホウレンソウ、チンゲンサイ」

「そんなに、初めからできるのぉ」

　ケートクたちから、疑いの目を向けられ、

「全滅の可能性あり」と、正直に明かした。

　浚介は、ケートクにクワを持たせ、畝作りを教えた。彼はやる前は面倒くさそうだったが、次第に面白がり、工務店勤めの友人も作業に加わった。子どもたちも土遊びを始め、ケートクの妻たちは縁側からそれを眺めた。

「游子さんは来ないの？」

　ひと休みのおり、ケートクに訊かれた。

　氷崎游子には最近連絡していない。夏休みからその後一ヵ月にかけての期間は、家出や非行が増え、児童相談センターはふだん以上に忙しいと聞いていた。亜衣への関わり方を失敗したことで、いっそう游子と話すことがつらく感じていたせいもある。

「さっさと連絡して、会いたいって言えばいいじゃないっすか」

　ケートクがからかうように言う。

「うるせえな」

「彼女と、したい気持ち、全然ねえの?」

「彼女とは、そんなんじゃない」

「おれは、ああいう自分ってのを持ってる人に、好きになってほしいな。うちの嫁も、游子さんとはまた話したいって言ってるんすよ」

「だったら、自分で掛けろよ」

するとケートクは、これでいいっすか、と浚介の携帯電話を勝手に取った。逃げながら、登録してあった番号を探して掛け、相手が出たのか、投げ返してきた。

「もしもし、氷崎ですけど」

游子の声が聞こえ、浚介は仕方なく電話に出た。たどたどしく挨拶《あいさつ》を交わし、それでも話すうちに、妙に気持ちが揺れて、

「会えないだろうか」と、切り出していた。

相手は迷っていたようだが、

「今日、これからは、だめかな?」

都合のよい場所へ、自分が出かけてゆくからと、やや強引に約束を取りつけた。

ケートクには冷やかされたが、彼が言うような感情だけで、会いたかったのかどう

か、浚介はまだ半信半疑でいた。

待ち合わせの時間、約束した喫茶店に彼女は現れなかった。代わりに電話が入り、

「ごめんなさい」

游子は、急の仕事で、どうしても抜けられないと言ってきた。

無理に待ち合わせたことを後悔しかけていたのに、会えないとわかると、また想いがつのり、

「ちょっとだけでも話せない？　よかったら、そっちへ行くよ」

浚介が児童相談センターへ着いたときには、夜の八時を回り、敷地内は緑が多いためか、秋の虫がそこここで鳴いていた。

前に一度訪れた本館へ近づいてゆくと、玄関先に游子が現れた。白いシャツの袖《そで》を肘《ひじ》のところまでまくり、カーキ色の綿パンツをベルト無しで、姿勢よく着ている。ひと息つこうと窓の外を見ると、ちょうど浚介の姿が見えたのだという。

彼は、軽く挨拶を交わして、明るい玄関灯の下へ立った。

「どうしました」

游子が驚いた表情で、「ずいぶん焼けてますね。海ですか？」

「あ、いや……家の前に古い畑があったでしょ。あそこで家庭菜園を始めたから」

「本当に？　その焼け方だと本格的じゃないですか」

「全然。初心者だし、まだ土作りの段階なんですよ」

ロビーには待合室のような一角があり、ソファ・セットも置かれていた。

「ここでいいですか」と、游子が勧める。

「なんだか無理に押しかけてきたみたいで」

「こちらこそ約束を破って、ごめんなさい。おわびにコーヒーごちそうします。って
缶になるんですけど」

游子が笑いながら自動販売機の前に立つ。何にしますと訊かれ、

「あ……じゃあ、砂糖抜きのやつで」

ロビー全体は照明が落とされ、常夜灯と、非常灯の明かりしかなかったが、二人で
話すのにはかえって落ち着く程度の明るさだった。

「ずっと仕事、遅いんですか？」

浚介は訊《たず》ねた。初対面の頃の敬語に戻っているのが、自分でももどかしい。

游子は、缶コーヒー二つをテーブルに置き、彼の向かいに腰を下ろした。

「夏休み中は家出が増えますし、明けると、休み中の行動で心身に傷を負ってしまっ

た子どもたちの、つらいケースが出てくるんです」

浚介は黙ってうなずいた。

「昨日、或る少女が保護されました。家出中に少年グループにレイプされていたんです。でも、自分では泊めてもらうための代償だったと思い込み、被害感情を素直に表わせなくて、万引きなどの非行行動で、内面の怒りを表わしていたんです。話を聞くうち、感情がほぐれて、負った傷も意識されてくると、今度は泣いたり、暴れたり、ついには死のうとして……目が離せない状態がつづいていました」

「手の傷も、その子が？」

游子の左手の甲に、新しい引っかき傷がある。彼女は、肯定も否定もせず、

「巣藤さんは、最近どうされてたんですか。ずっと家庭菜園を？」

「まさか。仕事を探してました。不景気で、教職以外の経験がないから、苦労してます。美大時代の友人が、テレビの美術関係の会社にいて、ひとまずバイトでいいならと言ってくれてますけど」

「そうですか。テレビと言えば、いまでもそうした世界に憧《あこが》れて、家出してくる子は多いんですよ。ただ昔と違って、守られてる感じが魅力みたいなんです」

「守られてる？」

「テレビに出てる若い歌手やタレントの方が、周囲の大人たちから大事にされてるように見えて、羨《うらや》ましいみたいです。現実の社会は、いろんな危険に満ちていて、子どもや女性に求められる価値も、いまなお狭いでしょ。守られていない、と感じている子は少なくありません……。ところで、芳沢亜衣さんはどうしてます?」

浚介は、黙っているのもつらく、思い切って亜衣を訪ねたときのことを話した。かえって追いつめてしまったようだということ、二人でいるところを、帰ってきた母親に見られ、誤解されてしまったかもしれないということ……。亜衣に対し、ほんの一瞬にしろ性的な衝動を感じたことは、さすがに話せなかった。だが、専門家である游子には、それとなく気取《けど》られたかもしれない。

さらに、亜衣が学校で倒れ、不登校状態に戻ってしまっていることも話した。游子の表情は次第に固くなり、話し終えると、

「九月一日以後は、訪ねてないんですか」

と、厳しい口調で訊かれた。

「いや……まだ距離を置いたほうがいいかと思って」

游子は、しばらく黙っていたが、

「なぜ二人きりになったんです」

と、問いつめるのに近い口調で言う。

「家族が、不在だとは思わなかったし、せっかく彼女がドアを開けてくれた機会を、大事にしたかったから……」

「もっと慎重になるべきだと思います」

「かもしれない」

「だったら」

「こんな話をするために、きみに会いにきたわけじゃない」

浚介はつい荒い口調で言い返した。

ロビーの外から、虫の声が聞こえてくる。鈴虫だろうか、奥ゆきのある澄んだ声がロビーのなかでも反響しはじめた。浚介は、小さくため息をつき、

「また、訪ねてみます。確かにこのままにはしておけないから」

「一緒に行きます」

游子が言った。おだやかな口調に戻っており、

「巣藤さんは、学校をやめられたわけですし……一緒のほうがいいと思います」

どう答えればよいかわからず、かわすように缶コーヒーを手にした。

游子の携帯電話が鳴った。浚介に断り、彼女が出る。初めのうち儀礼的な印象で受

け答えしていたが、次第に表情も声も険しいものへ変わっていった。

「どうしてそんな。だったらすぐ警察に……だって誘拐じゃないですかっ」

彼女がソファから立った。目の前の何者かへ飛び掛かっていきそうに見える。

「父親だって関係ないですよ。このまま行方がわからなくなることがあるのも、ご存じでしょ。手遅れにならないうちに、早く手を打たないと」

かきくどく調子で言葉を重ねる。だが逆にさとされているのか、彼女も言葉がつまりがちになり、表情は苦しげで、悲しいものへと、さらに変化していった。

「ともかく、そちらへ伺います。……いえ、でも……なぜです。だって……そうですか。わかりました。こちらで待機しています」

游子は、ついにあきらめたように言い、それでも未練が残るのか、執拗《しつよう》に今後の連絡を願ってから、電話を切った。

「どうか、したんですか」

浚介は、相手の様子が気になって、顔をのぞき込むようにして訊《き》いた。

游子は、自分の考えのなかに浸りきっているらしく、振り向きもしない。手のなかで電話をしきりに揉《も》むようにしながら、

「どうして……どうして……」とつぶやく。

彼女は、玄関のほうへ進みかけ、ガラス扉をどんと拳《こぶし》の腹で叩《たた》いた。

「しっかりやってるって、言ったくせに」

悔やみきれない調子で叫ぶと、扉を開けて外へ出てゆく。

浚介はあとを追った。桜だろうか、中庭の大きな木の前で、游子は門のほうへ進みかけては、戻ってくることを繰り返していた。左足をいつもより引きずっており、それが痛々しく見える。

浚介は、そばに歩み寄り、こちらへ戻ってきた彼女の腕をつかんで止めた。

「どうした。何があったの」

游子が、びっくりした顔で、彼を見上げた。話の様子から察して、

「誰か、いなくなったの」と訊いた。

「あの子が……玲子ちゃんが……」

「玲子ちゃんって？」

「駒田さん……彼が、散歩にと連れ出したまま、帰ってこないって……」

そこまで言うと、游子は浚介の胸に額を預けた。

浚介は抱きとめようとした。だが間に合わず、游子は力が抜けたように膝《ひざ》から崩れ、地面に座り込んで、両手で顔をおおった。

【九月十三日（土）】

馬見原は、一週間あまり前の金曜日、休暇願いを提出した。笹木をはじめ幹部たちは、よい顔をしなかった。様々な事件の処理がたまっているためで、副署長からは厭味《いやみ》さえ言われた。しかし馬見原に折れるつもりはなく、幹部たちが根負けをした形で、休暇中も連絡を絶やさないことを条件に、願いは認められた。副署長から休暇の理由をただされたときには、「銀婚式なもので。女房孝行の旅行です」と、笑顔も見せずに答えた。

実際は、佐和子は家に残すつもりでいた。だが、彼女をひとりにすることに不安もあり、迷ったのち彼女に話した。捜査のために四国へ出かけるが、あくまで個人的な興味で、署の命令ではない。おまえは真弓のところへでも行っていればどうか……。

「一緒に行きます」

と、佐和子は答えた。「休暇を取って旅行するわけでしょ。こっちは家でじっとしてるなんて、つまらない」

馬見原が調べ物をしているあいだは、ひとりで観光すると言った。

「夜は食事くらい一緒にできるんでしょ」

日中は検察庁で裁判記録を読み、図書館で当時のことも調べるが、夜は何をという予定もない。それでも窮屈さのようなものを感じて、答えあぐねていると、

「……誰か、ほかに一緒なんですか」

佐和子が暗い表情を浮かべた。

ばかを言うなとたしなめ、結局、彼女も連れてゆくことになった。

二人は日曜日に、飛行機とバスを使い、香川県高松市の中心部に着いた。

翌月曜から、馬見原は高松地方検察庁の庁舎に通い、閲覧室で裁判記録を読んだ。

佐和子は、そのあいだガイドブックを手に、観光地を回っているようだった。馬見原が夜ホテルに帰ると、彼女は女学生のようにはしゃいで、その日訪れた場所のことを話した。だが、四日目となる木曜日の夜、彼女の表情に変化があった。

一見沈んだ態度ながら、充実した想《おも》いが内面からあふれてくる様子だった。

「お遍路さんと話したの」

有名な金刀比羅《ことひら》宮に参ったとき、歩いて八十八ヶ所を巡っている夫婦に出会い、お遍路さんを接待する場所でボランティアもしてきたと語った。彼女は、その経験につ

いて、くわしく話したいと思っているようだった。

だが馬見原は、裁判記録から次々わかってきた事実に驚き、事件をどう捉《とら》えるかに注意が奪われていた。話を聞くゆとりはなく、「考え事をしてるんだ」とさえぎった。

佐和子は、不満そうではあったが、口を閉ざした。

金曜日、佐和子は、昨日と同じ場所で、お遍路さんを接待すると話した。何を物好きなと思いはしたが、彼女にすることがあるのは馬見原にも都合がよく、黙っていた。

彼自身は検察庁へ赴き、裁判記録の重要な部分をほぼ確認し終えた。

そして今日、佐和子はまたボランティアへ出かけ、馬見原は図書館へ出向いた。

彼は、図書館の机をひとつ占領し、事件当日の前後にわたって記事を丹念に調べた。

そのあと、今回のことに関してメモを取ってきたノートを広げ、事件とその経緯を、あらためて一から検討し直した。


大野甲太郎が、山賀葉子と結婚したのは、馬見原たちが結婚する、ちょうど前年のことだった。甲太郎が勤めていた教育相談所に、保育所を併設する幼稚園に勤めていた葉子が、相談に訪れ、知り合ったらしい。

結婚二年後、つまり馬見原たちに長男が生まれたのと同じ年、大野家に子どもが生まれた。難産の末の、帝王切開による出産だった。甲太郎は、自分の名前と音を重ね、子どもに香一郎《こういちろう》と名づけた。

家族はほかに、葉子の母親が同居していた。甲太郎の両親は、結婚の数年前に病気で亡《な》くなっており、葉子の父親はもともといない、いわゆる母子家庭だった。ちなみに甲太郎は、警備員だった父親に幼い頃から武道を習い、柔道は二段だというから、馬見原とはいい勝負かもしれない。

甲太郎と葉子は、子どもを育てるにあたり、教育者らしく幾つかの決め事をしていたという。食事は家族そろってとるようにし、年に二度は家族旅行をする。良質な教育の機会を与えるが、学歴より、人の痛みがわかる人間に育つよう努める。そして、もうひとつ……。甲太郎は、親からは道場でも叩《たた》かれたことがなかったのに、学校時代に教師から何度か体罰を受けたことを、ずっと嫌悪《けんお》していた。同じ想いを、ほかの子にさせてはならないという信念が、教育の専門家へ進む動機にもなったらしい。葉子のほうも、子どもに手を挙げればきっと結果は悪くなると、職場で何度も経験していた。だからこそ、わが子には絶対に手を挙げまいと誓い合った。

しかし、家族そろっての食事や旅行は、夫婦共働きであったため、なかなか叶《かな》えられなかった。葉子は幼稚園だけでなく、人手不足の保育所を手伝うこともあり、同居している葉子の母が、香一郎の面倒をみることが多かったという。

「母のおかげで、香一郎が寂しそうな顔を見せたことは、ほとんどありませんでした」

法廷で、葉子はそう証言している。

香一郎は、成長後もからだが小さく、喘息《ぜんそく》をわずらった。両親の目から見た性格は、素直で優しく、葉子の勧める幼稚園に通わせた。知能指数のテストは平均値より高かった。三歳からは、喘息の心配もあり、葉子の勧める幼稚園に通わせた。母親といつも一緒にいられることで、幸せだろうと思われた。ただし周囲とのけじめがつかなくなるため、葉子はほかの園児たちより厳しく、わが子に接したという。園内では「お母さん」と呼ぶことも禁じ、わざと息子を叱《しか》って、ほかの園児をリードする指導法を取ることもあった。一緒に帰ると、えこひいきと思われかねないため、あえて母に迎えにきてもらってもいた。それに対し、香一郎は反抗することなく、いわば〈葉子の優等生〉として育っていた。

一方、甲太郎は、仕事が忙しくなる時期にあたっていた。経済が発展するにつれ、教育問題も多様な形で噴き出し、彼の扱う教育相談の件数も増えつづけていた。就業時間内で相談に乗りきれない場合、彼は問題児童やその親を自宅へ呼び、話を聞いた。人々から頼りにされる父親を、香一郎は尊敬していたようだ。『たよりにされる、お父さん』という、小学校二年のときの作文に、そのことがうかがえる。

「問題を抱えた児童や家族の問題に、わたしが頭を悩ます姿を、息子は見ていました。しぜんと、わたしたちを困らせない子になろうと思ったのではないでしょうか」

甲太郎は法廷で証言している。

家族そろって食事をする回数は減り、問題家庭に居間をしばしば占領されて、家族がテレビを見られないことも少なくなかった。香一郎は、それにもほとんど文句を言わず、からだが弱いことをのぞけば、成績はよく、教師から素行面もほめられて、両親や祖母にとって自慢の子どもに成長していた。

香一郎が八歳のとき、大野家は土地を購入して家を建てた。甲太郎が教育相談を受けるための応接間を別に作る必要を感じていたほか、香一郎が将来この家で自分の家庭を持てるように、上等の建築資材も用いて、立派な住宅に仕上げたという。完成記念には、多くの友人たちも集まり、一家はいわゆる幸せの頂点にあった。

それが、なぜ転落していったのか……。

思い返せば、大きな悲劇へいたるまで、幾つもの前兆らしき危機的な出来事があったと、裁判の席で甲太郎は証言している。

ひとつめの危機は、香一郎が小学校三年のときに起きた。

香一郎は、性格がおとなしく、喘息で激しい運動も控えていたため、いじめの対象になりやすかったようだ。だが彼は、いじめのことを両親に話さず、見かねた生徒が教師に話して、ようやく両親にも伝えられた。

二人は、わが子がいじめを受けていたことはもちろん、教育のプロであるのに、それに気づかなかったことに、ショックを受けた。なぜ打ち明けなかったのかと、ついわが子を責めるようなことまで口にした。

甲太郎は、いじめ問題は、大人が出てゆく必要があるというのが持論だった。息子の問題に関しても、クラスメートの家庭に話し合いを求めた。だが、幾つかの家庭は、いじめの事実を認めず、子どものケンカになぜ親が口を出すのかと反発さえした。

そうした或る日、香一郎がいじめられていると、近所の子が、家にいた彼の祖母に告げた。祖母が止めにゆくと、香一郎は五人の子どもに囲まれていた。子どもたちが何もしていないと言い張るため、祖母は香一郎を問いただした。彼は顔をゆがめ、何もされていないと首を横に振った。ついには「あっちに行ってよ」と、祖母を突き飛ばした。大した力ではなかったろう。だが、孫の予想外の反発に、祖母はバランスを崩して頭から転んでしまった。その際の打ち所が悪く、結果として彼女は、視界の左側にあるものが見づらくなった。

「おばあちゃんは、もう前みたいには暮らせなくなったんだぞ。何をしたのか、わかってるのか」

甲太郎はわが子をきつく叱った。香一郎はずっと泣き通し、喘息も一時的にひどくなった。

その後も喘息はなかなかよくならず、祖母は、友人の紹介する祈禱師《きとうし》のもとへ連れて行こうと言いだした。彼女自身も目を診てもらいたいという。

二人はもちろん反対したが、わが子が彼女の視界を狭めたという負い目があった。喘息も実際に病院では治らず、香一郎も苦しんでいるため、迷信だと疑う一方、藁《わら》にもすがる想いで、祈禱を受けることにした。

「この子には、蟻《あり》の霊がついている」

中年の女性祈禱師は語った。蟻になれ、と香一郎を平伏させ、御祓《おはら》いと称して、彼の背中を棒で打った。甲太郎が慌《あわ》てて飛び込み、わが子をかばうと、とたんに祈禱師は、「祓われたっ」と宣告し、実際に香一郎の喘息は止まった。

もともと心因性の要素が強かったのか、ショック療法に近かったと思われる。ただ表面的には、祈禱が通じた形になったわけで、それがのちの悲劇にも影響を及ぼした。

香一郎は、どんどん健康になり、中学へ入学後は身長も伸びて、バスケット部に入った。成績もつねに学内で五番以内に入り、クラスでは人気者だったらしい。両親は、わが子の成長が誇らしい一方、いい気になるなよ、人の痛みもわかれよ、と香一郎をいさめた。彼は素直にわかったと答えた。

甲太郎が挙げる危機に、思春期を迎えたわが子の性の問題もあった。

大野家は、教育者の家でもあり、二人とも倫理的には古い考えを持っていた。甲太郎は、職場において悪書追放のキャンペーンをおこなっていたし、葉子も、テレビ番組が子どもに及ぼす悪影響を母親たちと話し、ときには親たちと連名で、テレビ局に抗議書を出すこともあった。

さらに葉子は、女親ひとりに育てられたためか、男子の生理に関して疎《うと》く、「うちの子は、性的なものへの関心はなかったと思います」と証言している。

性を表立って語れない環境は、いまだ一般的とはいえ、それ以上に抑圧された状況下で、香一郎がどういった影響を受けたのか、よくはわかっていない。

それでも、しばらくは平穏な日々がつづいた。香一郎は、中学の三年間、トップクラスの成績を維持していた。甲太郎も葉子も、学歴を重視するわけではないが、せっかくの成績なのだからと、西日本でも有数の進学校の受験を勧めた。

ところが、香一郎はその受験に失敗した。家族はもちろん教師や友人たちまでが何かの間違いだろうと思った。甲太郎が、内密に問い合わせたところ、ボーダーラインをはるかに下回る点数だったという。第二志望の県立高校にも受からず、滑り止めに受けた私立の普通高校にかろうじて合格した。

弁護側が依頼した心理学者は、香一郎の予想外の受験失敗を、「推測の域を出ませんが」と前置きしながら、香一郎の意識下における自殺行為の可能性があると、法廷で証言した。「自分の生き方や、両親に対して、ノーと叫びたい想いが、彼自身も気づかないうちに、受験への対応を鈍らせたのかもしれません」

両親は、わが子を浪人させてもよいと思っていたが、香一郎自身は受かった高校へ進みたいと言った。学歴にはこだわらない教育方針から、二人はそれを認めた。香一郎もここで頑張ると約束し、実際に一学期の全国模擬テストで、有名進学校の生徒たちと並ぶような結果を残した。

なのに、直後の夏休み中、中学時代のクラス会があって以降、彼は元気をなくしていった。クラス会において、滑り止めの高校にいることを冷やかされたらしい。

また同じ時期、上級生に脅されて金を取られていたことも、のちに発覚した。脅した相手は、甲太郎が、不良行為のことで相談に乗ったことのある少年で、大野家を訪問したこともあった。

香一郎が痩《や》せてきたのに気づいたのは、祖母だった。夕食の途中で立ったり、弁当を残したりするのを、彼女が注意すると、香一郎は食欲がないんだと答えた。

甲太郎と葉子は、当時それぞれが他人の子どもの相談ごとに頭を悩ませていた。ことに甲太郎は、相談を受けていた少年が、覚醒剤《かくせいざい》への依存から暴行事件を起こし、それから間もなく、今度は別の少年が、幼い子どもを殺すという凶行に走って、心身ともに苛《さいな》まれていた。香一郎への目配りもつい足りなくなっていた。

香一郎は、一年の三学期から、学校を休むようになった。社会はおかしい、世界は狂っているといったことまで口にし、それをたしなめ、強く登校を勧めると、頻脈となり、下痢もした。両親ともに、下痢については「過敏性大腸症候群」、頻脈も神経ストレスから来るものだと、職場で得た知識として理解していたくせに、わが子のこととなると、どう対処してよいのか迷った。自分たちの子に限ってという想《おも》いが、つい頭をもたげ、行動を鈍らせた面もある。経験が生かせないだけでなく、立場やプライドが邪魔をして、誰かに相談することさえできずにいた。

裁判で証言台に立った、当時の香一郎の担任も、父親が教育相談所勤めで、母親も経験豊かな保母のため、遠慮があったと述べた。

出席日数が足りず、二年に進級できないとわかったとき、ようやく二人は、「焦《あせ》るな、休め」と、わが子へ言ってやることができた。相談を持ちかけてくる人々には、よく口にしていた言葉だが、自分の子どもに言うには、別の勇気が必要だった。

「どうしても無理なら焦るな。休むことも、ときには大事なことだ」

多くの例から、この言葉には効果があると信じていた。だが、香一郎もそうした実例を幼い頃からよく見ていたという点を、見逃していた。

「おれを、ほかの連中と一緒にする気か」

香一郎は、食卓をひっくり返し、食器棚のガラスを割った。

「いまさら焦るなとか休めとか、勝手なこと言ってんじゃねえよ」

甲太郎と葉子が、茫然《ぼうぜん》として何もできずにいるうちに、彼は頭を抱えてうずくまり、自分はこの家に相談に来ていた連中にも劣るのか……そう言って、涙をこぼした。

この頃、香一郎がいじめと恐喝を受けていた事実が、ようやく表に出てきた。相手が甲太郎の相談を受けていた少年とわかり、ショックは倍となった。だが相手の保護者は、恐喝の事実を認めようとせず、甲太郎が職権を利用して、わが子を身びいきしていると非難した。悪いのは香一郎のほうだとする噂《うわさ》まで流された。

新学期が始まっても香一郎は登校せず、部屋にこもって、音楽を大音量でかけるなどして過ごした。自宅へ相談ごとに訪れる人がいれば、さらに大きな音でCDをかけ、甲太郎が注意すると、「おれと他人と、どっちが大事なんだ」と怒鳴り返した。

甲太郎と葉子は、自宅での相談を断ろうとしたが、二人を頼ってくる家族は後を絶たなかった。

甲太郎が、中学生の不登校の相談を受けていたとき、香一郎が勝手に入ってきて、

「おれも不登校ってやつなんで、ちょっと相談に乗ってよ」

と、中学生を押し退《の》け、甲太郎の前に不敵な顔で座った。甲太郎は、怒りを抑え、さがっているように言った。すると、

「こいつのほうが大事なら、おれの代りに養子にしてやれよ」

と、中学生の頭を小突《こづ》いた。

甲太郎は、立ち上がって、香一郎の頰を平手で打った。だが反省するどころか、憎らしそうに睨《にら》まれ、つい顔を拳《こぶし》で殴った。日々の鬱屈《うっぷん》が限界に達していたのかもしれない。子どもには手を挙げまいと誓った日から、十七年目のことだった。

大野家を訪ねていた家族の証言によれば、そのとき甲太郎は我を失った様子で立ち尽くしていた。香一郎がつかみかかると、甲太郎は呆気《あっけ》なく倒され、柔道の有段者であるにもかかわらず、馬乗りになられた。家にいた葉子が、声を聞きつけて入ってきたが、恐怖にすくんで動けなかったという。相談に訪れていた家族たちが止めるまで、

息子は父を殴りつづけた。

甲太郎は、このときのことを、「絶対に子どもへ手を挙げないと誓ったのに、その禁を破りました。しかも人前でです。罰のつもりで、この子の暴力を受けようと思ったんです」と証言している。

香一郎の、人への暴力が始まったのは、この日以後だった。

馬見原は、疲れをおぼえて、ノートから顔を上げた。図書館の、窓の近くに立ち、降る雨に打たれる木々の緑で、目を休める。

もし殴り返していれば……と考える。

大野が、親としての力を誇示し、子どもに屈せず、しっかりねじ伏せていれば、どうなっていただろうか……。別の形で、問題が噴き出したのかもしれないし、いまとなっては意味もない。

窓のすぐ外に花壇があり、一面に赤い花が咲いている。細長い花びらが、鳥が羽を広げたように反って、円形を作っている。マンジュシャゲとも呼ばれる、彼岸花だ。一輪か二輪だと可憐《かれん》だろうが、もともと群生する性質のある花で、ここでも花壇いっぱいに植えてあるため、どぎつく映る。

お彼岸の時期に一斉に咲く花は、まるで死者の世界の景色のようでもあり、美しく感じる一方、ときに重苦しい。

馬見原も、いまは気がふさいで、目をそらした。ふたたびテーブルに着き、大野家の悲劇をたどる思考へ戻ってゆく。

大野夫妻にとって、素直で優等生だったわが子のイメージが、あまりにも強過ぎたのかもしれない。そのイメージに戻そうと働きかけるあらゆる言葉、様々な行為が、香一郎の苛立《いらだ》ちをつのらせるのか、彼の暴力は日ごとに激しさを増した。

高校を勝手に退学した香一郎は、家の金を持ち出してゲームセンターに通い、昼夜逆転の生活を送った。葉子の母が心労で倒れ、別にアパートを借りて、彼女だけが引っ越した。香一郎は、そのことにも怒って、何もかもおれが悪いと思ってるんだろうと暴れた。酒も飲みはじめ、酔った勢いで、バットを家のなかで振り回すこともあった。

甲太郎と葉子は、なんとか彼を説得し、病院へ連れていった。内科を選んだ。医師は、どこも悪くないので、精神科に行くよう勧めた。二人はショックを受けた。だが、自分たちの偏見を責め、あらためて香一郎を説得して、精神科の病院へ連れていった。

精神科医の見立ては、「単なる甘え」だった。親の過保護を責める若い医師に、二人は子どもを任せる気にはなれなかった。

　この経験が、香一郎の状態をさらに悪化させた。自分を狂人扱いしたと、父親を殴り、母親の髪をつかんでひきずり回すこともした。

　葉子は不眠と胃痛を訴えて通院しはじめ、それを聞いた彼女の母もさらに体調を崩して、入院した。甲太郎がわが子にそれを告げると、「また責めるのか」と叫び返した。彼の言葉が十年近く前の、祖母の目のことを指していたとわかるには、時間がかかった。息子が深く傷ついていたことに、二人はいまさらながら気づいた。

　香一郎は、家を訪ねてくる家族をナイフで刺してやる、葉子の幼稚園の子どもを誘拐してやるといったことまで、口にするようになった。

「あの子には何かがとり憑《つ》いていたんです」

　葉子は法廷で証言した。「あの子が、急にあんな風におかしくなるわけがない。絶対に何かがとり憑いたんです」

　甲太郎が犯行を決意したのは、香一郎が暴力をふるいはじめてからほぼ一年後、十八歳の誕生日を迎える年の春だった。

　香一郎は、ウイスキーのボトルを半分ほど飲み干し、彼自身が買ったサバイバル・

ナイフを持ち出して、いまから外で子どもを刺すと、両親に宣言した。

「ナイフを取り上げようと、揉《も》み合ううち、手の甲が切れました」

甲太郎は証言した。「血を見て、あの子は笑いました。妻の言うとおり、何かがとり憑いていたのかもしれません。そして、家に火をつけようとまでしました」

香一郎は、家族の相談を受けていた応接間のカーテンやテーブルクロスに、ライターで火をつけて回った。焼けちまえばいいと香一郎は言ったという。こんな腐った家は焼け落ちてしまえば、すっきりする……。

甲太郎と葉子は必死で火を消した。対応が早かったのでボヤ程度で済んだ。

「火が消えたあと、あの子を振り返ると……苦しそうにからだを丸め、もう生きてるのはやだよと言いました。つらそうな声で、このままだときっと本当に誰かを殺す、助けてくれと、涙をこぼしたんです。そのときです、心が決まったのは」

葉子もまた、苦しむ息子の姿を見て、夫と同じように考えたと証言した。

「救ってやれるのは、親である自分たちしかいないと思いました」

救うとはどういう意味かと検察官に訊《き》かれ、甲太郎は答えている。

「憑きものを落としてやろうと思いました。喘息《ぜんそく》のときのように、命がけで追いつめれば、あの子も変わってくれるのではないかと、淡い期待がありました。むろん何かあったときには、わたしたちも、あとを追う覚悟はできていましたし」

香一郎が誕生日を迎えた日の夜だった。甲太郎は、息子が飲むウイスキーに、妻が病院で処方された睡眠薬を混ぜた。妻にも同じ薬を飲ませた。義母《はは》の世話をする者も必要であり、自分だけが罪を負う考えだった。

妻が寝たのを確かめて、彼女の寝巻の紐《ひも》を持ち、二階の子供部屋へ上がった。香一郎は、パジャマのズボンひとつで眠っていた。迷ってはだめだと、甲太郎は一気にわが子の首に紐を巻き、短く祈って、力を込めた。

香一郎が目を覚ました。枕《まくら》の下に、サバイバル・ナイフが隠されていた。彼がいつナイフを握ったのかわからないが、甲太郎の目の前で光が走り、顎《あご》に痛みを感じた。

「あとは、よく覚えていないんです」

警察でも法廷でも、甲太郎は答えている。「香一郎が胸を押さえ、ベッドの脇《わき》に倒れていました。わたしは自分がナイフを握っていることも、香一郎の胸から血があふれていることも、夢のように遠く感じて、すぐには動けませんでした……」

甲太郎は、自分のしたことに気づき、救急車を呼ぼうとした。そのとき、彼の腕をわが子がつかんだ。

香一郎は、覚悟したように、父親に向かってほほえみかけたという。

「その顔は、まるで仏様でした」

甲太郎は裁判官に語った。「悟りを得て、わたしを導くようでした」

このまま死なせてやることが救いとなる、この子もそれを望んでいると信じ、ナイフを捨て、あらためて紐でわが子の首を絞めた。

「長い時間、息子のそばにいました。いざ、あとを追おうとしたときには、妻が起きてきて、必死に止めたのです……」

二人は、一階の風呂場《ふろば》に息子の遺体を下ろし、からだを清めて、夫婦の寝室に寝かせた。ともに時間の観念を失っていたため、彼らに自覚はなかったが、公式の記録によれば、三日間茫然として過ごし、事件後四日目にして、すぐにあとを追うより、まず子どもの供養《くよう》をすべきだと考え、警察へ連絡した。

取り調べにあたった警察官の証言では、夫婦は終始おだやかに質問に答え、深く罪を悔いている様子だったという。

裁判中、証言に立った葉子は、目のことを裁判官に問われた。白目の部分に、血の斑点が多く浮き上がっていたため、健康状態を気づかわれたらしい。からだに問題はなく、わが子の死を知ったときのショックかもしれないと、彼女は答えた。

なお、葉子の母は、裁判では甲太郎の情状をくんでくれるよう訴え、刑の確定後に、精神的な負担のためだろう、心不全で亡《な》くなっていた。

いつのまにか図書館が閉まる時間になり、館内に音楽が流れはじめた。

馬見原は、ノートを片づけ、図書館を出た。雨はやみ、道路には彼岸花の真っ赤な花びらが散り落ちて、泥に汚れていた。

ホテルに戻ったとき、佐和子はまだ帰っていなかった。腹は減っていたが、先にシャワーを浴びることにした。

熱い湯を浴びつつ、しぜんと大野家のことを考えていた。

事件としては解決している。苦しんでいるわが子を、救いたい想いで手にかけ、あとを追おうとした心持ちも、供養をして、刑に服そうと思い直した心情も、理解できなくはない。だが、何かがわだかまる。

たとえば、子どもはああした死に際《ぎわ》に、本当に「仏様の顔」になるものだろうか。なぜ、彼らはいまもまた家族たちの悩みの相談を受けられるのか……自分たちの傷をえぐるだけではないのか。

これだけでは彼らの現在につながらない。馬見原が疑っている事について、彼らを結びつけるにも、まったく十分でない。

考えをめぐらせながら、浴室を出た。佐和子が部屋の中央に立っていた。

謝るでもなく、こちらをじっと見ている彼女の態度は、怪しくも、腹立たしい。

「何をやってたんだ」と問いただす。

佐和子は、思いつめた表情で、静かに口を開いた。

「離婚してください」

【九月十四日（日）】

馬見原佐和子は、ホテルでの朝食後、「こんぴらさん」と呼ばれている有名な金刀比羅宮へ、いぶかる夫を連れていった。

昨夜、夫に離婚を申し出たあと、何度も事情を聞かれた。彼女は、くわしいことはすべて、「明日、説明するから」と繰り返した。

旅に出るまでは考えてもいなかった「離婚」という言葉を、急に口にしたことについては、複雑な想《おも》いや感情が交錯している。説明するには、自分が経験したことを、夫と追体験する形で話すほかはないと思った。

佐和子は、小高い山の上に建つ金刀比羅宮の長い階段をのぼり、讃岐《さぬき》平野を一望できる開けた場所へ、夫を案内した。

「ここで、その人に会ったの」

「誰とだって？」

夫が不機嫌そうに訊《き》く。

「怒らずに聞いてちょうだい」

佐和子は、いったん目を閉じ、そのときのことを思い出して、話しはじめた。

彼女は、四国に渡って、ずっと有名な観光地を回っていた。ひととおりガイドブックにある名所旧跡を見て、四日目の木曜日は、とりわけ有名な「こんぴらさん」に参《さん》詣《けい》した。娘や孫の健康を祈り、いま立っている同じ場所から、讃岐平野を眺めた。

ふと鈴の音が聞こえた気がして、振り向くと、白装束に、赤い輪袈裟《わげさ》を肩に掛け、菅笠《すげがさ》をかぶって、鈴のついた金剛杖《こんごうづえ》を持つ、いわゆるお遍路さんの正式な恰好《かっこう》をした、やや年上かと思われる女性が立っていた。

佐和子は、学生の頃、四国八十八ヶ所の霊場を巡るお遍路さんに憧《あこが》れていた。窮屈な家庭に育ったため、いわゆる旅への憧れと重ねてとらえていたのだろう。結婚後は、ほとんど考えることもなかったが、息子の死後数年経《た》った頃、再入院していた病院で、お遍路さんを特集したテレビを見た。最近は、観光や自分捜しのための八十八ヶ所巡りが増え、多くの人がふだん着で、車やオートバイや観光バスで回るという。しかし、本来のお遍路は、白装束で笠と杖を持ち、大切な人の供養《くよう》のため、病気の家族の回復を祈るため、あるいは自分の罪をあがなうために、自分の足で時間をかけて回るものだという趣旨の番組だった。

わたしも回ってみたい……。佐和子はそのときに思った。息子の冥福《めいふく》を、一番に祈りたい。両親の供養もしたかった。施設に入所している義母の回復も祈りたかったし、自分自身の精神の安定も願いたかった。そして、家庭がうまくゆかなかったことを悔い、もしその罪が自分にあるのなら……許しを乞《こ》うて、身を清めたいという想いもあった。

だが、機会を得られないまま、入院が延び、退院後も慌《あわ》ただしく過ごしてきたところ、偶然にもいま四国へ渡って、お遍路さんの姿を目の当《ま》たりにした。佐和子は、少なからず興奮し、思わず相手に話しかけていた。

お遍路姿の女性は、佐和子に優しく応《こた》えてくれた。彼女は、夫とともに、約二ヵ月あまりの予定で、〈歩き遍路〉をしていた。五年前に一度、車で回り、今回は夫が会社を退職したこともあって、本願どおりに〈歩き遍路〉を始めたのだという。「こんぴらさん」は札所ではないが、多くの人々が崇敬している霊所のために訪れたらしい。

佐和子は、自分も回ってみたいが、やはり全霊場を歩くべきだろうかと訊《たず》ねた。

「人それぞれだろうと思いますよ」

と、女性は答えた。個々の信心と、願掛けの深さの問題なのだという。そして、佐和子の表情に何を読み取ったのか、

「どなたかが?」と訊《き》かれた。

人によっては、表情のうちに特別な翳《かげ》りのようなものが、見えるのかもしれない。

「わたしどもは、娘の供養なんです」

と、女性はほほえんだ。

息子が……と、思わず打ち明けたくなった。遍路姿の年配の男性が、離れたところから声をかけてきた。女性は、夫だと紹介し、次の札所へ参るのでと、石段を二人で下りていった。佐和子は、妙に落ち着かず、石段の途中で彼らに追いつき、

「次の札所まで、ご一緒に歩いてもよろしいでしょうか」と切り出した。

夫婦は、いいも悪いもなく、あなたが歩きたければどうぞと言ってくれた。

佐和子は、彼らの後ろについて歩いた。たまたま歩きやすい靴をはいており、前の二人が無理のないスピードで歩いてくれることもあって、遅れることはなかった。二人の笠に書かれた『同行二人《どうぎょうににん》』という文字を見ながら、一般道の端を歩いてゆくうち、周囲から民家がなくなり、田畑や山林が現れた。ときおり自分たちの脇《わき》を車が走り抜けてゆく。観光バスが多かった。夫婦の前方には、別の〈歩き遍路〉をしている人の姿があった。道路の反対側を歩いてくる〈歩き遍路〉の人ともすれ違う。お遍路さん同士は、互いに笑顔を見せ、「こんにちは」「無理をなさらずに」と声を交わした。前

をゆく女性が佐和子を振り返り、笑顔や励ましの声は、それだけで〈施し〉になるのだと教えてくれた。

やがて霊場を示す標識が見え、矢印の示す脇道へ入った。ゆるやかな坂を進んだ先に、山門が現れた。石段をのぼった先に、霊場のひとつである小さなお寺があるらしい。佐和子は、自分がふだん着なのが恥ずかしくなり、山門の手前で待つことにした。気がついた女性が戻ってきて、

「だったら、あそこで休んでらしたら」

と、次の札所へ向かう道筋の少し先にある、小さな民家を指さした。八十八ヶ所を回る人々のための、無料の休憩場だという。

佐和子は、昔の時代劇で見た、峠の茶屋を思い出した。古い造りの平屋建てで、玄関先に休息のための縁台が二つ置かれている。あとでわかったが、家のなかには、数組のお遍路さんが宿泊できる広い座敷もあった。

ここで給されるお茶やお菓子の代金、宿泊費用などは一切必要ないという。お遍路さんの世話は、ボランティアという言葉が生まれるずっと前から、近在の人々が無償でおこなってきたらしい。こうした行為は〈お接待〉と呼ばれ、お遍路さんに対して食事や宿を提供する文化が、ずいぶん減りながらも、いまなお四国各地に残っている

と、佐和子は聞いた。いまでは、遠方からボランティアで〈お接待〉を経験しにくる人も増えているそうで、佐和子が訪ねたときには、近所に暮らす老婆《ろうば》のほか、四十代の東京在住の男性と、二十代の沖縄出身の元銀行員という女性が、お遍路さんの世話に当たっていた。

佐和子は、お遍路姿でなかったが、どうぞ縁台に腰掛けるようにと勧められ、お茶も出してもらった。人の出入りはゆるやかで、お遍路さんと世話をする人とが話す声もおだやかだった。午後の日差しは、葉叢《はむら》にさえぎられ、木々のあいだを風が抜けるときにだけ、足もとの地面にできた光の水玉模様が小さく揺れた。

自分でも気づかぬうちに、使った湯飲み茶碗《ぢゃわん》はもちろん、ほかのお遍路さんが使った皿や湯飲みも片づけ、奥の流しで洗っていた。新しいお遍路さんが立ち寄ったときには、〈お接待〉歴が長い老婆から、「あんたがお接待してみたら?」と言われ、お茶を出した。

しばらくして、自分を案内してくれた夫婦が下りてきた。佐和子がお茶を出し、ちょうどほかにお遍路さんもいなかったため、勧められるまま隣に腰掛けた。

「娘は……殺されたんですよ」

女性がおだやかな口調で言った。六十過ぎくらいだろうか、目尻《めじり》付近の皺《しわ》が深い。

「学校を卒業して、就職したばかりでした。初めてのお給料で、ごちそうしてくれた、その一週間後です」

うまく答えられそうになく、佐和子は黙ってうなずいた。

女性も、それ以上は語らず、遠くの木々を見つめる様子だった。紅葉が色づきはじめている。言葉のない時間がしばらく流れたあと、

「わたしは、息子が……事故ですけど」

とだけ、佐和子は答えた。

「おつらかったでしょうね」

女性が言ってくれた。

「いえ……」

佐和子は答えかけ、言葉につまった。

「おつらかったと思いますよ」

男性が言ってくれた。

佐和子は、唇を噛《か》み、声をこらえた。

「許せないもんです」

男性がため息をつく。「そんな気には、なかなかなれない」

「犯人のことだけじゃなくてね……」

女性がつづけて言った。犯人以外の誰を許せないかは、口にしなかった。

佐和子は、隣に腰掛けているだけだったが、多くのことが話されたあとのような、寛容な雰囲気に包まれてゆく錯覚を抱いた。

二人と別れたあとも、彼女は残り、日暮れまでお遍路さんの世話をした。〈お接待〉を長年経験してきた老婆から、お遍路にまつわる様々な話をしてもらった。お遍路さんへの世話は、仏様をお世話するのと同じだという。のちの功徳《くどく》を願う気持ちが皆無とは言えないが、お世話できる状態にあるのは幸せなことで、きっと誰かの〈施し〉のおかげだから、それに感謝する気持ちのほうがより大きいと聞いた。

この七月、自宅近くの公園で、危うく池に落ちるところを、若者に助けられたときのことを思い出した。目の前の誰かに手を差しのべる行為が、めぐりめぐって、また自分に帰ってくる……だから、いま自分に差しのべられた手は、亡《な》くなった息子の手かもしれないと思ったことに、〈お接待〉の話はつながる気がした。

この日の出来事を、彼女は夫に話したかった。だが、ホテルへ戻ると、夫は調べ物のことで頭がいっぱいらしく、険しい顔で、静かにするように求めただけだった。

これまでとは違う失望を、夫に感じた。一方に、死者や病人のことなど忘れ、いまを前向きに生きようと懸命の世界がある。もう一方に、死者や病人に寄り添い、喪失と恵みとを深く受け止めながら慎ましく生きようとしている世界がある。

夫は前者の世界にいる。自分はできれば後者の世界に生きたい。

翌日、朝から例の休憩所で、お遍路さんの世話のために働いた。

車やバスで回る人に比べ、自分の足で霊場を回る人は格段に少ない。けれども〈歩き遍路〉の人は、ときに一人、ときに二人、ときには数人のグループで、途切れることなく霊場を訪れ、休憩所に寄ってゆく。人々の歩いて回る理由を、佐和子は知りたかったが、こちらから聞くことは控えるよう、〈お接待〉の先輩から注意されていた。

それでも、お世話をしていると、自分たちから事情を話してくれる人もいる。

或《あ》る若い夫婦は、赤ん坊を亡くしていた。突然死症候群だという。かける言葉も見つからず、若い母親が差し出した赤ん坊の写真に、黙って瞑目《めいもく》した。

子どもの難病が治るようにと祈って回っている母と子と、その祖母もいた。父親が働いて、遍路のための旅の資金を送ってくるのだと話してくれた。

一人で回っている三十代の女性は、医療ミスで夫を亡くしていた。医師の心ない言葉で、二次的にも傷つきながら、相手を怒るより、そんな医師や病院を選んだ自分を責めていた。そして、行く先々での〈お接待〉の人々の優しさに、感謝する言葉を口にした。

休憩所の奥の部屋には、ノートが置かれている。宿泊したお遍路たちが、それぞれの想《おも》いを書き残してゆくらしい。古いものから現在まで本棚いっぱいに並んでいた。

佐和子は、時間があると、ノートを開いてみた。

愛する人の病気や怪我《けが》の回復を願って、札所を回っている人々は、懸命な祈りの言葉を書きつづり、その一方で、ようやくいま本当に大切なものが何かを感じられ、この経験に感謝していると書いてあった。

大切な人を失った悲しみや怒りを、綿々と書き連ねている文章も目にした。

犯罪に巻き込まれた人や、その遺族の場合は、加害者への怒りだけでなく、被害者に対して冷淡な社会へも、虚無感に似た怒りを抱いているように感じられた。

『誰もが忘れたがっているように感じて、それがいっそうつらくなります。』

『わたしの愛した人は、ただの死亡者一名って数字じゃないんです。』

だが、そうした人々も、怒りを抱きつづけることはつらく、できれば悟りたい、せめて静かな心持ちで大切な人を送りたい……そんな想いで回っていると書いてあるケースが多かった。

また、名前も住所も日付もなく、

『おれは人殺しです。』

『わたしが許されて、いいわけがない。』

と、書かれたページもあった。

佐和子は、翌日《よう》も、お遍路さんの世話をした。夫とともに八十八ヶ所すべてを回れば、息子の供養《くよう》だけでなく、自分たちの人生をやり直すきっかけも得られないだろうかと、考えはじめていた。休暇まで取って、昔の事件を掘り返しているらしい夫は、大切なものを見失っているようにも思えた。

息子が亡くなった日、精一杯悲しむことが許されず、まず息子をはねたトラック運転手に謝りにいかせられたことが、悔しく思い出された。確かに、センターラインを越えて突っ込んだのは息子のほうだと、多くの人が証言している。けれども、謝るのは、悲しんで悲しんで悲しんで、泣いて泣いて泣いて、暴れて苦しんで、あの子を返してと叫びつづけたあとでは、いけなかったのだろうか……。

夫だけの責任ではない。自分のなかに感情や意志を縛るものがある。若い頃からそれを意識していた。自分を解き放つことが怖かった。どうなるか不安だったし、変わってしまう自分を、両親は嫌うのではと恐れた。恐れる対象は、結婚後は夫になった。

でも……もう、いいんじゃない。

大したことなど、きっと起きはしない。感情や意志を解き放ったところで、だいそれたことができるほど、偉くもなければ、悪くもなれない。もう許されるんじゃないだろうか。思うように泣いたり、わめいたり、腹を立てたり、子どもを返してと泣き叫んだり、わたしの家族を壊さないでと怒鳴ったり、こっちを見て、わたしを見てよと、はっきり言ってもいいんじゃない？

生き直す必要がある気がした。

娘からはさかんに勧められていたが、離婚ということを、初めてこれまでとは違う意味で考えた。

「心の病気に劣等感を抱いて、持ち出す離婚じゃないの。申し出てるのは、自立して、生き直すための離婚なのよ」

佐和子は、夫に言った。金刀比羅宮を出たあとも、歩きながら話しつづけ、いつのまにか三日間通った休憩所の前に来ていた。

夫に、〈お接待〉の人々を紹介しようとした。しかし、彼はなかへは入らず、周囲を見回すだけだった。佐和子が〈お接待〉の老婆に挨拶《あいさつ》をしているあいだ、夫はいなくなっていた。彼女は道を戻った。山門の脇の、紅葉が色づきはじめた林の手前に、夫を見つけた。

「どうしたの」

色づく前に落ちてしまった葉を、惜しむ想いで踏みしめながら、彼のもとへ歩み寄る。

夫は、彼女を見て、すぐに目をそらし、

「おまえは……おれが、勲男のことを忘れてるとでも言うのか」

怒りのため か、声は低くこもっていた。

「そうじゃない。わかってないのね」

佐和子は冷静に言った。

夫は、彼女に顔を戻し、

「わかってないのは、おまえだろっ」

「あなたは、いまも勲男に怒ってるでしょ。わたしにも怒ってる。そして自分自身にも怒りつづけてる。違う？」

夫は、言い返そうとしてか、口を開き、しかしまたつぐんで、顔をそむけた。

佐和子は、彼の固い横顔を見つめ、

「怒るのは仕方ないと思う、子どもが死んだんだもの。でもあなたは、その怒りを認めてこなかった。無理に抑えてしまったために、感情がゆがんだ形で、ほかへ噴き出したのじゃない？」

「何をわからんことを言ってる」

「勲男が小学校五年の頃、あなた、人を撃ったでしょ、検事の方を守るために。ふだん仕事の話はしないのに、そのときは、お酒に酔って、いやなものだと洩《も》らしてた」

「つまらんことを、いまさら持ち出すな」

夫が不快そうにさえぎる。だが、佐和子はつづけて、

「亡くなった方の、ご家族には会われた？」

夫は、胸がむかつきでもするように、表情をゆがめた。

「撃った場所が、母親の家のそばだったんだ……顔は合わせたさ」

「なんて言われてた、その人のお母さん」

「言葉などあるか……茫然《ぼうぜん》としてただけだ。すぐに男は病院へ運ばれたしな」

「言葉をかけて差し上げなかったの？」

「かけようがないだろ」

「なぜ」

「なぜってことがあるか。だいたいその男は、女房と赤ん坊を殺したんだ。こっちが撃たなきゃ、検事も殺《や》られてた」

「あなたは、英雄？」

「なんだとっ」

「英雄気取りで、悪党を殺したと、喜んでたわけじゃないんでしょ？　誰かを助けるためだったとしても、命を奪ったんだもの。やはり謝るべきだったんじゃない？」

夫は眉《まゆ》をひそめた。

「……誰に謝るんだ？」

「失われた命に。命をつかさどっている何か大きなものに対しても……。それから、命を奪ったことで、傷ついたあなた自身へも、謝りの言葉は必要だったと思う」

「たった三日で、みっともなく宗教にかぶれやがって。勝手なことを言うなっ」

厳しい口調に、佐和子はこれまでなら引いただろうが、いまは逆に前へ踏み出して、

「あなたも、つらかったんでしょ」

夫は驚いたように目をしばたたいた。

「もし、わたしが誰かを死なせたら、それがどんなに正しい行為でも、つらいと思う。ひどいし、悲しいことだもの」

夫は、奥歯を噛《か》むような表情を浮かべたが、そのまま黙っていた。

「正当防衛とか戦争とか、わたしなんかにはよくわからないけど、相手がどういう人

でも……誰かを死なせるのは、つらいことだと思うの。つらくないとしたら、気持ちを麻痺《まひ》させてるんだと思う。相手が悪いんだって、自分に言い聞かせて、つらさを避けてるのじゃない？　でもそうしてると、結果として、そのつらさを、誰か別の人にぶつけちゃうことが出てくる気がする。あなたは……あのあと、勲男にいっそう厳しくなったように思い出さない？　もっとしゃんとしろ、男らしくしろって。責めてるんじゃない。わたしも、あの子のことでは罪があったと思ってるし」

「いいから、もう黙ってろ」

「誰かを死なせたことを正当化したり、つらさを忘れたりして、人の暮らしは成り立ってるのかもしれない。けど、そのために失うもののほうが、本当は大きいんじゃないの。自分たちの気持ちに嘘《うそ》をつくことが普通になって、悲しい出来事が繰り返されることって、あるんじゃないかしら……。相手のお母さんだって、つらかったはずよ。犯罪者だから撃たれても仕方ないって、それで納得できるもの？　勲男をはねた運転手を、憎いと思ったことはないですか」

夫は答えない。

佐和子は、深く息をして、

「わたしは、あった。殺したいというのとは違うけど……死ねばいいのにと、思ったことはある。ひどい考えだと、わかってたけど、どうしようもなかった。そのことに傷ついたし、自分を責めた。病気の原因の、ひとつにもなったと思う。でも、これからは、そんな風に考えてしまう自分を、受け入れたいの。気持ちを外へ開くことを認めたいのよ。そのあとゆっくり、自分も、あの運転手の方も、許していきたいの。勲男の、本当の供養にも、なるんじゃないかしら……」

ひとまず言いたいことを言い終え、夫の答えを待った。風が山の上から吹き下ろしてくる。二人の頭上で、紅葉の葉叢《はむら》が、人のささやき声のように鳴った。

「離婚して……どうする」

夫が訊いた。静かな口調に戻っている。

「当分は、いまの家で暮らします」

佐和子の答えに、夫は眉間《みけん》に皺《しわ》を寄せた。

「何を言ってる」

「外で暮らせる準備はできてないし、お義母《かあ》さんのお見舞いやお世話も、つづけたいから。よい準備ができれば、出てもいいし、もし家政婦として、雇ってくれる気があるなら、お金をいただいて、掃除や洗濯はします。でも、わたしの気持ちは従わない。どう考え、どう行動するかは、自分で決めます」

「離婚したあとも、家は出ずに、おれが雇う？　何の話かさっぱりわからん」

佐和子は、彼にほほえみかけ、

「わかってもらえないことが、離婚の理由でもあるの」

「冗談を言ってるんじゃないぞ」

「わかってます。いつ東京へ戻るの？」

夫は、虚をつかれたような表情で、

「……あと、数日はかかるが」

「そのあいだ、ここでお接待をつづけます。東京へ戻るとき、言ってください」

夫は、怒りと困惑と不安の入り交じったような目で、佐和子を見つめた。彼女の病気が再発したとでも思っているのかもしれない。

「わたしは、大丈夫だから」

佐和子は、あえてきっぱりとした口調で告げた。

【九月十五日（月）】

薄暗い室内に、雨音が響く。

大野甲太郎は、話し疲れて、窓の外へ目をやった。昼下がりだが、厚い雲に光がさえぎられ、夜が近いかのように感じられる。

雨はさほど強くない。屋根がトタンぶきのため、音が実際の降りより大きくなる。元は素人《しろうと》画家のアトリエだった。いまは毎週日曜日に、『家族の教室』という名前で、二十人前後の人が集まりを開いている。

湯飲み茶碗《ちゃわん》の底までお茶をすする音が聞こえ、

「お代わり、よろしいか」

やや傲慢《ごうまん》な感じの、かれた声がした。

テーブルの向こうに、七十二歳の老人が腰掛けている。

「どうぞ」と勧めた。

老人は、口をへの字に曲げ、テーブル上のポットに手を伸ばした。あぶらけのない皮膚が頭蓋骨《ずがいこつ》に貼《は》りついた印象の顔で、融通のきかない雰囲気が全身を包んでいる。

「連れ合いが勝手に電話して、あんたらに相談するようになったらしいが、今日の約束が、熱を出して、どうしても来られない」

老人が、顔を伏せ、ぶつぶつと言う。

「ええ、それは先ほどうかがいました」

大野は答えた。相手が突然訪れてから二十分近く経《た》つが、室内をしつこく見回すほかは、ここへ来た理由ばかりを繰り返していた。

「休めばいいのに、約束だから行ってくれ、どうしても孫のことを聞いてきてくれと、涙ながらに訴える。だから仕方なく来た」

「ご苦労さまでした。ですが、言いましたように、約束の日は昨日なのです」

「今日は休日だな……敬老の日か」

「毎週日曜日に、家族の集まりはあるんです」

「なにが敬老か。誰も敬ってくれなどせん」

吐き捨てた口調に、彼もやはり相談があるのだろうと察し、

「お孫さんのことは聞いてます。深刻な状況だそうですね」と、水を向けてみた。

老人は、目を少しだけ上げ、

「そうかい？」と、他人事《ひとごと》のように言う。

「シンナーをずっと吸われていると」

老人が、舌打ちをして、首を横に振った。

「二回も警察沙汰《ざた》だ。なのに、やめん。十九にもなって、働きもせず、昼からシンナーを吸って、わしらの年金にまで手を出しとる」

「あなたの目から見て、どうです。お孫さん自身は、薬物依存から抜け出す意志はありそうですか」

「知らんね」と、老人が投げやりに言った。

大野は、相手のほうへ身を乗り出し、

「ご両親は、彼が小さい頃に出ていったと、奥さんからうかがってますが」

「ばかどもだ。十九、二十で子どもが育てられるかと反対したのに……案の定だ」

「いま、どこにおられるかご存じですか」

「娘は、そこらのフーテンを追って北海道にいるらしい。父親はただのチンピラだ、きっともう野垂れ死んどる。孫にも言ってやってる。親父と同じで、おまえも薬で野垂れ死にだとな」

大野は小さく吐息をついた。

「それでは、お孫さんも可哀相《かわいそう》ですよ。傷つくだけだと思います」

老人が平手でテーブルを打った。

「クソジジイ、死ねと、毎日のように言われとるんだ。蹴《け》ったり、ものを投げたり。連れ合いも何度も殴られとる。孫は、包丁で連れ合いを追い回しもした」

「それは……おつらかったと思います。ただ彼も苦しみから薬物に逃避するのじゃないですか。原因を見つけて、支えてあげないと、憎しみがつのるばかりでしょう」

「甘えとるだけだ。世界には、あれより恵まれとらん子は大勢おる。それが全員シンナーやっとるか。育ててくれた肉親を悪《あ》しざまにののしり、殺そうとするか？」

「お孫さんは、現代の日本で育ったのです。環境の違いも認めてあげなければ」

「いつもそんなくだらんことを話しとるのか。本当に金はとっとらんのか」

「もちろんです。それより、お孫さんのことを一緒に考えませんか。近隣の人々に迷惑をかけてしまうことが心配だと、奥さんから聞きましたよ」

「ありゃ、いつか誰か殺す。シンナーかもっと悪い薬で、ひどいことをしでかす」

「だったら、そうならないうちに、手を打っていかないと」

「知らんね、誰が死のうと。こっちの責任じゃない」

老人は突き放すように言った。

「しかし、あなた方は保護者であるわけですから」

「賠償金か？　あいにくうちには金なんぞないぞ。孫に殺された者は、死に損だな」

「何を、ばかなことを言ってるんですか」

大野は叱《しか》りつけるように言った。

だが、相手は聞く耳をもたない様子で、

「いっそ死んでくれりゃあ、助かるんだ」

たしなめるか、慰めて話を引き出すか、迷っていたとき、戸の外から、ごめんください と、人の訪ねてくる声が聞こえた。

「どら、そろそろ帰るとするか」

その声をきっかけに、老人が椅子から立ち上がった。

「もう少し話し合いませんか」

大野は勧めたが、

「孫が人を殺したとき、とばっちりが来んように、弁護士をただで紹介してくれりゃあいい」

老人は引き戸を開けた。

外には、白い傘をさし、淡い青色のジャケットを着た、見覚えのある女性が立っていた。児童相談センターに勤めている職員で、確か氷崎游子という名前だった。

「こんにちは。お休みのところすみません」

游子が、老人と大野に頭を下げた。

「あんたも、暇人《ひまじん》の一人かね」

老人が冷たく言って、黒い傘をさして出ていった。大野は、游子に対して、

「なかで待っていてください」

と断り、傘をささずに老人を追った。

門を出る手前で、老人の腕を取った。相手が驚いて足を止める。大野は、つかんだ手に力を込め、

「ここで話し合うのがおいやなら、お宅へうかがっても、よろしいですか」

相手は戸惑っている様子で答えない。

「奥様も悩まれ、当のお孫さんも実際は苦しんでおられる。何か事が起きる前に、解決したほうがよいでしょう。どうですか」

念を押すように語気を強めた。

老人は、初めて気弱そうに目を伏せて、

「何も出せんよ」

と、つぶやくように言った。

「結構です。最もよい解決方法を、一緒に考えましょう」

大野は、相手にほほえみかけ、手を離した。老人は、不安そうな目をして腕をさすり、足早に門の外へ出ていった。

小屋のなかへ駆け戻ると、待っていた游子が、彼にハンカチを差し出した。老人の体臭を近くに感じていたせいもあり、かぐわしい香りに気持ちがやわらぐ。

「ありがとう。タオルがあるので……」

大野は、テーブルの隅にあったタオルで、頭と肩の水滴を払った。

「今日は、山賀さんは外へ出ているのですよ。わたしは留守番でしてね」

「……そうですか。実は、駒田さんのことでうかがったんですが」と、彼女が言う。

「ああ。あなたからお電話があったという話は、山賀さんから聞いています」

大野たちがしばらく面倒をみていた駒田が、ここを出ていったあと、養護施設に預けていた娘を勝手に連れ出し、その後ずっと音信が途絶えているという。

「その後、駒田さんからは何も連絡はありませんでしょうか」

「まったく何も。どうぞお掛けになって、お茶でもどうです」

「すぐおいとましますから。もう一度確認したくて、うかがっただけですので」

「電話でもよろしかったでしょうに」

大野は、彼女の暗い表情を見て、「じっとしていられませんでしたか」

彼女は、はにかむような苦笑を浮かべた。

「お電話で、山賀さんからうかがったところでは、駒田さんは警察に追われていると勘違いして、出ていったそうです。実際どういうことか、お聞き及びでしょうか」

「ええ、その場にいましたからね。あなたとも関わりのある刑事さんだと、駒田君は言ってました。あなたの証言か何かで、その刑事さんに捕まったことがあるとか」

彼女は、目をしばたたき、

「もしかして、杉並警察署の……」

「そう。馬見原さんと、おっしゃる方です」

「馬見原さんが……。どうしてここへ。駒田さんが、何かしたのでしょうか」

「いや、刑事さんはわたしのところへ来たんです。害虫消毒のことで聞きたいことがあったらしい。駒田君は本当に誤解したんですよ」

彼女が落胆した様子の吐息をついた。

「我々も残念です。駒田君は、よい父親になるために、頑張っていたところだから」

「……駒田さんから、もしも連絡があれば、教えていただけますでしょうか」

「万が一、連絡があったら、娘さんを施設に戻して、もう一度やり直すよう説得してみるつもりでいます」

「……彼が説得を受け入れない場合も、居場所を聞き出していただけませんか」

大野は、相手の真意がつかめず、

「聞いて、どうするのです」

「子どもをどうしても連れ戻したいんです」

「一人では無理でしょう。結局は、警察の力を借りることになる。間違っていたら申し訳ないが……あなたが、ある局面で警察の力を借りたことが、駒田君との関係をこじらす原因になったのではないですか。彼は怯《おび》えているようでした」

游子が罪悪感に苦しんでいるような表情を浮かべた。ただし、彼女が悪く思っているのは、駒田へではなく、彼の娘に対してだろうという気がした。

「確かに、駒田さんとの関係作りに、わたしは過《あやま》ちを犯したかもしれません。でも、このまま放置しておくと、もっとよくない結果を招くように思えてならないんです」

彼女の言葉の底には、懸命な心根がのぞけ、

「あなたが、子どもさんのことを心配している想《おも》いはわかりました。しかし、駒田君のことも考えてあげないとね。嫌ってる人物だとしても、子どもの父親なのだから」

黙り込む相手に、大野はほほえみかけた。

「外は雨だし、わざわざ来てくださったんだ。ともかくお茶でも飲んでいらっしゃい」

彼女のために椅子《いす》を引いた。

＊

「では、いただきます」

山賀葉子は、芳沢家のリビングで、紅茶の注がれたカップを口もとへ運んだ。

向かいに腰掛けている芳沢希久子は、何を話せばいいのか迷っているらしく、落ち着きなく手や足を動かしている。

「わたしはお友だちとして、お茶を飲みに誘われただけ、そうお考えになって」

葉子は、相手の気持ちを察して言った。

希久子の表情が少しだけゆるみ、

「でも、日曜日の教室を何度も休みながら……こちらが困ると、また勝手にお電話して、言いたいことだけ言ってしまって」

葉子は小さく手を横に振った。

「言いたいことを言ってもらうために、電話相談を開いてるんですよ」

「そう言っていただけると……。でも、今日は電話相談はよろしかったんですか」

「留守番電話にしています。訪ねる人がいれば、大野さんが応対してくれますから」

希久子がうなずいた。

「あの方のお話は、とても心に響いてきました」

「だったら、毎週来られればよかったのに」

「ええ。でも、怖いくらいに響いてきたものですから……かえって不安になってしまったんです」

葉子は、カップをテーブルに戻した。

「一緒に勉強してゆくうちに、不安は、解放感へ変わっていくと思いますよ。大変失礼だけれど、お宅の雰囲気、少々暗くなっている気がします。全体のトーンというのかしら」

「……わかります、自分でも」

「こうした雰囲気を感じ取るためにも、実際にお宅を訪ねて、ご家族と話すことが大事なんです。ところで、亜衣ちゃんのお父さん、いつ帰っていらっしゃいます？」

希久子が気まずそうに顔をしかめた。

「ええ、あの……」と口ごもる。

「ご一緒にお話しする約束でしたわよね」

「それが、急に、仕事で出てしまって……」

「あら。お約束をしたのに？」

葉子は、わざと声に失望感をにじませた。

相手は、恐縮した様子で身を縮め、

「話してないんです。今日、山賀さんが訪ねてくださること。いえ……実は、相談をしていることも、日曜の教室にうかがったことも、話せずにいるんです」

葉子は、これまでの経験から察し、

「責められる気がしたのかしら。母親として失格だと、責められるのが怖かった？」

「……はい」

「お気持ちはわかります。でも、そうしたことで悩む時期はもう過ぎてませんか？　子育てが女親だけの責任でないのは、いまではもう世間の常識だと思いますよ」

「主人は、両親が古い考えの人だった上に、ひとりっ子でしたし……仕事も、海外への出張が多く、実際大変なものでしたから……」

「現実に子どもが苦しんでいるのでしょう。古い考えや仕事のほうを尊重していて、どうなります？」

「……すみません」

希久子の背中がさらに丸くなった。

葉子は、階段のほうへ視線を向け、

「学校へは相変わらず？」

「……ええ、行ってません」

「学校側は何か言ってきてますか」

「電話だけです。五日前にもあって……それとなく自主退学を促されました」

「どうお答えになったの」

「主人と相談しますと切りました。主人は、退学の必要はない、学校側へ抗議するよう、わたしに言いました。抗議なんてしたら、亜衣の立場が悪くなる気がしますし、どちらが電話するかで、また喧嘩《けんか》して……。でも、不登校から進路を変えたとなると、就職や結婚のときにも印象が悪いんじゃないかと心配です。亜衣にも、妙なコンプレックスを持たせる気がして……」

「そんなこと、いま悩んでどうします。彼女のからだのこととか、部屋を出てもらうことのほうが先決でしょう」

「でも、勝手に退学の手続きをしたら、亜衣にあとで怒られるかもしれません」

相手の思考がやや病的な感じに狭まっているのを感じた。

「亜衣ちゃんとは、これから先の進路について、何か話したことはありますか?」

「話しかけても返事もしません。それでもこらえて話しかけると、ひどい叫び声を返してきます。ときには落ち着いて見えることもあります……下りてきて、わたしたちの顔を見つめながら、何か食べるんです」

「そうしたときに、明るく話しかけてみたり、手を握ってみたりはしないの?」

「どこまで踏み込んでいいのか、不安なんです。主人も、亜衣との真剣な話し合いは避けてます。ドアの掛け金を外そうとして、カッターで切られたことが、ひどくショックだったみたいで」

「傷はよほどひどかったの?」

「絆創膏《ばんそうこう》で隠せる程度です。精神的なものが大きかったのだと思います」

希久子は、いきなり両手で顔をおおい、「眠れないんです。家事をするのも億劫《おっくう》で、自分が何をしているのかわからなくなるときもあります。主人はそれをまた責めるんです。亡《な》くなった義母《はは》と比較して、おまえがそんなだから、だめなんだって。仕事場近くにアパートを借りるって言いだしてます。わたしは、独りです。お友だちも遠くなったし、実家も義妹《いもうと》がとりしきってて……味方が誰もいないんです」

葉子はソファから立ち上がった。希久子の隣に座って、肩を優しく抱き、

「お話、みんなわかりますよ。懸命に頑張ってこられたのよね」

希久子の目から涙があふれてきた。葉子は、相手の吐く息に、アルコールの匂いを嗅《か》ぎ取った。

「亜衣ちゃんは、きっと試してるんだと思うの。本当にわたしを愛してるのって」

「そんなこと、決まってます」

「彼女が問いかけているのは、そうしてすぐ答えられる愛ではない気がするの。もっと特別なものを求めてるんじゃないかしら。でも、彼女自身まだはっきりわかってないから、つい苛立《いらだ》って、荒れた行動に出てしまうのかもしれない。問題は、この家が、彼女の問いに応《こた》えていけるかどうかなんだと思う」

希久子が考え込み、沈黙がつづいたところで、インターホンが鳴った。彼女は無視しようとしたらしいが、再三つづけて鳴ったため、葉子に断り、受話器を取った。

相手の応答に、彼女が眉《まゆ》をしかめた。

「また、あなたですか。どういうご用件でしょう。……亜衣は、少し体調を崩しては

いますけど……いえ、大丈夫です」

葉子は、立ち上がって、玄関が見えるであろう、ダイニングの窓辺へ進んだ。そのあいだも、希久子の声は背後から聞こえてくる。

「ご心配いただくような問題は何もありません。……いえ、こちらで考えてますので。……いい加減にしてください、もう関係ないはずですよ。……お帰りください」

葉子は、窓にかかったカーテンを、ほんの少し開いた。外は薄暗く、雨がこまかく降りつづいている。芳沢家の門前に、青いビニール傘をさした三十歳くらいの日焼けした男が立っていた。どこかで見たような顔だが、遠くてははっきりしない。

希久子が受話器を置いたらしい。男は、まだ少し未練が残る様子ではあったが、二階を短く見上げてから去った。

「亜衣の学校の、教師だった人です」

希久子が言った。「先日、学校をやめたそうですけど」

「やめた人が、どうしてわざわざ？」

希久子は、言い迷う様子を見せたのち、

「亜衣が閉じこもったことについては、あの教師が関わっているようでもあるんです。テレビにも出て、学校がおかしいとか、変なことを言ったそうです……」

「どういうこと。すべて話してみて」

希久子は、覚悟を決めたのか、固い表情でうなずき、四月に亜衣が警察に補導された事実を話した。巣藤浚介という美術教師を、亜衣はそのときに身元引受人として呼んだ。以降、彼は何度かこの家を訪ね、一度は希久子の留守中に上がり込み、亜衣に何かしようとした節もある。亜衣と同じ学校の生徒が一家心中で亡くなり、事件のテレビ取材の際、彼は学校や教員にも問題があったと発言した。しかも、亜衣もたまたま同じ場所にいて、やはり挑発的な発言をし、それが放送されたという。

「もしかしたら亜衣は、あの教師に煽動《せんどう》されて、心にもないことをしゃべったんじゃないかと、わたしは思ってますけど……」

葉子には初めて聞くことが多かった。

「どうして、早く話してくれなかったの」

「すみません。どう話せばよいのかわからなくて……」

「その教師と、亜衣ちゃんとの実質的な関係というか、つき合いはどうなんです」

「ありえません。相手が一方的なだけです。やめたと聞いて、ほっとしてたのに」

「心配ね。ストーカーかもしれないし、厳しく拒否して、あきらめさせないとだめよ」

「ええ、そうします」

「ともかく、亜衣ちゃんと話してみましょう」

葉子は階段のほうへ足を向けた。「どういう状態にあるか、客観的に確かめたほうがいいと思うの」

「でも……大丈夫でしょうか」

希久子が不安げについてくる。

葉子は階段の手前で足を止めた。

「少しこのあたり、床が沈む感じがしますね」

「え……本当ですか」

「その話はまたあとにしましょうか」

葉子は、階段をのぼり、希久子の案内で亜衣の部屋の前まで進んだ。

「……亜衣ちゃん。ママのお友だちが来てるの、ご挨拶《あいさつ》なさい。亜衣？」

希久子が、こわごわとドアをノックし、ノブを引いた。掛け金が音を立てて引っ掛かる。

葉子は、彼女の肩に手を置いて下がらせ、

「山賀と言います。こんにちは」

声をかけ、ドアのわずかな隙間《すきま》から、なかをのぞいた。汗くさい臭《にお》いがし、暗くてよくは見えないが、椅子《いす》が倒れ、本などが床に散らばっているのが認められた。

「おいしいクッキーを買ってきたんだけど、亜衣ちゃんも一緒に上がらない?」

なかで、微妙に人の動く気配が伝わった。かすかに声が聞こえ、

「え、なに」と、葉子は聞き返した。

ドアの内側に何かがぶつかり、葉子は軽く額を打った。ドアはまた元へ戻って、わずかな隙間から、室内の床に新しく英和辞書が落ちているのが見えた。

希久子が、ドアに駆け寄り、

「亜衣っ、何をしたの」

「いいのよ、いいの」

葉子は止めたが、希久子はややヒステリックにドアを叩《たた》いた。

「亜衣、出てらっしゃい、亜衣っ」

突然、室内からガラスをこすり合わせたような、不快な音が響いた。亜衣が悲鳴を上げているらしい。声は、寂しげにふるえて消え、すぐにまた葉子たちを追い払うように響いた。

希久子が、壁まで下がって、両手で耳をふさいだ。

葉子は、彼女の手を引き、階段を下りた。

「いきなりで驚かせたのかもしれませんね。もう少し慎重にかかるべきでした」

二階を振り仰いで、葉子は反省を口にした。

「……亜衣を、どう思われます」

希久子がすがりつくような表情で訊《たず》ねる。

「思ってたより、重症かもしれませんね」と、正直に告げた。

「それは……どういうことでしょう」

「時間が解決してくれるなんて言い訳をして放っておくと、どんどん悪くなり、取り返しのつかない状況になるという意味です。いまは、家族がまとまれば危機を乗り越えられるぎりぎりの時期です。間に合わない場合、深刻なことになりかねません」

「でも、主人にはどう話したら……」

「大野さんに相談してみましょう。以前、教育関係の仕事につかれていて、多くの家族の相談に乗ってきた方だから。少し床が沈むところも、資格を持ってる彼なら正確に判断してくださるわ。ともかく、できるだけ早くみんなで一度話し合いましょう」

「ありがとうございます」

希久子が頭を下げ、そのまま力が抜けてしまったのか、膝《ひざ》から崩れそうになった。

葉子は、とっさに彼女を支え、

「……きっと、救ってあげますからね」

むしろ、二階へ向かって言った。

【九月十七日（水）】

椎村英作は、往来の少ない道路の端に止めた車のなかで、あくびを嚙《か》み殺した。肌寒い夜だが、閉め切った車内は心地よく、つい眠気を誘われる。ほんの少し窓を開け、風を通した。

頭の上に乳白色の月が見える。目をこすって、斜め向かいの高級マンションの玄関に視線を戻した。このマンションを張り込みはじめて、九日目になる。

小動物の死体が住宅の玄関先に置いてゆかれる事件を、馬見原の休暇中に、きっと解決するように言われた。捜査のあり方によっては、椎村自身が捜査員に向いているかどうかも判定されるという。

正直、彼は自信を失っていた。馬見原のような刑事になる意欲、といったほうが当たっているかもしれない。凶悪犯罪が横行している現状では、強引過ぎるくらいの捜査も、ときに必要だと頭ではわかっている。だが、自分がそれをするとなると気が引けた。

一方で、馬見原に対する意地もある。何もできないのでは、父親までさげすまれる気がした。

彼は、あらためて被害にあった住宅を、管轄《かんかつ》外のものも含め、再度見て回った。ほとんどの被害者宅が、新しく、清潔な印象なのは、以前も気づいていたが、確認のため聞き込むと、すべて新築か改築をして間もない時期に被害にあっていた。

管内の不動産屋と工務店を訪ね、二ヵ月前までさかのぼって新築、もしくは改築した住宅を調べた。管轄内には新築マンションが二棟、新築・改築をおこなった一軒家が十八軒あった。

動物の死体が発見された時間から逆算して、犯行は午後九時から午前一時までか、早朝五時から六時前後の、どちらかでおこなわれていることがわかっていた。その時間帯に住宅街で張り込むため、椎村は父の車を借りた。

父の意見では、犯行時間から見て、会社勤めの人間の可能性が高いという。馬見原の妻が、事件の起きた民家近くで目撃した人物も、三十代から四十代くらいの男性だった。

椎村は、過去に犯人が書き残した文章を繰り返し読んでみた。以前はわからなかった文意が、今回よく伝わってきたのには、自分でも驚いた。これまでは犯人に上《うわ》っ面《つら》のところで反発していた。家を建てることや、いい家に暮らすことは、幸せなことだし、人にとって大きな夢だろう、それを目標に働くことは間違っていないはずだ、と。だが彼の生まれ育った家は、白蟻《しろあり》によって崩れかけていた。大野に発見してもらわなければ、失われていたかもしれない。その家を買った父は、現代の西洋医学では治らない状態と宣告されている。家はずっと建ちつづけているわけではなく、永遠に家族そろって暮らせるわけでもない。犯人の行為は許せないが、文章の内容にはうなずける部分もあった。

ということは……この犯人も、椎村と似た経験をしたのかもしれない。犯人が家を失ったものと仮定した。その観点で、どの家にペットの死体を置けば、気持ちが晴らせるだろうかと考える。

たとえば、五軒並びの建売住宅より、新たに一軒だけ建てられた高級注文住宅が、逆恨みの相手としては適当だと感じられた。

あるいは、セキュリティが確かなマンションであれば、住民全体へ影響が広がりそうに思える。

椎村は、周囲の環境なども考慮し、犯行現場となりそうな場所を、マンション一棟と、民家三軒にしぼった。

だが、そこから先が決められない。どの住宅でも起きそうであり、迷うと、別の場所も気になってくる。思いあまって、休暇中の馬見原に電話した。ここまでの考え方が正しいかどうか、確認したい想《おも》いもあった。怒声は覚悟していた。

馬見原は、椎村の話を最後まで聞いたあと、「自分で一つに決めろ。ほかの三つはパトロールで巡回してもらうよう、課長に電話しておく」と言ってくれた。

翌日、杉並署に出ると、笹木は、「聞いてる」と、うなずいた。

椎村は、マンションを張り込むことに決めた。三軒の民家は、車が長く止まっていると不自然な場所に建っている。笹木は、生活安全課長と相談して、夜のパトロールのおり、三軒の民家の前も回るように手配してくれた。

杉並署での通常勤務が終わったあと、午後九時から深夜一時までマンション前で張り込む。寮に戻って短い睡眠をとり、ふたたび午前五時から、マンション前で一時間ほど張り込む。九日目となるいままで、事件はまだどこでも起きていない。

腕時計が、午前零時を示した。

数秒後、背広の内ポケットで、携帯電話が着信を知らせてふるえた。

椎村は、マンションの玄関に注意を払いつつ、電話の液晶画面を確かめた。メールが届いている。開くと、

『二十七歳の誕生日、おめでとう　父・母』

と文字があらわれた。

両親が、覚えたばかりのメールを、時間よりずっと前に打ち、日付が変わるのを待って、病室から送ってきた姿が、ほほえましく想像される。いまは本当に届いたかどうか、気を揉《も》んでいることだろう。

『ありがとう』と、送り返した。

父は個室に移っていた。残された時間のことを考えたらしく、ホスピス病棟のある病院へ移ることを希望している。近い病院に空きがなかったため、転院まで個室で過ごすことを、母や椎村たちが勧めた。高い差額ベッド代を心配するため、椎村と彼の兄が気にしないよう説得した。そのおり父は、「何も残してやれなくて、すまんなぁ」と、寂しそうな表情を浮かべた。

車内には、父がいつも使っていたポマードの匂《にお》いがしみついている。

ふたたび携帯電話がふるえた。両親が何か打ってきたのだろう。

『誕生日おめでとうございます。並川』

誰かすぐにはわからなかった。以前、椎村は葛飾《かつしか》警察署にいた。同僚だった交通課の若い婦警の姓が、並川だった。何度か一緒に飲み会に参加し、親しい間柄にはいたらなかったが、いずれ映画を観《み》にいこうと約束した。約束を果たす前に、彼の異動が決まり、お別れ会のようなものを同僚が開いてくれた。そのとき彼女は現れず、ふられたなと同僚にからかわれた。そんなんじゃないよと椎村はかわしたが、実際、理想とするタイプの娘ではなかった。

テレビや雑誌で見る胸の豊かなアイドルが、馬鹿《ばか》だと言われても、理想だった。同僚たちとテレビや雑誌を見て、こんな子とつき合えたら最高だなと、よく騒ぐ。そんなことだから彼女ができないんだと、結婚した同僚からは笑われた。

学生時代には、三人の女の子とつき合ったが、同じクラスか、サークル仲間という身近な相手で、それぞれ理想とは違っていた。セックスの経験は、友人と入った風俗店の相手が最初で、その後も、風俗店以外では、飲み会で初めて会った女性か、かつての同級生とたまたま会ってという場合が多く、つき合っていた相手とは、結果的にセックスをする前に別れた。相手を大事にし過ぎるんだと、友人からは忠告された。警察官の父や、倫理観の強い母の姿を見ていたせいかもしれない。つき合っている女の子とセックスすれば、そのまま結婚へつながるように感じていた。

警察学校へ入って以降は、性的な衝動はほとんど自分で処理している。以前は月に一度程度、同僚に誘われるまま、他県へ出て、管轄外の風俗店を訪れもした。こんなに若くて可愛《かわい》いのにと驚きながらも、自分好みの相手を選び、こそこそと欲望を満たしては、帰り道に偽善的な罪悪感を抱いた。杉並署に来てからは、父親の問題もあり、そうした場所へ行く余裕はなかったが、妙に気をつかうより、いっそ一人のほうが気楽だと思いはじめてもいた。

「並川か……」

親切で気さくだった相手の性格とともに、理想とは違った容姿も思い出されて、つい返事をためらう。

不意に、マンションの玄関先に人が立った。助手席に置いたデジタルカメラを取り、レンズを向ける。シャッター音がせず、高感度設定ならある程度までフラッシュも必要ない。現行犯で捕まえられなかった場合、あとで犯人を割り出す手がかりとなる。そう写した相手は、オートロックの玄関の鍵《かぎ》を開け、マンション内へ入っていった。そのあとも、二人ほどマンションへ入っていったが、怪しい素振りもなく、午前一時過ぎ、椎村は車を出した。

寮へ戻る道を少し遠回りすれば、世話になった大野の仕事場の前を通る。やや衝動的にハンドルを切った。

大野の過去は、本当だろうか。子どもを殺したということだが、とても信じられない。日々起きている同様の事件の数からしても、子どもを殺した親は、いわゆる隣人として、当然存在しているだろうに、これまで一度も実感できずにきた。はかり難いほどの経験をしたからこそ、大野は優しいのかもしれない。彼の言葉に、普通の人にはそのためだろうか。

一時半過ぎ、資材置場の奥にある小屋の窓には、小さな明かりが灯《とも》っていた。周囲が暗いため、ことさら明るく輝いているように見える。訪ねて、言葉を交わしたい気がした。だが、この時間の訪問が非常識という以上に、彼に関する事実を知ったいま、どう話しかけてよいかわからず、車を止めることはできなかった。

ふだん生活を送っている独身警察官専用の寮では、部屋はみな個室に分かれている。駐車場に車を止め、自分の部屋へ戻ってゆくと、ドアのノブに紙袋が下がっていた。アダルトビデオ三本とメモが入っている。

『誕生日、オメデトさん。いい夢見て、張り込みの苦労を忘れろ。ちなみにビデオは要返却。独り寝の夜から、みんな早く脱出しよーぜ！』

仲のよい同僚三人の心づかいだろうと察しがついた。

椎村は、男くさい部屋で、コンビニで買ったおにぎりを食べた。ビデオは今夜は見る気になれなかった。代わりに、メールをくれた女の子のことを想った。机の引出しを開け、葛飾署で記念撮影したときの写真を探す。

椎村自身、にきびあとが汚く、目も細く、やや受け口で、とても二枚目とは言えない。その彼の隣で、メールをくれた女の子が、ピースサインを出して笑っていた。

写真を戻し、ベッドに入った。すぐには寝つけない。これが二十七回目の誕生日かと思うと、やりきれなくなり、ビデオをセットして、ヘッドホンを耳に当てた。彼の好きなアイドルに似た女の子が、画面に映り、下着姿で自分のプライベートを話しはじめる。疲れもあって、頭がぼうっとしてくる。きっとこの子にも、小さい頃には理想とする生活があったはずだと思った。それって、こんな風にカメラの前で裸になってゆくことじゃなかったんだろうな……。

ベルの音で目を覚ました。時計がセットした四時を示している。テレビがつけっ放しで、ビデオは巻き戻されていた。簡単な用意だけして、寮を出た。マンションへ行く前に、三軒の民家を回る。早朝はパトロールがないためだ。

一軒につき十分ずつ、家の近くに車を止める。短い張り込みのあいだに髭《ひげ》を剃《そ》り、次の家へ行く前にコンビニに寄って、次の家の張り込み中に、サンドイッチとコーヒーを胃に流し込んだ。

新築の家を眺めていると、そうは言っても、やはりいいものだと思った。

結婚し、小さな庭のある家に暮らす……マンションでもいい。自分の思いどおりに室内を飾り、妻の作った料理を食べ、子どもの頃に飼えなかった犬を飼う。やがて、可愛い子どもを二人くらい持ち……というのは、やはり理想だなと思う。

しかし、椎村が知った現実の出来事が、頭をもたげてくる。馬見原は、息子を事故で亡《な》くした。大野は、わが子が家庭内暴力を起こし、どういう経緯かはわからないが、彼自身がその子を殺した。馬見原も、大野も、自分よりよほど立派な人間だ。子どもを失った経験が影響しているかもしれないが、やはりそれ以前から二人は、自分より大人だったろうと思う。なのに、その二人に訪れた現実を思えば、単純に家庭を持つことが幸せだなどとは言えなくなる。

物音がして、椎村は考え事から覚めた。

目当ての民家の前に人影がある。とっさにカメラを手にして、シャッターを切った。こちらを振り向いたのは、腰の曲がった老婆《ろうば》だった。もう五時を過ぎている。早起きの年寄りが散歩をする時間だった。

住宅街に違法駐車している手前、不審がられる前に移動したほうがよさそうだ。椎村は、助手席にカメラを戻した。同じ場所に置いてあった携帯電話が目に入る。

「理想か……」

いま老婆が散歩していたが、つまりはどんなアイドルも年をとる。自分の母も、髪はぼさぼさで、他人から見ればただのオバサンだろう。それでも母は、病気の父につき添い、できるだけ彼が快適に過ごせるよう心をくだいている。

『メール、ありがとう。とてもうれしかったです。今度もしよかったら映画に行きませんか。椎村』

きっと寝ている時間だろうが、メールなら、あとで見てもらえると思い、相手のアドレスへ送信してから、車を出した。

二時間後、杉並署にいた椎村に、事件の知らせが入った。民家の玄関先に、フェレットと呼ばれるイタチに似たペット動物の死体が置かれていたという。被害にあったのは、彼が今朝短い張り込みをし、その前でメールも打った、あの民家だった。

＊

香川と愛媛の県境の、海辺の町に、馬見原はいた。午後五時を過ぎているが、なお日差しは強く、そのくせからりとして涼しい。

古い農家の、すぐ背後に迫った山が、傾いた日の下で茜色《あかねいろ》に見える。東京では見ることのできない濃い空の色、山の色だと思う。

「精神的な混乱は、明らかでしたなぁ」

馬見原の正面で、男が言った。彼は、シャツ一枚で、頭に鉢巻きをし、ハウスみかんの世話をちょうど終えたところだった。

「事件直後は、むしろ静かで、落ち着いていたようだと、警察では聞いたのですが」

馬見原は訊《き》き返した。

男は、ビニール・ハウスの近くにあった木箱に腰掛け、馬見原にも別の箱を勧めた。

「確かに、事件後は落ち着いておったという話でした。判決が出たあとでしょう、あのような混乱を見せたんは」

男の名は南条といい、かつて高松刑務所で働いていた。去年、定年で退官し、いまは母と妻に任せていた山で、ハウスもののほか、天然でも柑橘類《かんきつるい》を育てているという。

馬見原は、大野甲太郎の裁判後のことを知りたかった。害虫駆除の仕事をし、問題を抱えた家族の相談を受けている現在の彼の心境を知るには、裁判後の、たとえば刑務所時代のことを知る必要があるように思えた。

現役の刑務官では支障があるため、退官者で、直接大野を知る人間を捜していたところ、かつて捜査協力をし合った香川県警の捜査員に、南条を紹介された。

「世間を騒がした事件ですしね、あの夫婦のことを間接的に知っとる者もおって、うちに来ることがわかったときから、職員も暗い気持ちでおりましたよ」

南条の日に焼けた顔が、うつむき加減のためだけでなく、翳《かげ》って見える。彼は当初、大野のことを話すのを渋った。事件が事件なだけに、気が滅入《めい》るのだという。それでも、馬見原がしいて求めると、わざわざ東京から現職警官が訪ねてきたということもあってか、重い口を開いてくれた。

「わしぁ、雑務看守でしたから、夜間の監房回りも、人手不足のときは、ようやったんです。大野さんは……暴れたほうですね。自殺企図も見られ、保護房にも何度か入れられました。法務大臣への情願《じょうがん》の申立ても記憶に残ってます」

ここを訪れる前に、大野を担当した弁護士に会い、やはり大野の情願の話を聞いた。通常は刑務所の待遇に不満があるときなどに出される情願だが、彼の願いは自分への刑罰に関するものだった。

「情願は、門前払いも同然でした。所長も困っておったし、担当検事さんも参っておると聞きましたなぁ」

南条が深々と吐息をつく。

自分にもっと重い刑罰を科すようにと、大野は法務大臣宛《あて》に訴えていた。

国選の弁護士に対し、大野は接見にもなかなか応じず、ようやく会ったときには、自分を非道な悪人として責めるように頼んだという。弁護士は、困惑し、自分の判断で、大野の人柄をほめるなど情状面を支える証人を呼んだ。大野はそれをひどい剣幕で怒ったらしい。彼に下された判決は、懲役四年だった。

「何をばかなことをと思いましたよ。裁判は間違《まちご》うとる、死刑を宣告しろ。検察もおかしい、控訴して死刑を求刑しろと、よう言うとりました。情願では、いっそ公開死刑にすればよいとまで書いておったそうです……。うちの処遇部長は、なぜ軽い刑を有り難く思わんのだと、よう怒ってました。検事さんも裁判官さんも、親の気持ちを理解し、温情をかけてくださったのだから、粛々と刑に服し、静かに子どもの冥福《めいふく》を祈るのが、きみの務めだろう、と。大野さんは、そんな風に言われると、かえって暴れましてね……。彼に対する減刑の嘆願運動が起きたんは、ご存じですか」

　馬見原はうなずいた。

「あれもえらく嫌《きろ》うとりました。はよやめてほしいと言いましてね。当初は、多くの人の厚情をむげにして、罰当たりなことをと思いましたが……しばらくつき合ううちに、彼の気持ちが少しはわかってきました。やはり、子をあやめたわけですから、並大抵の罪の意識じゃないでしょう。軽い刑を有り難いと思えるかどうか、疑問です。

冥福を祈るというても、どう祈ってええのやら……。わしにも子どもが二人おります。他人に殺されたんなら、相手を恨めるでしょうが、もしも自分の手にかけたとなったら……」

南条が、うなだれた首を左右に振る。

馬見原は、黙って相手の言葉を待った。

「夜間の動静視察に回ったときでした。死のうとしたのか、大野さんは壁に頭を何度もぶつけたため、鎮静衣を着せられ、保護房に寝かせられておったんです。鎮静衣は知っておいででしょう。柔道着に似た厚手の綿製で、長い袖《そで》を背後で縛り、自由を奪うものです。革手錠は、締め過ぎて事故の起きる危険性がありますしね。鎮静衣もできるだけ使用は避けてるんですが、彼の命に関わることなので仕方なしに使いました。深夜に、ようやく落ち着いた様子なので、わしが視察孔からのぞきました。ところが、呼びかけても返事がありません。舌を嚙《か》まんよう防声具も使ったので、窒息の恐れもあります。夜勤部長に連絡し、開扉《かいひ》しました。すると彼は……泣いておりました。声を殺して泣いておるんです。わしらにはどうにもできんくらい深い罪の底で、苦しんでおるんだと思いました」

「彼は、出所までずっと刑の不服を訴えていたんですか」

馬見原は訊《たず》ねた。

「いや。服役後、しばらくして、落ち着いてきました」

「それは、何かきっかけのようなものが」

「さあ、どうですか。立会い看守に聞いた話ですが、奥さんと話していたとき、急に彼が叫びだし、奥さんも気を失ったことがあったそうです。確かそのあとぐらいからでしょう、怖いくらいに静かになって、本などを熱心に読むようになったのは」

「何があったんですか」

「うちの教育部長が、同じ教育者である彼のことを気にかけて、よく話しかけておられたようです。そんななかで、大野さんが、面会のときに取り乱したのは、家をなくしたからだと、洩《も》らしたそうです」

「家をなくした？　それはどういったことでです」

「わたしも何かの話のついでに、教育部長からちらりと聞かされただけですから、くわしいことは……」

「事件のことではなく、家を失うという話で取り乱し、以来落ち着いてきたというなら……離婚もそこに関係してるんですかね。何かお聞き及びですか」

「ああ、たまたま病欠の者に代わって、わしが面会に立ち会ったとき、その話が出ました。家のことから、しばらく経《た》ってでしたよ。彼が奥さんへ離婚を申し出ましてね。奥さんも落ち着いておられて、双方よく考え、納得してのことに見えました」

「具体的にはどんな話をしてましたか」

「くわしいことはお話しできません。というか、覚えとりません。犯罪に関わることが話されんかぎり、聞いたそばから忘れるよう努めておりましたから。場所柄、離婚の話が珍しいわけではありませんが、大野さんの場合、家族のあいだでの事件でしたし、支え合ってゆかれるかと思ってましたから、残念なこととして覚えとります」

「どういう理由で、離婚したんですかね」

「たぶんそれぞれでやり直そうということだったんでしょう。減刑嘆願の運動が広がるなど、慌《あわ》ただしい様子でしたから、もしかしたら奥さんを、事件から遠ざからせたいという気持ちもあったのかもしれません」

当時のことを知っている地元の新聞記者とも、馬見原は話した。妻の葉子は、事件後、マスコミの対応に追われ、大野に対する支援運動が広がりはじめたのちは、その運動にも駆り出されて、大変な忙しさだったらしい。一方では、いやがらせも、それなりに多かったと聞いている。

「害虫のことを何かご存じですか」

大野が現在、害虫駆除の仕事をしていることを、相手に伝えた。

「ああ、やはり彼はそういう仕事に」

南条は初めて笑顔を見せた。「先ほど本を熱心に読むようになったと申しましたが、家をなくしたという話とも関係してるのか……彼が読んでいたのは、建築とか住まいの問題、また害虫うんぬんといった本です。月に貸与する官本は計六冊ですが、ほとんどそうした本を選んどりました。資格試験の勉強を始めたのも知っとります。基本的には、インテリさんですからね。自弁でも本を頼んどりました。そちらは確か、政治の本が多いようでしたね。それも外国の政策についての小難しそうな本で、さすがに学のある人は違うと、裏で同僚と話しとりました」

「外国の政策？　具体的にはどういった内容のものですか」

「なんだかよくは……ベトナム戦争やら湾岸戦争やらを進めた際の理屈だとか、平和を実現するための科学的なんとかとか、ちんぷんかんぷんです。しかし、学問の世界に戻られるのかと思いましたが、害虫駆除の仕事とは……やはり辰巳《たつみ》、さんの影響もあるんかなぁ」

その名前は裁判にも出てきておらず、馬見原は初耳だった。

「辰巳というのは、どういった人物です」

「空き巣で捕まった男ですよ。そんときゃもう、六十越してましたか……常習ですが、職業は持っておって、それが害虫駆除の仕事でした」

「大野とのあいだに接点があったんですか」

「刑務所の、体育倉庫が白蟻《しろあり》にやられましてね。そのとき辰巳が……辰巳さんが、食堂で、プロとしてのうんちくを垂れたんです。駆除より予防だとか、薬剤はこれを使えとか、予防の木酢液《もくさくえき》は炭を焼くときに出る液を塗ればええとか。けっこう役に立つ話なんで、職員もつい私語を禁ずるのを忘れて聞いてしまいました。そのあとでしょう、大野さんが、辰巳さんに話しかけとったのは。大野さんが人と話すのは珍しいんで、すぐ職員の目に止まりました。辰巳さんも、まんざらじゃなかった様子でね。大野さんは、辰巳さんのことを、ひそかに先生と呼んでおったようです」

「先生……」

「表だっては我々が許しませんがね。同房の者の話では、害虫のことをいろいろ聞いておったようです。口の悪い奴《やつ》ぁ、窃盗の手口を学んどるんだと噂《うわさ》しよりましたが」

「手口……どういう意味です」

南条は苦笑を浮かべた。

「むろん冗談です。害虫駆除の仕事は、家のなかを丹念に検分するらしいんですよ。

で、悪い心がむらむらと……まあ、辰巳さんの場合は、起こすらしく、消毒のふりをして合鍵《あいかぎ》を作ったり、鍵のところを少し壊したりしておくそうです」

「……その、空き巣の常習犯の話を、大野はよく聞いていたと」

「まじめな仕事の話だったとは思いますよ。ただ、辰巳さんは、ふだん暗い目をした人でしたが、大野さんと話しとるときだけは、明るい表情をしよりました。親なし、妻子なしの、孤独な暮らしと言うとりましたから……やはり人間、ひとりじゃ生きられんてことでしょうか」

「辰巳は、いまもまだ刑務所ですか」

「いや、出所して、その後亡《な》くなったと聞いとります。自殺だったそうです。故郷へ戻って、半年後だったとか……」

その場所を訊ねた。香川と徳島との県境にある町だった。

「ほかに何か、気がつかれたことはありませんか。大野の言動について」

「そう……からだを鍛えようとして、よく注意されてましたね。所内では、決まった時間外の運動は禁止、腕立て伏せも懲罰の対象ですから。彼は柔道の有段者でもあったそうだから、窮屈な想《おも》いをしてたでしょう」

「なるほど。ほかには……」

馬見原がさらに質問をつづけようとしたとき、家のほうから南条を呼ぶ声がした。集会の時間が迫っているという。

南条は、慌てた様子で腰を上げ、

「大事な会で、遅れるわけにはいかんのです」

と、申し訳なさそうに馬見原に言った。

「いえ、もう充分です。お忙しいところを、本当にありがとうございました」

高松市内へ戻るなら、バスはこの時間なかなか来ないので、近くの駅まで送ると、南条は言ってくれた。馬見原は、頭を下げ、言葉に甘えることにした。

南条の運転する小型トラックは、海沿いの整備された道をスムースに走った。窓を開けているため、海からの風に乗って、助手席の馬見原のもとへも、潮の香りが運ばれてくる。

「おだやかで、ええ海なんですが、昔に比べるとだいぶん汚れてきました」

南条が寂しそうに言った。海の彼方《かなた》に点々と浮かぶ島を指さし、

「この先の島に、戦闘機が夜中に飛んだり着陸したりする訓練基地を、誘致しようという話が持ち上がっておるんです」

「ほう」

馬見原は思わず島のほうへ目をやった。

「その説明会なんですよ」

「こんな静かな場所にも、そういった話が」

「町長は、工事関係や基地内で雇用がある、交付金も下りると言うとります。テロとかに負けんためにも、基地の受け入れは国民の義務じゃろうと……。そんな大ごとが、うちらへまで関係してくるとは、夢にも思いませんでした」

南条は深々とため息をついた。

ほどなく小さな駅に着き、馬見原はあらためて南条に礼を言った。

走り去る車を見送り、駅員のいない駅舎へ入る。ベンチには二人の年寄りが腰掛け、膝《ひざ》の上で梨《なし》をむいていた。砂糖水に似た甘い香りが、舎内に広がっている。

時刻表を確認すると、電車が来るのに、まだ二十分あった。馬見原は、いったん線路に下りてから、街へ戻る反対側のホームに上がった。

土手に、白い野菊が咲いている。その野菊の向こうに、海が広がり、海沿いの道を、白い装束に笠《かさ》をかぶったお遍路が、二人連れで歩いていた。のどかな風景にも見えるが、海の向こうには、戦闘機の訓練基地が作られる可能性もあるという。

お遍路たちが、立ち止まって、海のほうを振り向いた。西日が波に反射し、こうごうしく見える。その光は馬見原にも届き、波の揺れに合わせて目にまぶしく映った。

お遍路たちは、その光に手を合わせた。

馬見原は、〈お接待〉の休憩所近くで、佐和子が口にした言葉を思い出した。

彼女は、馬見原が息子の死を本当には悲しんでいないと言った。

では、どうすればよかったのだと、いまもなお腹が立つ。佐和子が言ったように、泣いて、叫んで、さらには息子を追い込んだのは自分なのだと人前で懺悔《ざんげ》して、いっそのこと首でもくくれば、それが悲しみの表現になったとでもいうのか……。

あるいは、子どもを返せと、本当は悪くないはずのトラック運転手の胸ぐらをつかんで、責めればよかったのか……。そうしたとき、運転手の心に残るであろう傷のことは、どう考えればいい。

佐和子は、誰かを死なせることは、きっとつらい体験だろうと言った。

命を奪ったつらさを、誠実に悲しまず、また謝らず、逆に正当化して避けることが、当事者の気持ちをゆがめてしまい、別の形で悲劇を繰り返す原因になっているのではないかとも言った。

たとえば、息子をはねた運転手を、責めることなく、しかし人を死なせたことのつらさを、誠実に背負うよう語りかけて……自分たちもまた、自責の念にかられず、否定的な生き方に沈まない道があったと、妻は本気で思っているのか。だが、あるとは思えない。誰もそのようなことを馬見原に語ってくれたこともない。もし、そうした道があるのなら……いや、やはりあるとは思えない。

お遍路が、祈りを終え、また歩きはじめた。海鳥の鳴く声が、馬見原の耳に哀《かな》しげに響く。近づく電車の音が、その鳴き声をかき消し、やがて色あせた古い電車の車体が、お遍路の姿も、輝く海もさえぎった。

【九月二十日（土）】

せかいりょこうをするんだって、お父さんは言ったよ。「れいこ、おまえ、せかい一しゅうのたびへ行きたいかー」って。行きたいって、わたし、答えた。だから、しせつには帰らないことになったんだ。せかいりょこうなら、どっかで、お母さんに会えるかもしれないでしょ。でも、お母さんのことを言ったら、お父さんはおこるから……お母さんのことは、心のなかで、話しかけるだけにしたの。

お母さん、でもね、しせつを出たあと、そんなに遠くへは行かなかったんだよ。電車には長くのったけど、ひこうきには、のらなかった。はじめて見る町を、あちこち、お父さんと歩いたよ。馬も見たよ。いっぱい走ってた。お父さん、すきな馬が早く走らなくて、くやしそうだった。

ごはんはね、お父さんがスーパーで買ってきたパンとか、コンビニのおにぎりとかを食べた。夜中じゅう、電車にのったり、レストランでねたりしたよ。おひるに公園でねることも多かった。夜がさむくなってきて、わたし、ハナが出てきちゃった。お父さん、よくおさいふのなかを見てた。わたしを、しせつにあずけてたあいだに、お父さん、「オオノさん」って人の、おしごとを手つだって、少しお金はあるって言ってた。

でも、電車にのったでしょ。ごはんも食べたでしょ。お金、なくなっちゃうよね。なのに、お父さん、れいこがカゼをひくから、ホテルにとまろうって言ったの。せまくて、ふるい、ドヤってよばれてるところ。おふろも、近くの、せんとうへ行くの。でもね、ひさしぶりに、おふろに入れて、うれしかったよ。くつ下とパンツは、わたしがあらって、ジーパンとTシャツは、お父さんがコインランドリーであらってくれた。お父さんは、おさけをのまないと、とってもやさしい……お母さんも、それ、知ってるでしょ。

おさけをのんだときだけ、お父さん、おかしくなるね。ちがう人みたいだね。おさけをのんだお父さん、きっと、びょうきなんだと思う。びょうきが、なおったらいいなぁって、いつも思ってた。しせつでも、毎日ねむる前に、いのってたんだよ。

だけど、りょこうのあいだ、お父さん、おさけはのんでないよ。「オオノさん」のところで、びょうきをなおしたって、お父さんは言ってた。お母さん、どっかで聞いてる？　お父さん、びょうきがなおったみたいだよ。帰ってこないの？

お父さん、わたしをドヤってホテルにのこして、おしごと、さがしに行ったんだよ。朝早くに出てね、夜おそくに帰ってきた。三日つづけて出かけたけど、おしごと、なかったみたい。ホテルの人に、お金を先にはらうように言われて、お父さん、つらそうだった。

つぎの日、わたしとお父さん、また電車にのったよ。わたしは、公園で、ひとりでまってたんだ。お父さん、やっぱりおしごと、なかったみたい。

わたし、ずっと公園の水でがまんしてた。おなかはすいてたけど、だまってた。そしたら、おなかがぐーぐーなって、お父さんが、あわててパンを買ってきてくれた。お父さんに、おいしいよって言ったら……お父さん、なんでか、なきだしちゃった。

「ごめんな、れいこ、ごめんな……」

お父さん、ないちゃだめだよ、わたしがわるいの？　わたしがわるい子だから？

「もっと、お金もちのうちに生まれてたら、れいこも、しあわせだったのにな」

なんで、そんなこと言うの。お父さんは、お父さんでしょ。れいこ、お父さんの子どもでしょ……。

つぎの日、お父さん、おしごとには行かないって言った。ふけいきだから、だめなんだって。やっぱり「オオノさん」に、そうだんして、たすけてもらうしかないんだって。

お父さんと、また電車にのった。朝には、前のところにもどってた。わたしが公園でまってるあいだに、お父さんは「オオノさん」と会うんだって。

お父さん、ちゃんと帰ってきてねって言ったら、お父さんはわらった。おさけをのまないお父さんは、よくわらう。

お父さん、れいこね、お金なくても平気だからね。何もいらないから。がまんできるよ。おなかがなっちゃって、ごめんなさい。

れいこはね、お父さんって、よべることが、うれしいんだよ。お父さんって、よんだら、お父さんが、ふりむいてくれる。そしたら、からだのなかが、あったかくなってくる。

お母さん、本当は、お母さんのことも、よびたいんだよ。

そしてね、お母さんからも、よばれたい。れいこ、おいでって……。

お母さん、聞こえてる？　お母さん、どこなの？　どこでまっててくれてるの？

＊

大野甲太郎は、建築資材置場の奥にある管理小屋で、床に直接寝袋を敷いて眠っていた。もとより安眠など望んでいないが、実際なかなか寝つけない。ろうそくを灯《とも》して祈りつづけ、生理現象として眠りに落ちるのを待つだけだ。それでも夜明け前には目覚めてしまい、隣の家に行き、電話相談を交代した。

隣家で暮らす山賀葉子は、午前四時頃まで起きて、電話相談を受けている。三時を過ぎると、さすがに電話も掛かってこないが、彼女は寝つけず、大野が現れてから、ようやく寝室に移り、短い眠りについた。

午前六時半頃、葉子はもう起きて、大野とともに、わが子への祈りを上げる。家の玄関を入ってすぐ右側が、電話相談を受けている部屋で、玄関からまっすぐ上がったところに、広めの居間がある。居間を中心に、右手に台所、左手に葉子が寝室に使っている部屋があり、その部屋に、亡《な》くなった子どもの写真を飾っていた。

位牌《いはい》はない。仏壇も、神棚も、十字架も、宗教的なものは一切なく、小さなテーブルの上にきれいな布を敷き、二人の子である香一郎の、赤ん坊から十六歳まで、毎年撮った写真を飾っていた。香一郎が亡くなるまでの最後の二年間は、写真がない。

二人は、毎食前に、わが子の写真に手を合わせる。居間でとる食事は、つねに三人分を用意していた。香一郎用の箸《はし》も置き、座る位置には座布団《ざぶとん》も置いてある。食事中、二人は一切口をきかず、テレビもつけない。

食後、大野は建築資材置場へ戻り、資材管理の仕事と、害虫駆除の仕事の準備にかかる。葉子は電話相談の部屋に入り、昨夜かかってきた電話の内容をノートに整理する。

正午には、それぞれ昼休みをとり、一緒にまたわが子へ祈りを上げてから、昼食をとる。この日は、簡素な焼き飯とお吸い物だった。食事がほぼ終わりかけた頃、

「ごめんください」

玄関先で、弱々しい人の声がした。

表には、駒田が立っていた。もともと小柄な彼は、さらに背中を丸め、申し訳なさそうな笑みを浮かべて頭を下げた。

大野たちは、駒田を電話相談の部屋に上げた。彼は、二人に問われるまま、養護施設から娘を連れだして以降のことを話した。二週間ほど北陸地方を回ったあげく、手もとに残った金は百十五円だという。

「それで、本当に酒は飲んでいないのかね」

大野が訊《き》いた。正面の椅子《いす》に腰掛けた駒田は、少し姿勢をただして、

「一滴も飲んでません」と答えた。

「だったら、やり直しはきく。娘さんを施設に戻して、職員の人たちに謝りなさい。あとは、きみがまじめに働けば、遠くない時期に親子一緒に暮らせるよ」

大野の意見に、葉子もうなずいた。

だが駒田は、神経質そうに顔をしかめた。

「けど、警察が……」

「あれはきみの誤解なんだよ」

大野は事情を説明した。

駒田は、すぐには納得した様子を見せず、

「大野さんは、あの女を知らねえから」

「氷崎游子さんかね。彼女は、きみたち親子のことを、心から心配していたよ」

「あの女に、会ったんですか」

「ああ。きみたち親子と、よい関係作りができなかったことを、反省していた」

駒田は、いやそうに顔をしかめて、

「だまされてんですよ。あの女は、娘を取り上げることしか考えちゃいない」

「彼女のことは、いまはお忘れなさい」

葉子が言った。「あなたがまじめにやっていれば、文句は誰にも言えないものよ」

「あの女は、どうしたって難癖つけますよ。あいつさえいなきゃな……」

駒田はしきりに首を左右に振った。

大野は、彼のほうへ身を乗り出し、

「彼女には、わたしから話そう。きみの不安を伝えて、干渉しないように言うさ」

「じゃあ、誘拐にならないようにしてくれますか。親権も、奪われないようにしてください。あと、裁判でも証言してもらえますか」

「裁判なんてことにはならないさ」

大野は首を横に振った。「ちゃんと事情を説明すれば、きっと大丈夫だ」

「おれは、もうムショはこりごりなんです」

「親子のことに、警察はそう簡単に入ってこられないし、入らせてもいけないの」

葉子も励ます口調で言った。「玲子ちゃんを愛してるんでしょ。玲子ちゃんも、お父さんと一緒にいたいと言ってるなら、行動で証明してみせればいいのよ」

大野は、駒田の肩を軽く叩《たた》いて、

「児童相談センターへ電話するんだ。玲子ちゃんを施設に戻して、やり直すから、今回は大目に見てほしいと言えば、わかってもらえるさ。玲子ちゃんは、いまどこ?」

「……上野の公園です」

葉子は驚いた。

「それこそ誘拐でもされたら、どうするの。ちゃんと考えなきゃだめよ」と注意した。

だが駒田は、何か考えていることがあるのか、言い迷うような表情を見せた。大野が勧めたコーヒーにも口をつけず、親指の爪《つめ》をしばらく噛《か》んだあと、

「あのぅ……玲子を、育ててもらえないですか」

「なんだって」と、大野は訊き返した。

「玲子を……たとえば、大野さんたちの養女みたいなものに、してもらえないですか」

葉子は、さすがに戸惑い、

「あなたって父親がいるのに?」

「おれなんかが育てるより、いいと思って……。お二人に、ちゃんと育ててもらって、おれは、ときどき顔を出すくらいにしたほうが、あの子の将来には、いいんじゃないかって、旅のあいだも考えてたんです。お二人に、あの子の、いわば家族のようなも

のになってもらえたら、あの子にも幸せかなあって……」

駒田の言葉に、葉子は混乱し、大野のほうを振り返った。

大野は、彼女の視線を感じながらも、あえて無視して、駒田に厳しく、

「ばかを言うんじゃないよ。きみがまず父親の責任を果たすことが大事なんだろ」

駒田は、がっかりした表情を浮かべ、

「だめですか……」とつぶやく。

「だめというのではなく、きみ自身が逃げずに、まずしっかりすべきだろという話だ。今後のことは、落ち着いてから、またゆっくり話せばいい」

駒田が、はあと頼りなくうなずいた。だが、なかなか立ち上がる気配を見せない。

態度から察して、大野はポケットから財布を出し、

「施設へ戻る前に、玲子ちゃんに、おいしいものを食べさせてあげなさい」

と、一万円札を差し出した。

駒田は、ちょこんと頭を下げただけで、当然のようにそれを受け取った。

「あの……センターの電話番号、教えてもらえますか」

葉子が、児童相談センターの電話番号をメモに書いてやり、大野がそれを手渡した。

帰ってゆく駒田を、玄関先まで見送ったあと、葉子は戸を閉めるのももどかしく、

「ねえ、どう思う」

と、背後に立つ大野を振り返った。

「どうって、なんのことだ」

「養子の話よ。玲子ちゃんのこと」

大野は、資材置場へ戻る用意をして、

「冷静に考えろ。養子なんて法的な手続きが、自分たちに許されると思うか」

「べつに問題ないはずよ。里子だったら審査があるでしょうけど……養子縁組なら」

「法律のことだけを言ってるんじゃない」

「じゃあ、何が問題？　困っている子どもを引き取って、育ててあげるのはいいことでしょ。駒田さんは、あんな風なのだもの」

「奴は、自分が遊びたいだけだ。親としての責任を放り出したいんだ」

「それならそれでいいじゃない。彼が無理して育てるより、わたしたちが育てるほうが、いいに決まってる。だいたい、おかしいと思わない？　あんな男には、子どもがいて、わたしたちには」

「やめないか」

電話相談の部屋で、ちょうど電話が鳴りはじめた。

「自分たちの仕事に戻ろう」

大野は外へ出た。

葉子は、小さくため息をついて、電話相談の部屋へ入った。目をいったん強く閉じてから、受話器を取り、

「こんにちは。思春期心の悩み電話相談です。どうなさいましたか」

と、柔らかい声で呼びかけた。

＊

曇っているのに湿気のせいで、蒸し暑い日だった。

駒田は、駅前に置かれた酒の自動販売機の前で、ポケットのなかの一万円札を握りしめた。大野たちの前で緊張していたため、喉《のど》がひどく渇いている。

だが、一万円札は使えない自動販売機だった。まあいいかと、思う。いつだって飲める。そう考えることで、これまでもアルコールを断ってこられた。

駅の切符売り場で一万円を崩し、電車に乗った。車内では、若い娘たちの胸や尻《しり》を、あからさまに見つめた。どいつもこいつもすましやがってと、相手をはずかしめる場

面を夢想した。娘たちのほとんどは駒田の視線に気づかないか、無視していたが、ひとりの娘が険しい目で睨《にら》み返してきた。とたんに彼は目をそらし、みじめな気分に落ち込んだ。

電車を乗り換え、別の車両でまたよこしまな視線を娘たちへ向けた。幸せそうな家族連れを見ると、わざと舌打ちをした。

自分は運が悪いだけだ。夢がかなうまで援助を惜しまないような優しい親のもとに生まれ、友人にも恵まれていたら、いま頃は美しい女たちに囲まれ、豪邸暮らしだったはずなのに。実際にはくそみたいな連中ばかりが周りにいた。親は飲んだくれで、ケチで、職場の上司は彼の実力をねたみ、同僚は彼の正当な意見を無視した。本当に力のある人間は、酒で羽目を外すくらいは仕方がない、凡人にはそれがわからねえんだ。なんで自分だけがこんな目にあう? いい女だけ残して、みんな死んじまえ。

駒田は、どの女を自分のために残すか品定めしながら電車内の時間を過ごし、多くの家族連れとともに、上野駅で降りた。

動物園の少し脇《わき》に、メリーゴーラウンドなどに乗れる、小さな遊園地がある。玲子は、メリーゴーラウンドを囲った鉄柵《てつさく》に寄りかかり、木馬の動きを見つめていた。好みの木馬を見つけた様子で、黒い馬が回ってくると、熱心に目で追いかけている。

駒田は、娘がいとおしくてならず、と同時に、消えてしまいたいような気分に襲われた。玲子は、着古した黄色のTシャツに、色あせたジーンズとすり切れた運動靴をはいている。周りの子どもたちの服装とは、あまりにかけ離れていた。どうにもできない。どうにもならない。堪忍《かんにん》してくれ。許してくれ。頭のなかで、そんな言葉ばかりが駆けめぐる。駒田は黙って後ろへ下がっていこうとした。玲子がいきなり振り返った。目が合った。玲子の顔に笑みが広がる。だが、駒田の表情に何かを察したのか、不安そうな目をして、こちらへ駆け寄ってきた。

「お父さん」と、玲子が呼んだ。

「ちゃんと待ってたか」

駒田は笑みをとりつくろった。

玲子は素直にうなずいた。

「腹減っただろ、何か食べような」

「コンビニもスーパーも、近くにないよ」

駒田は苦笑した。

「レストランで食べるんだ」

玲子が、目を見開き、不思議そうに彼を見る。いいからおいでと、彼女の手を取り、駅のほうへ戻って、途中に出ていたレストランの看板にしたがい、店に入った。

駒田がメニューを見せても、玲子は遠慮してか、首を横に振るばかりだった。彼は、仕方なく娘にハンバーグ・ランチ、自分はカレーを頼んだ。隣の客がビールを飲んでいたため、なるべくそちらを見ないようにした。

「玲子、おまえは施設へ戻るんだ。お父さんも、仕事を見つけてがんばるからな」

駒田は、水を飲みつつ、娘に言った。

玲子は黙ってうなずいた。

食事が運ばれてくると、玲子はハンバーグを二つに切り、半分を駒田のカレーの上に移した。おまえが全部食べろと勧めても、玲子はいいのと言う。駒田は、自分のカレーのルーを、玲子のごはんにかけてやった。

「ありがとう」

と、玲子が嬉《うれ》しそうに笑った。その笑顔に、もう少し、しのいでみようかと、気持ちが前向きになるのを、駒田は感じた。

食後、玲子にオレンジジュースを注文し、店の公衆電話で児童相談センターに掛けた。受付に、駒田玲子の父親だと名乗り、氷崎游子を出すように言った。

「もしもし、氷崎ですけれど」

さほど待たずに、切迫した調子の声が返ってきた。

「てめえのせいだからな」

駒田は切り出した。理屈が通っていようがいまいが、相手をやり込めたかった。

「てめえが警察を呼んだからだ」

「違います、誤解です。あとで説明しますけど……玲子ちゃん、ご一緒ですか」

「玲子とは楽しくやってる。親子は一緒にいるのが、一番ってことだよ」

「いま、どこにいらっしゃるんですか」

「正直に言えよ、おれが娘を誘拐したことになってんのか？」

「いいえ。穏便にしたいと考えて、犯罪扱いはしてません」

「……親権を、取り上げるんじゃねえのか」

「玲子ちゃんを施設に戻して、今後のことを話し合ってください。まじめに人生と向き合っている人から、親権を取り上げるようなことは、誰にもできません」

「嘘《うそ》つくなよ。てめえが、つまんねえ真似《まね》をしなきゃ、前からちゃんとやれてたんだ」

「その点は……軽率でした、謝ります。玲子ちゃんと戻ってきてください」

どう言うべきか迷い、後ろを振り返った。玲子がジュースに手をつけないままで、不安そうにこちらを見ている。駒田は、娘へ笑いかけ、ジュースを飲むように手で合図した。玲子がぎこちなくストローをくわえる。

「もしもし、もしもし、駒田さん……？」

「聞こえてるよ。おれだって、玲子にいい将来を与えてやりたいんだ。戻ってもいいぜ」

「ありがとうございます」

「だが、どうにもてめえが許せねえんだ。てめえのせいで、こうなっちまったんだ」

「……どうすればいいんでしょう」

「おれの前で、土下座しろ。地面に額をこすりつけて、心から謝れ。あとは、玲子と会いたいときに会えるってことが条件だ」

短い間があいたが、

「わかりました」

覚悟を決めた調子の声が返ってきた。「おっしゃるようにします。面会のタイミングについては、施設の規則もありますから、話し合いの場で決めさせてください」

「本当か。土下座する気があるのか」

「はい」

駒田は相手を征服したような充足感をおぼえた。少しは譲歩してもよい気になり、

「よし。じゃあ、施設へは夕方の五時に行く」

「わかりました。もし何かあったときには、携帯電話に連絡いただけますか」

氷崎游子が電話番号を告げる。駒田は、面倒に感じながらも、電話の横に置いてあったメモに、備えつけのボールペンで書き取った。

「玲子ちゃんが近くにいるなら、声を聞かせてもらえませんか」と、彼女が言う。

「つけあがんな、誘拐犯じゃねえぞ」

電話を叩《たた》き切った。

約束まで少し時間があり、玲子と動物園へ入って、パンダやほかの動物たちを見て回った。そのあと、玲子をメリーゴーラウンドにも乗せた。柵にもたれて眺める駒田に、玲子はしきりに手を振った。

駒田がわが子を連れて、郊外にある養護施設の最寄り駅に着いたときには、約束の五時を回っていた。そこからまだバスに乗る必要がある。金銭的な余裕もあり、施設の連中への見栄《みえ》も張って、タクシーを選んだ。

玲子は車内で、左手首に巻いたビーズの腕輪を、ずっとさわっていた。動物園前のみやげ物屋で、駒田が何か買ってやると言ったとき、玲子はそれを選んだ。たった百

円のものだが、『願いのかなう、魔法のブレスレット』という、宣伝文句にひかれたようだ。

「何か、お願い事をしたのか」

駒田は訊《たず》ねた。玲子は、恥ずかしそうに笑っただけで、答えなかった。

タクシーの運転手は、新人なのか、養護施設へつづく細い道の入り方を知らなかった。近くに来たところで、スピードを落とさせ、入る場所を教えようとした。

「止まれ。ここじゃない」

とっさに運転手に告げた。

養護施設前の、駐車場代わりに使われている空き地に、パトカーが止まっていた。

「まっすぐ進んでくれ」

強い言葉で指示を出し、不審がる運転手にそのまま駅まで戻らせた。

ちくしょう、裏切りやがった。食いしばった歯の奥で繰り返す。女房と同じだ、親と同じだ、平気で嘘をついて、おれから何もかも奪ってゆくんだ、ちくしょうめ。

駒田は、心配そうな玲子の手を引っ張り、上野まで戻った。これからどうすればいいか思いつかず、駅を出たあと、暗くなった公園内を歩きつづけた。

「どうしたの、お父さん」

玲子がこわごわと訊ねてきた。いまにも泣きそうな目をしている。

「なんでもない」

と答えたが、娘を安心させてやれるような笑顔は作れなかった。大野へ電話することも考えたが、彼らもグルの気がした。

何度か利用した簡易宿泊所に、ひとまず玲子を連れていった。三千円を前払いさせられ、残りは二千円あまりとなった。玲子を待たせて、夕食を買いに出る。入ったコンビニには、酒が置いてあった。

頭が働かず、いい知恵が湧《わ》かないのは、喉が渇き過ぎているせいだと思った。いらいらして落ち着かないせいだ。

駒田は、玲子のおにぎりを買った残金で、ビールとカップ酒を買えるだけ買った。

＊

氷崎游子は、午後四時から、処遇課長と、児童福祉司の奥浦とともに養護施設で待機した。管轄《かんかつ》の警察署からは、地域課の制服警官二名と、生活安全課の私服警官二名が、施設側の要請で訪れた。游子は、せめてパトカーは帰してほしいと警察側へ頼んだが、緊急連絡が必要な場合もあるからと、拒否された。

彼女は、もともと警察を呼ぶのには反対だった。駒田との約束もあったが、娘の玲子に、いやな想《おも》いをさせることを危惧《きぐ》した。

だが、駒田親子の担当は、最初に介入して以来、児童福祉司の奥浦と決まっている。駒田親子にどう対応するか、奥浦が責任をもって考える立場にあり、彼が警察を呼ぶことを主張し、ゆずらなかった。

駒田が施設から玲子を連れだした行為は、規則違反であるだけでなく、誘拐と呼んでもいい事例で、警察に駒田を調べてもらい、二度とこのようなことを起こさないよう注意もしてもらう必要があると、奥浦は言った。養護施設側も、何か問題が起きたあとでは責任のとりようもないと、それに賛成した。

しかし、午後五時を過ぎ、六時を回っても、駒田は現れなかった。午後八時の段階で、警察官は帰った。午後九時、游子たち児童相談センターのスタッフも引き上げることになった。游子は、もう少し待ちたかったが、駒田の連絡を受けた彼女の責任も問われる状況下では、わがままは言えなかった。

奥浦が、駒田のことを悪《あ》しざまにののしり、「早く指名手配したほうがいい」と言ったときも、黙っていた。駒田親子の問題に最初に介入したとき、駒田を警察に引き渡すことには、游子のほうが積極的だった。状況がいまと違うとはいえ、奥浦の姿勢を責める資格は、游子にはない。

児童相談センターへ戻る車を玄関前へ回すため、奥浦たちがまだ施設側と挨拶《あいさつ》を交わしているあいだに、游子は先に外へ出た。

車に乗り込み、フロントガラス越しに、施設の建物を振り仰ぐ。子どもたちが暮らす部屋のひとつひとつに明るい灯が見えた。玲子がいまどんな生活をしているのか、考えると胸が痛い。

不意に、游子の携帯電話が鳴った。

「はい。氷崎です」

「裏切りやがったな」

駒田の声が聞こえた。ろれつが怪しい。「サツがいた……え、サツがいたぞ」

「施設に見えたんですか」

「あれほど言ったのによ、サツを呼んだな」

「駒田さんを逮捕するためではありません。本当です」

「もう玲子と心中するしかねえよ」

駒田が情けない声を発する。游子は電話を握りしめた。

「ばかなことは考えないでください」とたしなめる。

「てめえのせいなんだぞ。玲子は道連れだ」

「やめてください。そんな道連れだなんて」

「おれだけが死ねってことか？」

駒田が低く笑った。「てめえは、ずっとそう思ってたろ、おれが死ねばいいって」

「そんなこと……。ともかく玲子ちゃんと戻ってきてください」

「玲子と逃げても、指名手配なんてのは笑えねえよ。残る道は心中か……玲子を預けて一人で旅に出るかだ。どっちがいい」

「……本気で、旅に出られるお気持ちがあるんですか」

「へっ、声がうきうきしてきやがった」

游子は、自制して声の調子に気をつけ、

「からかわないでください」

「旅に出たくてもな、金がねえんだよ。代わりに、ここに包丁がある。ドヤの共同台所に置いてあった。まだ充分に切れるぜ」

「やめてください」

「……用意できるかよ、金をよぉ」

施設の玄関先に、処遇課長と奥浦の姿が見えた。車が玄関に回されていなかったせいだろう、いぶかしむ表情を浮かべ、彼らのほうからこちらへ向かって歩いてくる。

「……ええ、なんとか」と、游子は答えた。

「誰にも言うなよ。おまえだけだ。約束の場所に誰かいたら、玲子と心中だぞ」

「でも……大したお金は用意できません」

「コンビニで引き出せんだろ。十一時、場所は上野公園の……」

駒田の告げた場所は、大体理解できた。

運転席の窓をノックされた。窓の外に処遇課長が立ち、不審そうに游子を見ている。

「二度とだますなよ、あの子のためにもな」

電話はそこで切れた。

游子は、処遇課長たちへ作り笑顔を返し、ドアのロックを解除した。

「どうしたんだね」

処遇課長が、不満そうに言い、後部座席のドアを開けた。彼につづいて、

「こんなときに、彼氏と電話ですか」

奥浦が、皮肉っぽく言って、乗り込んできた。

游子は、車を運転中、駒田からの電話のことを話すべきかどうか、迷っていた。

奥浦はもちろん、処遇課長も話を聞けば、立場上、警察に連絡するだろう。駒田が自殺するようには見えないが、追いつめられれば、人は何をしでかすかわからない。

玲子が施設からいなくなって、この二週間、游子は思うように仕事が手につかなかった。上司には、そのことで何度も注意を受けた。児童相談センターへは、毎日新しい子どもの問題が持ち込まれ、一人の子どもにかかりきりになっている余裕はない。

だが一方で、一人の子ども助けられないのに、新しい問題を次々と背負って、本当に意味があるのかと疑いもする。

「あなたは、このような社会を、本当に自分で選びましたか」

游子は、最近、誰ともなく、こう聞いてみたい想いにとらわれている。

社会のあり方を、一個人がどうこうできるものではないだろう。だが民主的な社会なら、少なくとも選挙がある。消費者として、ものを選び、買い、それは嫌い、こっちが好きと言える権利がある。微力だとはいえ、人は社会のあり方を、少なからず自分で選んでいる部分があるように思う。

だから、この質問は、発した游子にまっすぐ返ってくる。玲子が施設からいなくなった現実は、游子自身が選んだ社会のあり方の、延長線上にあるのではないか……。

游子は、児童相談センターに到着後、処遇課長と奥浦を下ろし、そのまま帰宅するふりをして、近くのコンビニで金を下ろした。

彼女がいまおこなおうとしている行為は、公務員法にふれる可能性がある。私人としてそれをおこなったと主張しても、なんらかの懲戒処分は免れないだろう。それでも、玲子が二度と戻らないよりはましだと思う。

恐れはあった。真夜中に、酔っている様子の男と、人けのない公園で会うことを考えれば、やはり誰かにつき添ってもらいたい。遠くから見守ってくれるだけでいい。そんな無理をきいてもらえる相手は……いま、巣藤浚介しか思いつかなかった。

だが、駒田との約束の時間が迫っており、浚介に事情を話し、状況を理解してもらうゆとりはない。游子は、携帯メールを、彼宛《あて》に送信した。彼女がひとりで誰に会うか、あとは時間と場所だけを知らせる内容だった。

約束の十分前、上野公園に着いた。近くのパーキングに車を止め、動物園のそばにあるという、小さな遊園地のほうへ歩いてゆく。公園内は木々が森のように重なり、街灯の明かりも全体には届かない。地上近くに、ところどころ小さな灯が見えるのは、園内でテント暮らしをしている人たちだろうか。その灯に、少し勇気づけられた。

動物園の前を通り過ぎてすぐのところに、子ども用の乗物が並んだ小規模の遊園地があった。もちろん閉まっているが、照明が当たり、愛らしいキャラクターたちの表情が浮かび上がっている。中央付近にメリーゴーラウンドも見えた。

游子は、周囲に注意しながら、遊園地の入口を閉ざしている鎖をまたいで越え、メリーゴーラウンドを囲む鉄柵《てつさく》の前に立った。呼吸を整え、宙空で凍りついてしまったような木馬たちの姿を見つめる。

「ヒヒーン」と、背後で声がした。

游子は息をつめた。慎重に振り返る。遊園地のすぐ脇《わき》に大木があり、葉の繁《しげ》った枝の下で、小柄な影がふらふらと揺れていた。

「つけてたのに、気がつかなかったか」

相手が嘲笑《ちようしよう》するように言う。

游子は目を凝《こ》らした。影の後ろに玲子がいる気配はない。虫の声ばかりが大きく響いて、人の声もかき消すほどだ。

「金は、ちゃあんと、持ってきたか」

「ええ。駒田さん、玲子ちゃんは？」

「うるせえ。いくら持ってきた」

「五十万です」

「けっ。しけたこと言ってんじゃねえよ。しおらしく結婚資金ってのを貯《た》めてんだお、わかってんのか、玲子の値段なんだぞ」
「嘘つけ。じゃあ、あれだ、カードを出して、暗証番号……。こりゃ言ってみりゃよ
「そんなもの、ありません」
ろ」

「……自分の子どもに値段をつけるんですか」

思わず強い口調で言った。

「うるせえ、うるせえ、うるせえ。また偉そうに説教かっ」

駒田が鎖を越えてくる。「謝るって言ったな。土下座するって言ったよな」

「玲子ちゃんと話したいんですけど」

「さっさと土下座しねえか。膝《ひざ》をつけ、頭を下げろっ」

仕方なく、玲子を守ると誓った夜のことを思い出して、障害の残る左の膝をゆっくり折り、地面に正座した。

駒田の満足そうな笑い声が、木馬たちのあいだに共鳴して、高く響く。

「ほら、そこでなんて言うんだ」

「すみませんでした」

游子は、地面に額がつかんばかりに頭を下げた。

笑い声が消えた。じっと見つめられている気配を感じ、游子は顔を起こした。正面からの明かりに、駒田の目が異様な感じに光っているのが見える。彼は、背中に手を回し、何かをつかんで前に出した。包丁だった。

「言うことをききゃ、何もしねえよ」

声が上ずっている。彼は、包丁を持った手をゆっくり上下させ、

「立てよ。しずかぁに立ちな」

游子は、左足を気づかいながら立った。

駒田が、自分のズボンのベルトを外し、

「木馬のほうを向いて、下を脱げ」

言葉の意味がわからなかった。

「言うことをきくって言ったろ」

駒田が、焦《あせ》ったような声を出し、「下だけで許してやるから。柵を両手で握ってな。少しのあいだ、我慢してりゃあいいんだ」

游子は、恐怖するよりも呆《あき》れて、

「何を言ってるんですか」

「早くしろ。玲子も殺すぞ」

彼が、こちらに近づき、包丁で柵を打つ。金属音が虚空《こくう》に響き、虫の声が一瞬やんだ。

游子は言い知れない怒りをおぼえた。たぶん駒田に対してだけのものではない。これまで積もりに積もったものが、表へ噴き出してくる感覚だった。

わたしは、本当にこんな社会を選んできたのだろうか。こんな男、こんな言葉の存在する社会を？

違う。選んでなどいない。だとしたら……わたしはそのために何をしただろう。

「玲子ちゃんは、どこ。彼女のところへ連れていきなさい。彼女を保護します」

胸を張り、相手に歩み寄った。

「こっちに来るんじゃねえ」

「刺したきゃ刺しなさい。玲子ちゃんは……玲子は、どこなの」

「下がれ、下がらねえと……」

駒田は、言葉とは逆に自分のほうがあとずさり、遊園地のフェンスにつまった。

游子は、駒田のすぐ鼻先までつめ寄り、

「玲子のところへ連れていきなさい」と求めた。

駒田は、さらにあとずさり、フェンスに背中をはね返された形で、游子のほうへ戻ってきた。

游子は、腹部に軽い衝撃を感じた。駒田の荒い息づかいを首すじに受ける。彼の胸を突き放した。だが、腹部に受けた衝撃は去らない。同じ場所が熱を持ち、最初はぬるい感覚だったが、どんどん熱くなる。

足先から力が抜けてゆくのを感じた。目の前の、木馬の顔がゆがんで見える。駒田の悲鳴が聞こえた。游子のバッグを拾い上げる彼の姿が、目の端をよぎって消えた。

待ちなさい、玲子のところへ連れていって……叫ぼうとしたが、声が出ない。視界がかすみ、深い闇《やみ》に閉ざされてゆく。

闇の向こうに、父親の姿が浮かんだ。父は、ベッドで上半身だけを起こし、テレビを見ている。画面には、父親と同様に半身不随の少女が、自由にならない手で懸命にパッチワークを作っていた。隣で一緒に見ていた母が、お父さんもチャレンジしてみたらと笑顔で勧める。父は小さくうなずいた。

游子さん……游子さん……。

彼女を呼ぶ声がする。両親だろうか。でも、游子さんと聞こえる。誰だろう。玲子ちゃんだといいな。でも、神様でもいい。

游子さん、よくがんばりました、ご苦労さま、あとは何も心配いりませんよ。

神様に、そう言って、頭を撫《な》でてもらえたら、もういいや。仕方ないや。わたしなりに精一杯やったもの。ごめんね、お父ちゃん。ごめんね、お母ちゃん。ごめんね、わたし……。そのとき、からだを抱き起こされる感覚をおぼえ、

「絶対に死なさねえぞ」

と、強い意志のこもった声が聞こえた。

なぜだろう、思いきり泣きたくなった。

【九月二十一日（日）】


秋晴れの、風もさらりとして気持ちのよい日だった。東京北部の、荒川に近い場所に建つ公営団地の庭では、白やピンク色のコスモスが満開となり、吹く風に柔らかく揺れている。

冬島綾女は、団地の裏手に置かれた自動販売機で、缶コーヒーを二本買った。釣銭を取ろうとしたとき、背後から見られている気がして、振り返った。人の姿はなく、離れた位置に車が一台止まっている。気味悪さをおぼえ、団地内へ小走りで戻った。

団地の入口脇《わき》の電柱や、居住者案内板には、

『景気浮揚のための建築計画は、弱者イジメの政策だ！』

『富の格差を生むだけの、経済優先の価値観を見直せ！』

とチラシが貼《は》られている。団地は、築三十年を超え、現在建て替えの話が進んでいた。かつて暮らしていた多くの家族は散り散りとなり、残った入居者は老夫婦や老人

の一人暮らしが多い。全員に新団地に入居できる権利は与えられるが、建築費用を上乗せした家賃は、現行の二倍となる予定で、入居者の多くが建て替えに反対していた。

団地内には公園が設けられ、砂場やブランコ、すべり台、ベンチも用意されている。

休日の午後なのに、遊ぶ子はおらず、隅のベンチに男が一人だけ腰掛けていた。

綾女の勤める工場の現場主任、若田部《わかたべ》だった。彼は、見慣れないスーツ姿で、ネクタイまで締めている。

「お待たせしました」

綾女が駆け寄ってゆくと、若田部はベンチから立って、

「すみません。わたしが買ってくれればよかったのに」

「行き方、難しいですから」

彼に缶コーヒーを差し出した。

「どうぞ、お座りください」

若田部がベンチに腰を下ろすのを待って、綾女も隣にスカートを押さえて掛けた。

「団地内にしては、大きい公園ですよね」

先ほどまでの話のつづきのように、彼が言う。

研司と昼食を終え、洗濯物を整理していた頃、彼から電話があり、近くにいるので

会えないかと言われた。近所に喫茶店もないため、部屋に上がってもらおうかと考えた。だが、若田部は外で話すほうがよいという。団地前の交差点で待ち合わせ、少し歩いたあと、この公園へ案内した。

「ベビー・ブームに合わせて作られた団地みたいで、学童保育所とグラウンドもありました。でも入居者が減り、学童保育所は数年前に閉められて……グラウンドや公園で遊ぶ子も、いまはどんどん減ってます」

「研司君も、ここではあまり？」

「部屋でいつもゲームなんですよ。一日二時間って約束してても、目を離すとすぐ」

少し首を伸ばせば、斜め向かいに建つ棟の、自分たちの部屋が見える。いい風が入ってきていたため、窓を開けたままだ。研司には、何かあったら携帯電話に連絡するように言ってある。だが、窓から叫べば、ここまで聞こえてきそうだった。

若田部のほうへ視線を戻し、彼の固い横顔をそれとなくうかがった。彼がなかなか本題へ入ろうとしないため、

「ご用件、もしかして……クビですか？」

綾女のほうから切り出した。

若田部が、驚いた表情を浮かべ、

「え、どうしてです」と訊《き》き返す。

「……前の相手が、会社に、ご迷惑をかけましたでしょ」

油井が、工場の創業記念パーティーの席に、高級な酒や伊勢海老《いせえび》などをこれみよがしに持ってきた。顔を合わせたのは、幸い若田部だけだったが、社内では、どんな人間がこれをと、さすがに話題になった。綾女は、自分の知り合いだと答え、それ以上は話さずにいた。若田部も黙っていてくれ、話はそれきりとなったが、不審な印象は従業員たちのあいだに残っただろう。

「研司が、トム君にひどいことをした件もあります……」

同じ日、わが子が工場に勤める青年をいじめた行為も、退職をうながされて当然の理由になると、彼女は考えていた。

若田部は、しかし首を横に振って、

「工場をやめてほしいなんて、わたしも、社長もまったく考えてませんよ」

「じゃあ、どういったことで、わざわざ」

「……あなたがおっしゃった二つのことと、全然関係ないことでもないんですが」

若田部は、顔を強く手のひらでぬぐうようにしたあと、「以前に断られた話です。もう一度、考えていただけませんか」

「それって、つまり……」

「わたしとの結婚です。あ、いや、というか、それを前提としたおつき合いのことです」

彼の緊張した雰囲気から、もしやと考えなくはなかったが、やはり戸惑い、

「でも、主任さん」

「いや。外では、主任さんは勘弁してください」

「……若田部さんは、だって、あの男を、以前の相手を、見たでしょう？」

油井はあのおり、わざとらしいほどカタギの者ではない振る舞いをした。一般の人間は関わりを持ちたくないと思うのが、しぜんだろう。

「しかし、正式に離婚、されてらっしゃるんでしょ。つまり、出過ぎたことを言ってるのは、承知なんですが、ああいう男がいつまでもつきまとっていては、あなたも研司君も、幸せになれないと思うんです」

真剣に語る若田部に、綾女はまた別の意味で驚いた。油井の存在が、彼の気持ちをかえって積極的なものにしたということだろうか。

彼女もある時期には、水商売の世界で多くの男を見てきた。遊び人より、まじめ一徹と思えた男のほうが、恋愛では情熱的に行動することがあり、彼女はそれを不思議

とも、危ういとも感じた。若田部の言動を前に、あらためて人間はわからないと思う。

「研司君の件も、原因を、遠ざけなきゃだめだと思うんですよ」

息子が父親から暴力を受けていたことを、あの日、若田部にだけは話した。

「研司君には、確かに立派なお母さんがいます。でも、ほかの子より多く傷ついている彼には、なんて言うか、いわゆるどっしりとした支えというか、つまりは、男親が必要だと思うんです」

それは綾女も痛感した。トムをいじめた研司に、権威ある態度で善悪を言い聞かせてくれたのは、二人の娘を持つ若田部だった。

若田部が、缶コーヒーを、「いただきます」と言って、一気に飲みきった。喉《のど》がよほど渇いたのかもしれない。

綾女は、自分の缶も差し出した。彼は、手を横に振って断り、

「あなたと、研司君に対して、大変失礼な、おこがましいことを言ったように聞こえたかもしれません。でも、わたし自身も、あれですよ、助けてもらいたい想《おも》いがあります。上の娘には、ずいぶん苦労をかけていますし、これからだんだん大きくなるに従い、彼女たちも、男親には言えない悩みが出てくるでしょう。彼女たちには、いろいろと相談できる、大人の女性が必要になると思うんです」

どう答えてよいか、わからなかった。若田部は、油井のことも研司のことも呑《の》み込んだ上で、申し出てくれている。断る理由は、表面的には見つからない。深いところでのわだかまりは、忘れなければいけないことだった。油井が、彼の家族の写真を持ってきて、彼女たちを助けてやれと言った。むろん油井のもとへ戻る気はないが、別の人との違う暮らしに踏み出すことが、彼の存在を忘れ、彼の家族を助けることになるのかもしれないと、ずっと思ってきた。

「考えて、いただけませんか」

若田部が言った。

綾女は、目を閉じて、長く息を吐いた。瞼《まぶた》を開き、目の前の相手を見つめる。

「考えさせてください」

彼が手を握ってきた。

「それは、以前のものとは違って、前向きに考える……そういうことだと思って、いいんですよね」

綾女は、手を引くこともできず、

「ただ、お嬢様たちの気持ちもありますし」

「だったら、今度、研司君と一緒に、うちへ遊びにいらっしゃいませんか」

急な話の展開に、まだ気持ちの整理がつかなかった。スカートのポケットに入れてあった携帯電話が鳴り、救われた想いで、

「ごめんなさい」

若田部に断り、電話を取った。表示を見ると、自宅からだった。ベンチを立って、部屋の窓のほうを見ながら、

「もしもし、研ちゃん」と呼びかける。

窓に、研司が現れ、こちらへ手を振った。電話はもちろん手にしていない。だったら、誰が掛けているのか……。

「ベンチにいるのは、工場の主任さんか」

電話から油井の声が聞こえた。

窓のほうに目を凝らした。研司ひとりがなお手を振りつづけている。

「妙な声は出すなよ。研司は大丈夫だ。見えてるだろ。冷静にしてれば、問題はない」

「研司に何もしないで」

ひそめた声で懇願した。電話の向こうで、

「研司ぃ。お母さんに強く手を振ってあげろ、元気だよーって」

と、わが子に呼びかける油井の声がする。

いますぐ駆けだしたかったが、いっそう大きく手を振る研司の姿に、どうすれば一番よいのかわからず、足がすくんだ。

「主任さんは、きみのことが好きらしいな」

油井の陰湿な声が響く。

「どうして、そこに……」

綾女は悔いながら訊いた。彼女が部屋を出て、一時間とは経《た》っていないはずだ。

「きみが男と会ってると、教えてくれた者がいてね。こっちは池袋だったから、車で飛ばせば三十分だ。夫を差し置き、誰と会っているのかと、嫉妬《しっと》にかられて来たわけさ」

缶コーヒーを買った際、背後に止まっていた車のことを思い出した。組の者に監視されていたのかもしれない。

「主任さんは、まさか結婚なんてものを申し込んでるんじゃないだろうな？　うちの興信所の調べじゃ、女房を亡《な》くして、可愛《かわい》い娘が二人いるという話だった」

「やめてっ」

綾女は叫んだ。

「冬島さん……どうしました」

若田部が不審そうに声をかけてくる。

研司から目を離すのが怖く、若田部へは、来ないでと手を突き出した。

「お願い。誰にも何もしないで」と、油井に言う。

「まず、お客様に丁重に帰ってもらいなさい。電話はつないだままで、そうだな……このすけべ野郎、とっとと帰れとでも、言ってもらおうか」

窓のところでは、研司が少し疲れた様子ながら、まだ手を振っている。綾女は、携帯電話をつないだままで、いったんポケットに戻し、

「若田部さん、申し訳ないんですけど、このままお帰りください」

と、頭を下げた。

「どうしたんです、研司君に何か」

「いえ、あの子は大丈夫です」

不安をこらえ、研司のほうへ手を振ってみせた。

研司も、先より少し大きく手を振り返してくる。

「もしかして、あの男からですか」

若田部が、何やら察したように言う。

「違います」

即座に否定した。彼の娘たちにまで迷惑が及びかねない。慎重に言葉を選び、

「どうか、お嬢さんたちのことを考えてあげてください。先ほどのことですけど、お気持ちは嬉《うれ》しかったのですが、やはりお断りします。互いの、子どものためです。わかってください」

子どもというところを強調した。

若田部は、釈然としない表情だったが、それでも彼なりに理解したのだろう、

「わかりました。ご事情もおありでしょうし……今日はこのまま失礼します」

と、会釈《えしやく》をし、いさぎよく来た道のほうへ戻っていった。

彼の背中がまだ見えているうちに、こらえきれず、駆けだした。部屋の窓に、研司の姿はなかった。電話も切られている。自分たちの棟の階段を駆け上がり、部屋のドアを開けて、

「研司っ」と叫んだ。

台所の次の部屋で、油井とわが子が並んでテレビゲームをしていた。

「何してるのっ」

油井につめ寄った。

彼は、こちらを見もせずに、

「まぬけなゾンビ主任を、親子で仲良くやっつけてるのさ。なぁ、研司」

「研ちゃん、大丈夫なの？」

綾女の声に、研司がこちらを振り向こうとした。

「ちゃんと見てろっ」

油井が叱《しか》りつけるように言った。研司が慌《あわ》ててテレビのほうへ向き直る。

「さぁて、研司、あとは一人でやれ。お父さん、いまからお母さんと、向こうの部屋でお話がある。いいか、絶対入ってきちゃだめだぞ」

油井が、研司にゲーム機を渡し、奥の部屋へ移った。襖《ふすま》はまだ閉めず、眼鏡越しに彼女を見つめて、来るように目で誘う。

綾女は、研司の様子を確かめた。彼は、背中を強張《こわば》らせて、ゲームをつづけている。後ろから抱きしめた。頭を撫《な》で、大丈夫だよと、耳もとにささやく。

「大事な話なんだ。研司はわかってるさ」

油井が苛立《いらだ》たしそうに言う。

綾女は、研司の頭をもう一度撫で、奥の部屋に入った。油井が襖を閉める。

「勝手に男と会って、どういうつもりだ」

彼が薄ら笑いを浮かべて言う。

「誰と会っても、自由でしょ。わたしは独身なのよ」

「こっちは、会いたいのを我慢して、きみが折れてくるのを待ってるんだ」

「わからないこと言わないで。わたしが、何について折れるのよ」

「救ってやれと言ったろ、奴《やつ》の家族を」

「卑怯《ひきょう》者。思いどおりにはならないから」

研司のことを考え、声は低くしながらも、強い調子で言った。

油井は、わざとらしく呆《あき》れたような表情を作り、

「仕方ない。こっちの我慢も限界だ。じゃあまず……子どもの将来の話をしようか」

落ち着いた口調がかえって怪しく、綾女は警戒した。

油井は、窓枠に手を置き、外を眺めるそぶりを見せ、

「ここも建て替えになるようだな。取り壊せば、膨大な廃棄物が出るのに、壊しては建て、また壊しては建てる。そうして経済が動いているように見せないと、いまの社会の仕組みだと、停滞は無能と見られて、株や国債が売られる。企業は倒産、国家の危機だ。ほかの国も、いまじゃみんなここと同じ仕組みさ。いわば世界中が大がかりな自転車操業をやってるようなもんだ」

相手の話に、綾女はじれて、

「子どもの将来の話って、何のことよ」

「団地の建て替えに反対の連中も、低家賃で広い部屋に移れるなら、賛成するだろう。自分がいい目を見られれば、膨大なゴミも借金も知ったことじゃない。これからの子どもたちは大変だよ。大人がいい暮らしをしたいばかりに、環境はめちゃくちゃ、汚染物質が食べ物にも混じり、借金は膨大だ。しかも、批判を大人に向けないよう、視野をどんどん狭くする教育ばかり授けられてる。ひどい事件も起きるはずだ」

「そんな話なら、どこかの飲み屋でやって」

「きみは違うという話さ。研司はもちろん、他人の子どもに対してまで、優しさと責任を忘れない。馬見原の孫に、あの主任の娘二人まで……。みんな健康に育ってくれるといいが、怖い世の中だ。心配だろう？」

綾女は、相手の意図がわかり、目を伏せた。

油井が、窓を閉めかけて、

「暑いな。お互い、声を出すほうじゃないし、開けたままでいいか」

綾女は、絶望的な想いで、心の敏感な部分に重く蓋《ふた》をした。

＊

馬見原は、大きい荷物は宅配便で送り、手提げ鞄《かばん》だけを持って、高松市内のホテルをチェックアウトした。彼はまだ少し調べものがあり、佐和子は〈お接待〉の休憩所へ挨拶《あいさつ》に行くという。二人は空港で待ち合わせることにした。

思いのほか調べものが手間取り、空港へ着いたときには、フライト予定時間の直前だった。幸い出発が一時間ほど遅れており、搭乗手続きには十分に間に合った。

しかし、佐和子がいない。ロビー内を捜していると、フラッシュがたかれているのが目に入った。四国の模型を背景に、白装束の女性遍路が立っている。観光客が、彼女と一緒に記念撮影をしているようだ。その前を通り過ぎようとしたとき、

「お父さん」と呼ばれた。

女性遍路が、白木の金剛杖《こんごうづえ》を持った手を振っている。佐和子だった。

彼女は、観光客の求めに応じて、もう一枚写真を撮らせたあと、馬見原のもとへ駆け寄ってきた。

「どう、似合う?」

馬見原は、彼女の頭の笠《かさ》から足もとの地下足袋まで見直して、

「どうしたんだ、その恰好《かっこう》は」

「皆さんがくださったの。〈お接待〉の家で一緒に働いてた人たち。記念にって」

「だからって、着てこなくてもいいだろ」

「皆さんの前で着替えてたら、時間ぎりぎりになったの。仕方なくこのまま来たら、お父さんはまだだし、観光客の人に撮影を頼まれて。いっそこのまま帰ろうかしら」

「ばかを言うな」

そこへまた別の観光客が来て、撮影を申し込んでくる。佐和子は、応じてから、馬見原のところへ戻ってきて、

「ねえ、羽田に着いたら、真弓のところへ行って、一緒に夕飯を食べません？」

「わざわざその恰好を見せるためにか」

「だけじゃなくて……離婚のことも、説明しなきゃいけないでしょ」

佐和子が悪びれる様子もなく言うのに、馬見原は戸惑った。いまの段階で、離婚のことを、娘にまで話すとは思っていなかった。

「考えてくれてるんでしょう？」と、佐和子が訊く。

馬見原は、慎重に言葉を探し、

「おまえの考えは、よくは理解できんが……まったく見当がつかんというのでもない。ただ、離婚したあとも同居して、雇うと言えば家事はするというのは、本気なのか」

「そうですよ」

「おかしく思わないのか」

「これまでの常識や習慣で考えるからでしょ。違う考えや生き方は幾らでもあると思うの。実は、真弓にはもう行くと電話してあるのよ。具体的には伝えてないけど、わたしたちから大事な話があるって。たぶんお父さんも一緒に行くからって話したの」

馬見原は、やはりまだ納得がいかず、

「……おまえだけが行けばいい」

「真弓にとっても大事な話なんだから、そろって話したほうがいいと思うけど」

「こっちは結論を出したわけじゃない。とにかく、この話はあとだ。さっさと着替えてこい。本当にそんな恰好で飛行機に乗る気じゃないだろうな」

佐和子は、何か言い返しかけたが、あきらめてか、手提げ袋を持って洗面所のほうへ進んだ。

馬見原は、いまのうち署への報告もすまそうと、刑事課長の携帯電話に連絡を入れた。

「馬見原です、明日から出ます」

「ほう。ウマさんにしちゃ、珍しく休みを正確に取ったなぁ」

と、笹木が笑って言う。その口調に、彼がいまオフなのだと察し、

「休みのところ、申し訳ない。一応連絡だけはと思ってね」

と、馬見原も口調を変えた。

「テレビを見てただけだ。ご丁寧な連絡は、椎村のことも気になってかい？」

馬見原が指導している椎村が、犯人の近くにいながら、結果的に犯行を重ねられたという報告は、三日前に受けていた。椎村がひどく落ち込んでいると聞き、一昨日、直接彼に電話して、捜査を進めろとどやしつけた。笹木のほうへは、椎村の読みが少なくとも当たっていたのだから、このまま担当させてやってほしいと頼んでいた。

「ウマさんの指示通り、椎村は、死んだフェレットの写真を持って、ペット・ショップを回ってる。ただ親父《おやじ》さんのこともある。ホスピスに移るらしいな、確か今日だ」

「そうか……」

「生きてりゃ、人間、いろいろあるよ。おれも本当は今日、葬式だったんだ。中学時代の親友が死んだらしい」

「そりゃあ……お気の毒に」

「ずっと会っちゃいなかったんだ。どんな暮らしをしていたかも、知らなくてね」

声の底に、悔いがにじんでいるように感じられた。

馬見原が本庁勤めの頃、笹木はいまとは別の地域署にいた。馬見原が射殺した男が暮らしていた場所は、当時彼の管轄《かんかつ》内で、あの事件も担当していた。

「笹やん。あんた、おれが撃ったあの男……覚えてるか」

馬見原は訊《たず》ねてみた。

「ああ……なんだい、いまさら」

「奴には、母親がいた。いまも、あのときの家に暮らしているのかね」

「どうした、何かあったのか」

「いや、ちょっと思い出しただけだ」

「何かの関連かい。調べてみようか？」

「いいんだ。忘れてくれ。じゃあ明日、署で」

電話を切ろうとした。すると、

「そうだウマさん、ニュースを見たか？」

笹木が思い出したように言う。「首都圏だけで流れたのかもしれんが」

「一応、朝のは見た。なんだい」

「児童相談センターの女性職員が刺された」

「……こっちでは、やってなかったな」

「職員の名前は、氷崎游子。あんた、娘さんがああした場所で、世話になったことも
あっただろう。知り合いってことはないかい」

馬見原は、声が平静になるように努めて、

「……死んだのか」

「わからん、ニュースの時点では重体だ」

「犯人は」

「逃走中だ。おれもニュースで見ただけさ。管轄は上野だし、くわしいことは、これ
も明日だな」

笹木に礼を言い、電話を切った。

佐和子がちょうど、着替えて戻ってきたところだった。

「どこへ電話。真弓だったりして？」

彼女がいたずらっぽい笑顔で訊く。

馬見原は、氷崎游子のことを話すべきかどうか、迷った。彼女の存在は、娘の真弓
を通じて、佐和子も知っているはずだ。

「署への定期連絡だ」

いまは生死も定かではない。東京に戻って、詳細がわかるまでは、知らせずにおくことにした。

出発準備が整い、二人は搭乗口へ進んだ。手荷物検査の際、携帯電話の機内での使用禁止を思い出し、電源を切った。座席に着いてから、新聞をあるだけ客室乗務員に持ってきてもらい、記事を確認した。氷崎游子の事件は、まだ載っていなかった。彼女とは、真弓のことで確執はあったが、誠実な仕事ぶりは馬見原も認めている。ただ真摯《しんし》なあまりに、過ぎた行動をとることがあり、事故にならなければよいと心配もしていた。犯人の逮捕より、いまはまず彼女に生きていてほしい。

窓の外に富士山が見えてきたと、機内放送があった。馬見原は、今年のゴールデンウィークに綾女たちと行った、富士山のふもとに広がる河口湖への旅行を思い出した。電車での帰宅時、疲れて眠った研司の、あどけない寝顔もよみがえってくる。

「ほらほら、あそこ。見えてきた」

佐和子が、急にはしゃいだ声を上げて、彼の腕を叩《たた》いた。

たかだか風景で何を騒ぐのかといぶかしみながらも、一瞬だけ窓の外を見て、座席に背中を戻した。手帳を取り出し、

「少し考え事をする」

と、妻に伝えた。

高松刑務所の元刑務官から話を聞いたあと、ここ数日、話の裏付けをとるための調査をつづけた。とくにひとりの男のことが気になり、彼の故郷である山間《やまあい》のこぢんまりとした町を訪ねた。

男の名は辰巳といい、刑務所内で大野甲太郎と会って、害虫駆除の仕事について、いろいろ教えたと言われている。彼の実家は、いまは廃屋と化していたが、もとは工務店で、建築作業の一環として害虫駆除もおこなっていた。親が病気で亡《な》くなり、雇っていた大工もやめたため、彼が一人で害虫駆除だけをするようになった。小さな町では需要が少なく、大きな街では競争が激しい。そのくせ彼はギャンブル好きときて、ついには空き巣を働くようになったらしい。

近所の者の話では、二年前、辰巳は出所して故郷に戻り、害虫駆除の仕事を再開したという。手伝いの男が一人いた。五十代前半から六十代半ばと、見る人によって年齢の印象はまちまちだが、中背《なか》、体格はがっしりしていた。

「大野か、あるいは山賀と、名乗っていませんでしたか」

馬見原は近所の人々に訊ねた。

男は、無口で、風邪をひいてか、薬を使う仕事のためか、人前に出るときはたいていマスクをしており、少し怖い感じもして、まともに話をした者はいなかった。ただ、辰巳が彼のことを、「コウちゃん」と呼んでいたのをおぼえている者があった。甲太郎と音の重なるその「コウちゃん」は、仕事熱心で、害虫駆除の評判もおおむねよかった。

だが、その仕事も半年あまりで終わった。辰巳が自宅で首を吊《つ》っていた。遺書もある。手伝いの男は、辰巳の死の数日前から姿が見えなくなっていた。もともと寂しがり屋の辰巳が、相棒に去られ、孤独に耐えかねたのだろうと、近所の者は噂《うわさ》した。

馬見原は、今日、香川県警で、辰巳の死についての情報を求めた。自殺の線は間違いないという話で、遺書の文面は、『いろいろご迷惑かけました』と、ごく簡単なものだった。その後、「コウちゃん」と呼ばれていた男を見た者はいない。馬見原は、その男の近くに、同年配の女性がいなかったかどうか訊ねてみた。誰も知らなかった。

「失礼します。お飲み物はいかがでしょう」

客室乗務員が声をかけてきた。

馬見原は、顔を起こして、コーヒーを頼んだ。

佐和子は、窓から顔を離し、

「あー、どうしようかな。全部がいいんだけど、だめなんでしょ。じゃあ、お茶にする。あ、やっぱりジュース」

と、子どものようにあれこれ迷って、陽気な声で言った。

馬見原の斜め前で、水をもらった乗客が、薬を飲んでいる。そのときになってようやく気づき、ジュースを受け取ってすぐにもう口をつけている、佐和子のことを振り返った。

「おまえ……薬は飲んでたのか」

休暇中、確認をおこたってきた。佐和子はこのところずっと陽気だった。とくに今日は、はしゃぎ過ぎといってもいい。彼女がお遍路の装束を着て、何度もカメラの前に立っていたときに、気づいてもよいことだった。

「飲んでないだろ。嘘《うそ》はつくなよ」

佐和子は、言いつくろうような表情を見せたが、あきらめたように吐息をついた。

「昨日、飲み忘れただけ」

「今日はどうなんだ」

「だって、チェックアウトや、皆さんへのご挨拶で忙しかったから……。帰って、間違いなく飲みます」

「いま、飲めばいいだろう」

「食後じゃないと、胃に悪いの。調子はいいし、本当はもうやめていいはずなのよ」

馬見原は言い返そうとした。

「わかってる。自分で判断しちゃいけないのよね。今晩、必ず飲みます。すみませんでした」

彼女は神妙に頭を下げた。人前での言い争いも見苦しく、なお心配ではあったが、それ以上強く言うことは控えた。

高松を発《た》って一時間半後、夕暮れのなか、飛行機は羽田に到着した。佐和子が客室乗務員から預けていた杖《つえ》を受け取り、二人はモノレールで都心へ向かった。

窓の外はすっかり暮れ、もう海も見えない。車内をぼんやり見回すうち、行楽シーズンに家族旅行を誘うポスターが目に入ってきた。美しい紅葉の下で、父親が男の子を肩車し、そばに母親が寄り添っている。

息子を失って以来、社会にはこうしたデザインが、無神経なほどにあふれていると、馬見原は感じてきた。テレビをつければ、また街なかで少し目を転じれば、きっとそこには家族団欒《だんらん》をイメージした広告なり表現なりがあった。作られたものだとわかっていても、そのつど苦い想《おも》いがこみ上げてくる。

機内で、新聞を幾つも広げたとき、つい読者の投稿欄にも目を走らせた。冬島綾女が、よくその欄を見て、家族の心温まる話を切り抜いていたのを思い出したからだ。夫との暮らしをつづった、七十二歳の老妻の話が載っていた。夫は若い頃から働きづめで、家庭もかえりみず、定年後も別の仕事をして、夫婦の会話はほとんどなかった。それが今年になり、ようやく一緒に旅行したり、映画や芝居を観《み》たりできるようになったという。だが実は……夫は昨年亡くなっていた。妻はしばらく茫然《ぼうぜん》として何もできずにいたが、時間とともに、心のなかの夫と会話することをおぼえ、いまは遅ればせながら、夫の写真を胸に、一緒に旅行や映画に行っているという話だった。

「お父さん、着きましたよ」

佐和子の声がした。彼女は、お遍路の装束が入った手提げ袋と、自分のバッグ、それに杖を持ち、モノレールを降りた。途中で、お遍路の杖がほかの乗客に当たり、彼女はしきりに謝った。場違いな杖を持ち、頭を何度も下げる佐和子は、はたからは奇異にも、滑稽《こっけい》にも見えるかもしれない。

だが、彼女なりに若い頃から様々な苦労を背負い、幾つもの傷を受け、病気も得ながら、なんとかここまで生きてきた。このことを知っているのは、馬見原だけだ。ほかの誰とも共有していない時間を、彼女とは長く過ごしてきた。一時的な感傷にしろ、その妻を失うことを考えると、胸を締めつけられるような想いがする。

「一緒に、行こう」

佐和子のもとへ歩み寄り、自分の鞄《かばん》のほかに、彼女の手提げ袋を持った。

「え、どこへですか」

馬見原は、混雑を避けて足を止め、少し人が減ったところで改札口へ向かった。

「おまえは行くつもりなんだろ。一緒に行く」

「……真弓のところですか。本当に？」

佐和子が、声をはずませ、彼の前に回りこんでくる。

邪魔だ、と眉《まゆ》をひそめて首を横に振り、

「だが、例の話は、まだしないでいい」

「例のって」

「だから、あの話だ」

馬見原は下りのエスカレーターに乗った。妻が後ろから来ているのを確認して、

「おれも考えるが、おまえももう少し考えろ」

佐和子が隣に並んできた。

「考えて、いつ結論を出すんです？」

「いろいろ整理をつけて考えるには、どうしたって時間が要る。それから……あの母親のところへ、線香を上げに行こうかとも、思っている」

「母親って……あなたが撃った人の？」

不穏な言葉なだけに、一応後ろに人がいないのを見て、

「そうだ」と答えた。

「だったら、わたしも、一緒に行きます」

佐和子の口調は、同情的でも押しつけがましくもなく、責任を共に分かつ者としての響きがあった。馬見原は精神的に楽になるような気がした。だが、そのことは口にせず、

「これについては、また話そう」

二人は、山手線への乗り換え口へ歩いた。真弓のところへ行くとしても、働いている店か、暮らしているマンションかで、降りる駅が違うだろうと、馬見原は切符売り場の前で振り返った。

佐和子が、待ち受けていたようにうなずき、

「わかりました。真弓のところへ一緒に行ってくれるけれど、離婚については、まだ話さない……それで、いいのね」

と、確認するように言う。

何を言いだすつもりかと、馬見原は待った。

「でも、それには条件があります」

「条件？」

「真弓のところへ行くってことは、石倉君に当然会うわけなんだから。彼の結婚の挨《あい》拶《さつ》を受けてあげてちょうだい。彼、そのために髪も黒く戻したのよ」

別の意味で、気が重くなった。いまさら若い奴《やつ》に正座などされて、頭を下げられたところで、返事に困るだけだ。

「受けてくれますね」

と言われ、目をそらした。

「そんなことは、なりゆき次第だ」

「お父さん」

「いいから。どこまで行くんだ」

行き先を聞き、切符を買った。改札を抜けたところで、まさか緊張したわけではないだろうが、尿意をもよおし、佐和子に鞄と手提げ袋を渡して、トイレへ進んだ。

石倉と真弓のことは、なるようになるだろう。挨拶の段になれば、真弓が反対して、きっと石倉には何も言わせないだろうが、万一のときは、大人げなくとも、こうしてトイレに逃げようかとさえ思う。

用を済ませて洗面台へ近づくと、若者が鏡の前でメールを確認していた。咳払《せきばら》いをして、場所を空けさせる。手を洗ううち、携帯電話の電源を切ったままなのを思い出した。これから真弓のところへ向かうとなると、しばらくは確認をする余裕もないだろう。マナーの悪い若者を注意する資格はないと、苦笑しながら隅のほうへ寄り、携帯電話を取り出した。

一件だけ録音が入っていた。ちょうど空の上にいたときに吹き込まれたものらしい。掛かってきた時間が機械的に告げられたあと、相手の声が流れはじめた。

「お母さんが、しんじゃう」

研司の声だった。

「お母さんが、しんじゃうよぉ……」

録音はそれだけで切れた。

すぐに冬島家へ電話した。しばらく待ったが誰も出ない。もう一度掛けたが、同じだった。綾女の携帯電話へ掛けてみる。留守番電話サービスに回された。耳もとで、苛立《いらだ》った感じの咳払いが聞こえた。知らぬ間にトイレが混《こ》んでおり、隅に寄っていても、人の邪魔になっていることは明らかだった。馬見原は、仕方なく携帯電話をポケットにしまい、トイレから出た。

佐和子が困ったような笑みを浮かべて待っていた。ずいぶん遅かったけど混んでたの、と彼女は言ったらしい。口の動きに応じて、遠いところで声が響く。

きっといたずらだ。そう思い込もうとした。馬見原に来てほしくて、研司はあんな嘘《うそ》をついたのに違いない。

階段をどう降りたのかも記憶になく、いつのまにかホームに立っていた。後ろから手を引かれる。どこまで行くの、そんな端っこに電車は止まらないでしょと、佐和子が苦笑していた。ああ、と適当に相槌《あいづち》を返し、ホームの中央付近へ戻ってゆく。

忘れるんだ、なんでもないことだと、自分に言い聞かせる。研司はきっともう、いたずら電話をしたことさえ、忘れているだろう。テレビゲームに夢中になって、いい加減にしなさいよと、綾女に叱《しか》られているところを、思い浮かべる。

呼ばれた気がして、顔を起こした。電車がホームに止まっていた。扉の開いた電車のなかへ、佐和子が乗り込んでゆく。彼女が遠くへ去ってしまう気がした。お別れなのかと、ぼんやり見ている。彼女が振り返り、お父さんと手招いた。ああ、そうか、おれも行くのか、お別れなのか……。電車に足を踏み入れる。佐和子が、彼の腕を取り、もう何してんのよと笑って、肩のあたりを軽く叩《たた》いた。

時間調整か、扉がなかなか閉まらない。真弓、きっとびっくりするんじゃない、石倉君も緊張して、しどろもどろになるんでしょうね、あの子可愛《かわい》いわねえ、と佐和子が話しつづけている。遠いだけでなく、ひどく間延びしたものに聞こえる。おみやげの御守はどこへ入れたかしら、ねえ、これを少し持ってて。佐和子がお遍路の金剛杖を差し出す。

馬見原は、手を出そうとしたが、遅れてしまい、杖が床に倒れた。からん、からん、と澄んだ高い音が、耳に強く響く。

もう、どうしたのよぉ。佐和子が、呆《あき》れて笑いながら、杖を拾おうと腰を屈《かが》める。床に倒れた杖の音がなお耳に残っていた。研司の悲鳴に思えてくる。あれはいたずらじゃないぞ。研司が泣いてる、お母さんが死んじゃうと泣いてるぞ。

馬見原は足を踏み出した。浮き上がるような感覚で、ホームへ降り立つ。

呼ばれて、背後を振り返る。佐和子が驚いた顔でこちらを見ていた。どうしたの、行かないんですかと、目をしばたたく。

あえぐように口を開いた。おまえ、ひとりで、行け。自分の声がひどくこもって聞こえる。仕事を、思い、出したんだ、すまん。

佐和子が泣き出しそうに表情をゆがめた。肩を落とし、じゃあわたしも行きません、家へ帰りましょうという声が、ぼそぼそと耳に届く。彼女が降りてこようとした。

恐怖に近い感情に襲われた。父親が彼の作文を破ったときのような……息子が事故にあったから病院へ急げと言われたときのような……ずっと大切にしてきたものが壊されてしまう、その不安におびえたときの感情に似ていた。

しかし、いま大切なのは……綾女たちなのか、佐和子の心か。はっきり意識する前に、もう手を上げていた。

ホームに足をつける寸前の、佐和子の左肩のあたりを、馬見原は押さえた。佐和子が不思議そうに彼を見る。動悸《どうき》をおぼえた。彼女の体重が、ひどく重いものに感じられる。自分がつぶされそうにさえ感じた。

恐れから逃れるため、手に力を込めた。

妻を突き放す。さほど強い力ではなかったはずだが、こっちへ来るなという意志は、充分過ぎるほどにこもっていた。

佐和子にも伝わったのだろう。見開いた目で、彼を見つめたまま、倒れ込むように後退する。危うく転ぶかと思われたが、乗客にぶつかり、どうにか止まった。彼女はしかし人に支えられていることにも気づかない様子で、馬見原を見つめつづけている。

早くドアが閉まってくれと願った。もしも、佐和子があらためてホームへ降りてこようとしたら……。自分は、どんなひどいことを、彼女にしてしまうだろう。その恐れにふるえた。だから、頼む、来ないでくれ。

佐和子が乗客に押され、杖を支えに、ひとりで立った。だが、足もとが頼りない。いますぐ謝りたかった。いや、電車に乗り込めば、すむ話かもしれない。いまならまだ取り返しはつくだろう。人に甘えることが、許しを乞《こ》うことになる場合だってある。足がわずかに動く。それより先に、ドアが閉まった。

後悔し、ほっともした。

佐和子が、扉に近づき、ガラスに額をつける。

真弓のところへ行けと、馬見原は声を上げた。口を大きく開き、進行方向を指さして、真弓、真弓と口の形を、妻に見せる。

佐和子は何も反応を示さない。電車が動きはじめた。なんとか馬見原を見つづけようとする妻の姿が、幼い子どもを思わせる。電車がスピードを上げ、佐和子も、ついには電車も見えなくなった。

罪を犯した手を見下ろす。どんなしるしもないが、ひどく汚れているように感じた。拳《こぶし》を握り、顔を上げる。目の前の中空に、佐和子の潤《うる》んだ瞳《ひとみ》が、いまなおゆらゆらと漂っている気がする。彼女に見つめられている……。

馬見原は、振り切るように背中を向け、反対側のホームへ階段を駆け上がった。

＊

佐和子は、杖を引きずるようにして、石神井《しやくじい》公園近くの自宅に戻った。

鍵を開けて、家のなかへ入り、居間の電灯をつけ、畳の上にへたり込む。手にあった金剛杖《こんごうづえ》の先端が、障子を破った。

「どうして、こんなもの……」

佐和子は、ようやく杖を離し、手提げ袋とバッグも部屋の隅に置いた。

部屋が妙にがらんとして見える。虫の声も聞こえない。かちかちと時計の音ばかりがやけに大きく聞こえる。柱の掛け時計は、十時を回っていた。どこをどう通って家まで帰ってきたのか、よく覚えていない。帰らなきゃ、とにかく帰らなきゃと、呪文《じゆもん》のように口のなかで繰り返し、なんとかここまでたどり着いた。

左肩のあたりが、ずっと熱を持ってしびれている。痛みはないが、何やら訴えかけてくるように、どくどくと脈打つ。薬を塗ったほうがいいかと、部屋を見回した。

テレビ台のところに、『薬を飲むこと』と、彼女自身が書いた紙が貼《は》ってあった。

佐和子は、バッグに手を伸ばし、なかから旅行に持っていった薬を取り出した。薬はすべて一日ずつ小袋に分け、何月何日に飲むものだと、袋の表面に書き込んである。

九月十三日以降の薬が全部たまっていた。十三日、彼女は夫に離婚を申し出た。間違わずに言うために、あえて薬を飲まずにいたのだが、その後も〈お接待〉の手伝いと、人々から感謝される喜びとに、充実感がみなぎり、薬を飲むのをやめたままにしていた。

「どうしよう……叱《しか》られる……」

十三日から今日までの九日分、一度に飲んでしまおうかと考える。ひとつひとつ薬を袋から出して、座卓の上に並べた。台所に出て、コップに水をくむ。居間に戻る途中で、電話が鳴った。佐和子は、コップを座卓に置いて、受話器を取った。

「もしもし、お父さん？」と呼びかける。

「お母さん？　あたしだけど」

娘の真弓だった。「なんでそこにいるの。来るって話だったんじゃないの？」

「あら、そうだった……？」

「何言ってんのよ。高松から電話してきたでしょ。ずっと待ってたんだよ。心配で、空港にも電話したし、そこへも二度電話した」

電話機の留守番録音を示す赤いライトが、点滅している。

「ごめんなさい……疲れちゃって」

「だったら電話くれればいいでしょ。いままで何してたの。こっちだって、いろいろやることあるんだよ。児相センターの游子さん、刺されたんだからね」

「実はね、真弓、お父さんには、よそに子どもがいるのよ」

「え、なに……」

「外に作った子どものところへ、お父さん、いま行ってるの。男の子。勲男が死んだからって、お父さん、よそで勲男の代わりを作ったみたい。笑っちゃうでしょ？」

佐和子は吹き出した。「代わりなんて、誰にもできるわけないのに。あの子の代わりなんて、どこにもいるわけないでしょ」

「お母さん……お父さん、近くにいないの？」

娘の声が神妙な調子に変わった。それが、佐和子には腹立たしく感じられる。

「だから、外に作った子どものところへ行ったって言ってるでしょ。わからない子ね」

「……お母さん、薬、飲んでる？」

「飲むわよ、いちいちうるさい」

佐和子は、目の前の薬を口に入れ、水で胃に流し込んだ。次の薬も口に入れて、

「はい、十三日の分」

と、受話器に向かって言い、

「十四日と、それに十五日の分」

「お母さん、本当にいま飲んでるの？」

「何よ、聞こえないの？　ほら……十六日の分を飲んだ音。水がなくなったから、待ってなさい」

佐和子は、コップに水をくんできて、「いまから十七日と十八日の分も飲むから、ちゃんと聞いててよ」

「お母さん、やめて。もう何もしないで。いま行くから。あたし、すぐ行くから」

「ちゃんと飲んでんのに、なんで責めるの」

「責めてない、そうじゃないよ。お母さん、お願いだから、もう何もせずに待ってて」

「飲む音を聞かせろって言うからでしょ」

「お母さん、ごめん、謝るから。ごめんなさい」

娘の泣きそうな声を聞いて、佐和子も急に悲しくなった。周りを見ると、夫の姿はなく、卒塔婆《そとば》代わりだと言われている遍路の金剛杖が、障子に突き刺さったままだ。夫がそばにいないことが、不安でたまらなくなる。

「お父さんがいない。どこに行ったの。勲男の代わりなんて、いるはずないのに」

「お母さん、行くからね。すぐ行くから、待っててよ。そこにじっとしててね」

佐和子は、受話器に向かって、

「お父さんを連れてきて。絶対連れてきて」

と呼びかけた。だが、返ってくるのは娘の声ではなく、信号音ばかりなのに気づいて、

「なんだ、親をばかにして」

受話器を畳の上に放り出した。

夫と娘が帰ってくる前に、薬を飲まなかった証拠を消しておこうと思い立ち、目の前の薬をすべて口に入れ、水で流し込んだ。

「そうだ。勲男に報告しておかないと」

寝室へ進み、電灯をつけて、息子の写真に手を合わせた。

「無事に旅から帰ってきました。見守ってくれて、ありがとう」

息子の笑顔を、しばらく見つめた。

この子の代わりなんているはずがない……だが、妙に不安にもなってきた。

子ども部屋へ進み、押入れの戸を開けて、夫の捜査資料のファイルを引き抜いた。なかに隠されていた写真を取り、写っている子どもの顔を確かめる。

「違う。勲男とは全然似てない」

佐和子は写真を破り捨てた。胸がむかむかしてきた。台所へ走り、流しに身を屈《かが》めた。胃のなかのものが戻って、錠剤が流しの底にはねる。蛇口を開き、薬を排水口へ送り込んだ。

まさか……と、佐和子にある考えが閃《ひらめ》いた。

「できちゃった……?」

押し隠してきた心の底で、ずっと勲男の生まれ変わりを産みたいと願ってきた。四国八十八ヶ所の霊場を開いた、お大師様がかなえてくださったのかもしれない。佐和子は、この喜びを、いますぐ夫に伝えなければと思った。

「お父さん、聞いて」

居間へ戻る。だが夫の姿はない。廊下へ出た。板がギシッと鳴った。足を乗せ、何度も踏んだ。そのたび音が鳴る。この家が害虫に食われている可能性を、夫は話していた。

「そんな、だめよ……」

大事な家なのに。勲男と真弓が産まれ、また新しい命が産まれる家なのに。

家を守るのは妻の務めだと思い、確認のために、廊下に耳をつけた。

〈お父さん〉と、子どもの声が聞こえた。

佐和子は廊下から耳を離した。だが声はつづけて聞こえてくる。

〈会いにきてよ、お父さん〉

その声に耐えきれず、玄関から外へ出た。

大きい月が正面に見える。見張られていた気がした。声にならない悲鳴を上げて、闇《やみ》のなかへ駆けだす。人影が見えると逃げ、明るい通りも避けて、車が来れば物陰に隠れた。三十分以上じっと隠れていたと思い、また何時間も歩きつづけたと思う。家を出たときに見た月の位置は、もうずいぶん変わっていた……。

気がつくと、目の前に暗い水が広がっていた。吹く風に、水面に映った淡い光が揺れる。

この水の前で、ひとりの青年に助けられたことを、思い出した。あのとき彼女を助けてくれた手は、めぐりめぐって息子の手だと信じられた。

もう一度、わが子の手のぬくもりを感じたい。わが子の手で、助けてもらいたい。

佐和子は、自分の右手をやや後方に残す恰好《かっこう》で、暗く広がる水に向かい、足を踏み出した。彼女の足が、踏む場所を失い、からだが下へ落ちてゆく。

そのとき、後ろに残した手が引かれた。からだが引き寄せられ、何者かに柔らかく抱きとめられる。腕が彼女のからだに回されて、

「お母さん、危ないですよ」

耳もとで、優しい声が響いた。

来てくれた、やっぱり来てくれた……。

佐和子は、子どものように泣きじゃくり、あたたかな胸にしがみついた。

『巡礼者たち』あとがきにかえて

流れの記憶

昨年末、四国八十八ヶ所の霊場数ヵ所と遍路道の取材のため、故郷へ帰りました。もともと生家から遠くないところに札所《ふだしょ》となる寺があり、昔から遊び場としてなじみがありました。線香と、「お焼き」という香ばしい焼き饅頭《まんじゆう》の匂《にお》いが漂う寺には、弘法大師（空海）の像があり、「お大師さん」（と地元では親しみをこめて呼ばれていました）が渡ったとされる石橋の下からは、水が湧《わ》き出しているように見えます。実はすぐ近くにある大きな川の支流の水で、この流れがどんどん下って、商店街を抜け、住宅地へ入り、生家のすぐ前も流れていました。幅は三、四メートルだったか、ものごころついた頃、水は澄み、川底もはっきり見えたものです。ただし清流とは言えない、生活排水も混じった、藻くさい独特の匂いがする川で、洗濯をするときに用いたと思われる置き石も、ある時期まで残っていました。祖母の生家は、わたしが生まれるずっと前になくなっていたのですが、飴《あめ》屋をやっていたらしく、大鍋《おおなべ》で煮た飴を、この川の水で冷やしていたという話も、かつて親から聞いたことがあります。

わたしが幼い頃、川にはいろいろなものが捨てられ、おもちゃをよくそこで拾っていました。祖母の「拾《ひろ》といで」というなまりのある口調が頭に残っていますが、当時は道に落ちているから貰《もら》っておいでというのと同じ感覚でした。近所には高価なおもちゃを買ってもらえる子もいた一方、自分たちと似たようなレベルの家庭も決して少なくない時代で、行きつけの駄菓子屋でものぞく感覚で、今日は何かいいものが落ちていないかなと、川底を見て回っていたものです。

五歳にもならない頃でしょう、二人の兄にはさまれ、兄が川で拾った鉄人28号のブリキのロボットを得意気に持っている写真があります。ロボットは脚の部分のカバーが取れ、金属の骨組みが剝《む》き出《だ》しでした。だから捨てられていたのでしょうが、わたしは宝物のように大事にしていました。そのくせ写真に撮られたときは、両手で脚の骨組みのところを握り、壊れていることを隠そうとしています。親か兄に言われたのか、それともやはり少し恥ずかしかったのかもしれません。

川へは、小学校へ上がる前から、直接入って遊ぶようになりました。両岸が石で組まれた場所にはウナギがひそんでいて、兄や彼の友人たちに教わった捕り方は、いまも鮮明に記憶に残っています。ウナギがいそうな石組みの隙間《すきま》に見当をつけ、川底から手頃な石を拾って、前を半円に囲みます。流れをせき止めた内側に、路上に捨てられていた煙草《たばこ》をほぐし、葉をまくのです。翌日には、煙草に酔ってか、ウナギが頭をのぞかせていました。旅館の息子さんだった兄の友人が一度さばいてくれ、七輪で焼き、子どもたちだけで食べたことがありました。小骨が多く、あまりおいしいものではなかったと覚えています。

小学校へ上がると、魚を捕るため、また冒険心から、上流へ足を伸ばすようになりました。流れに逆行してのぼるには、かなり力が必要で、サンダルがたびたび流されたものです。川は商店街の下も通るため、暗闇《くらやみ》のなかを、腰を屈《かが》め、息をつめるようにしてのぼらなければなりません。これはいわば肝試《きもだめ》しで、わたしは途中で挫折《ざせつ》してしまいましたが、のぼりきった年上の友人は、近所の子たちに囲まれ、そのときばかりは英雄扱いでした。

川は、流れの途中で、短い距離ですが、大きなホテルの庭へ入る部分があります。知らずにのぼったとき、いきなり美しい日本庭園のなかへ出て、びっくりしました。

外の猥雑《わいざつ》でほこりっぽい世界とはかけ離れた、清らかに統一された空間を前に、来てはいけない場所にまぎれこんだ予感から、慌《あわ》てて流れを駆けのぼりました。そこがいわゆる皇室御用達のホテルだったと知るのは、ずいぶんあとのことです。

釣りのできる年頃になると、さらに上流へのぼり、札所の寺の前から百メートルほど離れた川の本流へ移りました。まだうまく釣りのできないわたしは、兄たちがなおも上流へのぼってゆくのを、流れの外れに群がる小魚を網ですくいながら待ったものです。太陽の光に煮つめられたような濃い草の匂いが、水に乗って流れてくる遠い森を見ながら、いつか自分も上流へのぼると心に決めていました。そこには大人の秘密のようなものが隠されているような気もしていたのでしょう。

しかし、夢が叶《かな》う前に、川の上流にダムが作られ、水量は一気に減って、釣り自体ができなくなりました。中学に進む頃は川へ入ることもやめてしまい、流れも濁って、もう二度と元へは戻らないようでした。

わたしが成人して以降、観光のための遊歩道を整備するために、流れの上には次々と蓋《ふた》がされ、水の匂いも断たれて、いまでは地元の人間でも、足の下に川があるのを知らない世代が増えているようです。

箱に捨てられていた仔犬《こいぬ》たちが流れてゆくのを追いかけた川……狭い広場で野球を

しては、いつもボールが流された川……おつかいの釣銭を盗んで、川に落としたと嘘《うそ》をつき、「だったら拾《ひろ》といで」と叱《しか》られた水の流れは、もう目にできません。

今回、遍路道の取材へ向かう途中、川の本流の前をたまたま通りました。のぞいてみると、そこには川のかたちが在《あ》るだけで、川底だったところには、雑草が生い茂っていました。

人はよかれと思って村を、町を、世界を変えます。武力を用いてまで変化を促す場合もあり、といってそれが、良い方向へ進むばかりとは限りません。せめて心には蓋をせず、何のために、何が失われたのかを忘れずにいることが、そのときどきの時代を生きた者の、務めのようにも思います。

では、第五部『まだ遠い光』のおりに。

二〇〇四年三月

天童荒太

この作品は、一九九五年十一月に新潮社から刊行した『家族狩り』の構想をもとに、書き下ろされた。

天童荒太著
孤独の歌声
日本推理サスペンス大賞優秀作
さぁ、さぁ、よく見て。ぼくは、次に、どこを刺すと思う？　孤独を抱える男と女のせつない愛と暴力が渦巻く戦慄のサイコホラー。

天童荒太著
幻世《まぼろよ》の祈《いの》り
家族狩り　第一部
高校教師・巣藤浚介、馬見原光毅警部補、児童心理に携わる氷崎游子。三つの生が交錯したとき、哀しき惨劇に続く階段が姿を現わす。

天童荒太著
遭難者の夢
家族狩り　第二部
麻生一家の事件を追う刑事に届いた報せ。自らの手で家庭を壊したあの男が、再び野に放たれたのだ。過去と現在が火花散らす第二幕。

天童荒太著
贈られた手
家族狩り　第三部
発言ひとつで自宅謹慎を命じられる教師。殺人の捜査より娘と話すことが苦手な刑事。決して器用には生きられぬ人々を描く、第三部。

重松清著
ナイフ
坪田譲治文学賞受賞
ある日突然、クラスメイト全員が敵になる。私たちは、そんな世界に生を受けた――。五つの家族は、いじめとのたたかいを開始する。

重松清著
ビタミンF
直木賞受賞
もう一度、がんばってみるか――。人生の〝中途半端〟な時期に差し掛かった人たちへ贈るエール。心に効くビタミンです。

巡《じゅん》礼《れい》者《しゃ》たち

家族狩り 第四部

新潮文庫　て－2－5

平成十六年五月一日発行
平成二十六年六月十日十二刷

著者　天《てん》童《どう》荒《あら》太《た》

発行者　佐藤隆信

発行所　株式会社新潮社

郵便番号　一六二―八七一一
東京都新宿区矢来町七一
電話　編集部(〇三)三二六六―五四四〇
読者係(〇三)三二六六―五一一一
http://www.shinchosha.co.jp

価格はカバーに表示してあります。

乱丁・落丁本は、ご面倒ですが小社読者係宛ご送付ください。送料小社負担にてお取替えいたします。

印刷・二光印刷株式会社　製本・株式会社植木製本所

ISBN978-4-10-145715-4 C0193